# 古典文獻研究輯刊

初　編

曾　永　義　主編

第 9 冊

## 蘇曼殊之文藝特色研究

林　律　光　著

國家圖書館出版品預行編目資料

蘇曼殊之文藝特色研究／林律光 著 — 初版 — 台北縣永和市：
花木蘭文化出版社，2010〔民 99〕
序 8+ 目 2+162 面：19×26 公分
（古典文學研究輯刊　初編：第 00 冊）
ISBN：978-986-254-373-3（精裝）
1. 蘇曼殊 2. 文學評論
848.2　　　　　　　　　　　　　　　　　99018481

ISBN-978-986-254-373-3

9 789862 543733

古典文學研究輯刊
初　編　第　九　冊　　　　　ISBN：978-986-254-373-3

## 蘇曼殊之文藝特色研究

作　　　者　林律光
主　　　編　曾永義
總 編 輯　杜潔祥
出　　　版　花木蘭文化出版社
發 行 所　花木蘭文化出版社
發 行 人　高小娟
聯 絡 地 址　台北縣永和市中正路五九五號七樓之三
　　　　　　電話：02-2923-1455／傳真：02-2923-1452
網　　　址　http://www.huamulan.tw 信箱 sut81518@ms59.hinet.net
印　　　刷　普羅文化出版廣告事業
初　　　版　2010 年 9 月
定　　　價　初編 28 冊（精裝）新台幣 45,000 元

# 蘇曼殊之文藝特色研究

林律光　著

## 作者簡介

林律光，字無涯，法名萬光，號維摩居士，粵省番禺人，誕於香港。先生幼不隨俗，輒喜離家訪道，參禪問道。律光先後畢業於香港能仁書院、香港教育學院、香港公開大學、香港道教學院、廣州中山大學研究院、香港中文大學研究院、香港大學研究院及廣州暨南大學研究院，從事教育工作凡十七年。

林君於修研佛學餘暇復好詩古文辭，喜寫絕律古句，好學不倦，並屢獲獎項。

先生述作頗豐，著作有《花間新詠》、《清水灣文集》（合著）、《豪光唱和初集 ----- 三集》（合著）、《維摩集·茂峰初篇 ----- 三篇》、《宗教哲學之現代詮釋》（合著）、《維摩集·山居詩畫篇》等，另發表詩聯文甚多、學術論文二十多篇，散見於中、港、臺、馬來西亞各地刊物。

## 提　要

蘇曼殊在清末民初森羅萬象之文壇上別開生面，其名字享富盛名。他是一位慧秀孤標、才華橫溢之文人雅士。此人清空淡遠，行為怪異及離經叛道，唯其文藝作品卻驚世駭俗，超群絕倫。其詩，別具神韻，真摯感人，散發幽蘭之美；其文，言簡意賅，語句精妙，流露憂鬱之美；其性，孤芳自賞，黑白分明，彰顯人性之美；其小說，刻劃入微，獨具風格，突出感傷之美；其畫；灑脫空明，傳神自然，充滿禪意之美；其翻譯，簡約瑰奇，古樸沈遠，兼具諷刺之美；其語言，英法日梵，樣樣皆通，表現藝才之美；其禪理，敏慧睿哲，空靈自在，滲透禪學之美。他是個全方位之才，震撼世人之心靈深處。郁達夫評曰：「他的氣質浪漫，由這一種浪漫氣質而來的行動風度，比他一切都要好。」鄭桐蓀言：「他的行為雖是落拓，卻並非不羈；意志雖極冷，而心腸卻是極熱。」整體而言，曼殊作品所表現出的自我形象皆具實感真情、思想解放，留給讀者深刻的印象，其獨特的藝術風格，對封建社會、中國文學現代化產生積極而深遠的影響。

# 目次

序　一　朱壽桐

序　二　釋覺眞

序　三　何廣棪

緒　論 .................................................................... 1

第一章　蘇曼殊之生平概略 ..................................... 7
　第一節　生　平 .................................................. 8
　第二節　著　作 .................................................. 11
　第三節　交　遊 .................................................. 14

第二章　蘇曼殊的詩歌之美 ..................................... 17
　第一節　格律美 .................................................. 17
　第二節　整齊美 .................................................. 43
　第三節　諧協美 .................................................. 47

第三章　蘇曼殊的小說之美 ..................................... 59
　第一節　浪漫感傷之美 ........................................ 59
　第二節　眞情之美 ............................................... 68
　第三節　詩意之美 ............................................... 72
　第四節　悲劇之美 ............................................... 77
　第五節　諷世之美 ............................................... 81

第四章　蘇曼殊的翻譯文學 ..................................... 85
　第一節　《慘世界》——幽默辛辣之美 .................. 85
　第二節　浪漫主義詩歌翻譯——古樸沈遠之美 ........ 89
　第三節　印度文學翻譯——簡約與瑰奇之美 ........... 96

第五章　雅韻雅趣與悲慨激昂——蘇曼殊雜文的
　　　　藝術美 ................................................... 101
　第一節　雅韻雅趣之美 ........................................ 101
　第二節　悲慨激昂之美 ........................................ 107

第六章　蘇曼殊的繪畫之美 ..................................... 113
　第一節　禪意之美 ............................................... 114
　第二節　蕭寥之美 ............................................... 119
　第三節　豪宕之美 ............................................... 122

餘　論 .................................................................... 125

參考文獻 ................................................................ 129

附　錄 .................................................................... 151

後　記 .................................................................... 161

# 序 一

朱壽桐

　　律光的 email 簽名爲維摩居士，我不知道這是不是他給自己起的雅號，如果回答是，我則會以爲號如其人，號如其文。

　　最初見到律光，是在暨南大學的校園之中，得當時的中文系主任朱承平教授的推薦。律光一襲布衣，語氣平和，神態安詳，舉手投足落落大方，談吐笑容不落俗套，其風致讓我想起了龔鵬程先生。後者是蜚聲兩岸的著名學者和教育家，學識淵博，成就卓著，以律光與這樣一位大德名賢相比，自然不免高攀之嫌。但他們確有不少相似之處。最明顯的是他們身上都有一種超然方外但性情依然的居士氣，有一種慧眼內視而禪定自如的佛學力道。當時律光尚任香港一教會學院的院長，在他的一力主導下，促成了廣州中山大學宗教系及暨南大學中文系與香港的這個教育機構成功地開展了研究生教育的合作。至於龔鵬程，則在臺灣先後爲佛光山創辦了兩所大學，而且在他主政佛光大學期間，亦力主與大陸的高校合作，辦學成績蜚然。龔、林二君分別在台港獻身於宗教家的教育事業，各有建樹，且芒鞋天足，風格清冽，連衣著風格也頗爲相仿。

　　更令人稱奇的是，兩人大概行事風格相近，性格相仿，竟然命運亦非常相似。龔鵬程先生甚有佛緣，一開始深得佛光山的信任，以至於一擲十數年韶華歲月，兢兢業業，努力創辦、經營南華、佛光大學，但每次都在他教育事業初成，大學規模初具，正待大展宏圖的之際，遭遇內外夾攻，終於偃旗息鼓，落荒而走。律光苦心經營能仁書院，使得其所屬的中學招生狀況有倍數增長；而其所創立的 "佛學研究中心"每學期約有七十人報名，人氣鼎盛，又學院層次也走出了與中山及暨南兩所大學合作辦學的新路，佛教能仁書院

的聲名在坊間中興一時，恰逢其時，同樣遭遇到龔鵬程式的命運，被迫離開了他所縈心的學校，離開了他感覺良好的崗位。

我在這裡所進行比較的兩位同時都具有百折不回、不屈不撓的精神，不知道這樣的精神是否與他們的佛學修養有關。龔鵬程教授被迫離開臺灣佛光大學，旋被大陸的著名大學競相聘請，他一度同時在北京大學、北京師範大學和南京師範大學開壇設講，作為學者其炙手可熱之況幾可謂盛極一時，而同時他積極創辦亞歐大學，續寫大學教育新篇之心有增無已。律光也是如此，離開了心愛的崗位並沒有絲毫的消沉，他一方面努力完成自己的學業，悉心鑽研，一絲不苟地寫作學位論文，另一方面同樣忙於在大學的教習工作，並在積極籌辦其他教育事務。人生不可能總是一帆風順，關鍵是在面臨挫折的時候不消沉，不頹廢，甚至於沒有喋喋不休的牢騷，而是將失落的淒苦咀嚼成清冽的汁液去潤澤心靈的焦躁，然後在坐看雲卷雲舒的怡然之中依舊核計著無悔的前程，這纔是真正的矢志不渝的精神，真正的百折不撓的境界，儘管這樣的精神境界與佛學未必有很深的關係，但我從龔鵬程教授和林律光博士這裡確實都領略到了這樣的精神境界。

這種精神境界中有一種向上的情熱，有一種積極的意志，有一種崇高、莊嚴的犧牲感以及由此充滿著力道和勁道的美。雖然它未必來自於佛家的經典，但在包括玄奘在內的許多高僧那裡則體現為一種超俗的常態。這樣的一種精神狀態使得具有這種境界的高僧往往與文學結下不解之緣，現代史上最著名的高僧兼文學家蘇曼殊、李叔同也往往通過他們的人生業績和文學表達，表明他們對這種精神境界的莊嚴抵達。李叔同出家了，但他從來不像人們印象中的僧人那樣遠離人生的煙火，因為遠離了煙火就遠離了情感，遠離了文學與藝術，而對於李叔同這樣有著特殊修養和稟賦的大德高僧來說，情感的歷煉本來就是他們的劫世宇宙，詩興的徜徉纔是他們的靈魂呼吸，他們離不開佛法理念，可同樣也離不開情感與文藝，於是他們的感知方式正如有人形容蘇曼殊的，是一種"情僧"的方式，他們的意念世界的精彩介乎於佛性與塵緣之間，佛性使得他們的靈性比一般人更靈敏而深徹，他們的塵緣感興則讓靈性變得更富有光澤並更富於感動力。李叔同在五四前後寫過許多歌詞，其基調便是"晚風拂柳笛聲殘，夕陽山外山"式的，讓人無法判定這裡面佛性佔據多少成分，但那靈動的意趣顯然離不開佛性的開悟；同時也讓人無法認定其中表述的是否全是俗緣的感嘆，但那種深入到骨髓的傷感和蒼涼

分明是俗塵的情緒。

　　也就是說，同時具有佛性和塵緣的高僧巨擘能夠抵達一種既僧既俗，又佛又塵的高尚而偉美的境地，誠如李叔同等著名僧人兼文學家所抵達的。這樣的抵達使得他們為俗世中的讀者所認同和喜愛，當然更能博得深有佛緣的林律光的尊崇與欽敬。林律光本來在古代文學和文化方面已有相當建樹，對新文學原不十分上心，2005 年來暨南大學從我研習現代文學，心裏很有一番顧慮，但當他了解自己的學術背景和專業興趣後於研究李叔同等高僧巨擘乃是一種難得的學術優勢之後，信心便為之大增，興致也隨之提高。果然，他的學術優勢在此一選題上發揮得非常明顯，他的這篇博士論文因寫得扎實、深到而大為出色。

　　近些年，我常常縈心的一個問題便是學者的身份與優勢，我甚至在一篇訪談中提到過研究者的資格等等。這些提法不過是針對我們這個學科由於門檻過低的現象而所生發的感慨，原沒有多少理論的準備，甚至也不具備怎樣的學術潛力。不過，律光的成功讓我更堅定了這方面的某些想法：對於一個訓練有素的學者來說，他大可以橫跨不同的研究領域建功立業，哪怕是穿過古代文學和文化研究的屬地而踏入所謂現當代文學的領域，哪怕是跨越思想史和宗教學的鴻溝而涉足於文學與史學的路徑。關鍵是他必須有著過硬的學術研究功夫與基礎，有著系統的學術教育經驗和積累。律光在李叔同研究方面的成功正清楚地表明了這一點。對於一個真正的學者來說，學問的路不僅是永無止境，而且是路路相通。這是律光的優勢，也是我們可期於律光的另一番道理。

2009 年 7 月 23 日於澳門大學

（作者為澳門大學中文系主任）

# 序 二

釋覺真

　　林律光先生是一位詩人，也是一位佛教學者。我認識他已快十年了。最初，他任職香港佛教僧伽會創辦的能仁書院，我任職於香港佛教聯合會創辦的香港佛教僧伽學院，工作上多有接觸，學術上也多有交流。我記得多年前，他贈我的第一本書就是他的專著《花間新詠》。當時，我的確非常驚喜。《花間集》原是晚唐人的詞的總集，其詞的華麗、技法的精巧，恐怕不是一般人所能涉歷的。然而，他都翻出新意，寫出一部《花間新詠》來，眞的不能不讓我刮目相看了。其後，林律光先生又有詩贈我，而且，他與詩友合著《豪光唱和集》（一、二集）也先後賜下，我深感林律光先生在詩的寫作上，是極爲勤奮的。他工於格律，善於對仗，選字運意，皆有法度，不論在詩的境界的開拓上，在思想內容和風格上，都有可喜的成就。詩情壯慨，一時才氣超然，他和他的詩友們，開拓出香港詩林的一片生機。

　　現在，林律光先生的又一專著《蘇曼殊之文藝特色》即將付梓，喜訊傳來，深感欣慰。我在百忙中，拜讀了其中的主要篇章，內容十分豐富，既有文學的探討，又對佛學有廣泛的涉歷。資料翔實，演繹周密，剖析精到入微，發前人所未發。

　　在我年輕時，讀柳亞子編《蘇曼殊全集》，知曼殊上人精通英、法、日、梵文，是最早翻譯雨果、拜倫、雪萊、歌德、彭斯諸家作品的文學先驅。林律光先生在論述曼殊譯作時，不僅指出他對雨果《悲慘世界》並非直譯，而是一種再創造，「這一自我創造的情節完全是在表現蘇曼殊的個人理想，表現他對舊社會制度的憤恨，對民主共和的嚮往」。意在「批判當時的中國現實。蘇曼殊明處寫法國人物的法國故事，事實上是在寫身處其中的中國情狀。他

用意極深，用筆靈活，以暗諷的藝術形式又爲《悲慘世界》增添了一層意蘊深厚的幽默感」。對於曼殊上人的詩歌翻譯，林律光先生特別指出，他能「尊重原作的豐富性，要將原作的美好與俳惻盡量保存下來」。亦如他（指曼殊上人）所說的「按文切理，語無增飾；陳義俳惻，事辭相稱」，做到「詞氣湊泊，語無增減」，同時又保持了原作構思的俳惻與豐富。無須再多徵引，即此一例，已可足見林律光先生對藝術的領悟和見解的深刻了。讀竟全書，我確信此書的出版，當是本港藝林佳話，亦是佛學園地的一大盛事也。弁茲數語，未敢爲序，謹表祝願之忱。

覺眞於香港荃灣芙蓉山

2010-4-3

（前香港佛教聯合會宗教事務監督，現任東林念佛堂首座和尚）

# 何　序

　　林君律光，才俊而學富之士也。

　　余與君相識，應在二零零四年由臺返港度暑假時。某日，香港能仁書院研究所謝師宴，余應邀出席。同席間銜盃酒殷勤之歡者，有臺中逢甲大學李威熊教授；另有韋金滿、劉衛林諸先生；而君時爲該書院佛學研究中心主任，故亦在席次。

　　良晤伊始，觥籌交錯，彼此交談雖淺，而頗覺君爲人擅酬對，且具親和力。席上相互交換名片，俾資聯繫，不意回臺未久，即收得郵來《能仁學報》一套，而寄贈人則君也。自是友誼摯親，且續有遞進。

　　林君通佛學，余任教之臺灣華梵大學東方人文思想研究所，二零零五年十月間主辦「曉雲法師圓寂週年紀念暨第六屆天台宗國際學術研討會」。余時任所長，遂即函邀林君蒞臨出席。適君忙以他事，未遑赴約，然仍寄文〈天台智顗之五時八教〉參與。余乃倩人代爲宣讀，會上竟贏來不少掌聲。

　　嗣後，陸續從友儕處知悉林君學殖甚富。先後攻讀之學位，除擁有二個本科學士（哲學及人文學）外，另有香港中文大學歷史及宗教雙碩士、香港大學佛學碩士，其力求上進，學而不厭，使人艷羨！而至二零零八年又榮獲廣州暨南大學文藝學博士。夫以一人之身，兼攻哲學、人文學、歷史、宗教、佛學、文藝學諸藝事，至難矣！而君竟終獲致雙學士、三碩士、一博士，智果纍纍，更常人所難能者。綜上以觀，余推譽君爲「才俊而學富之士」，殆名實相副矣！

　　君攻讀博士學位時，追隨新文學大家朱壽桐教授治學。名師高徒，苦心孤詣，切磋商榷，歷經三年，論文始克竣工。所撰〈蘇曼殊之文藝特色研究〉，

凡十餘萬言。辭采華茂，聲韻順暢，已堪讚歎；至其所深究者，竟涵蓋曼殊上人詩歌之美、小說之美、翻譯文學之美、雜文藝術之美，最後且延於繪畫之美，則更令人激賞。鑽研既寬博，內容又淵懿，結構得宜，發明尚庶。倘非君之才俊學富，鮮克臻此！

林君之博論，余曾推薦予臺灣花木蘭文化出版社，後經杜潔祥總編輯審定，首肯采入該社出版之《古典文學研究輯刊》初編中。茲以一切進行順遂，書將面世，君請序於余，辭不獲已，爰將與君相交往事，暨君才俊學富，並其論文之懿美諸情事，組織成文，聊以復之，非敢謂爲序也。

        西元二零一零年五月廿日，何廣棪撰於香港新亞研究所。

# 緒　論

　　蘇曼殊是清末民初萃集革命與創作於一身的「奇人」。從革命的角度說，他意志堅定，積極投身於孫中山領導的資產階級民主革命，為推翻清朝統治和袁世凱帝制竭盡心力；從創作的角度說，他多才多藝，以風格獨特的詩歌、小說、散文、翻譯、繪畫，樹幟文壇。〔註1〕由於曼殊通英、法、日、梵等多種文字，在佛學上亦著有《梵文典》。現存的著作有《文學因緣》、《焚劍集》等，柳亞子更認為他「不愧是一個天才，詩文小說無不好，梵文英文法文都懂。」〔註2〕因此，贏得無數讀者的讚賞。

　　近年來，文壇上一般對於蘇曼殊的生平、著作與文學上的成就評價，已達到了高峰的研究。各有不同的批評與結論。譬如復旦文學史在〈鼓吹革命的南社〉一節內，對他有具體的批評：「蘇曼殊是一位有著濃厚的浪漫氣質的詩人，他生活在一個新舊交替的時代，社會上新舊思想的矛盾鬥爭影響了他，加上他特殊的家庭境遇和飄零的身世，形成了他的複雜矛盾的世界觀。」〔註3〕由遊國恩等五位學人主編，在〈柳亞子及其他南社詩人〉一節內，亦特別提出蘇曼殊，說他在文學上「確實表現了多方面的努力和突出的才能。」〔註4〕故此，本論文便專從曼殊的詩歌、小說、翻譯、雜文、繪畫等文學作為研究的物件範圍。

---

〔註1〕參見馬以君：《蘇曼殊文集・前言》（廣州：花城出版社），頁26。

〔註2〕語見柳無忌編：《蘇曼殊研究》（上海：人民出版社），頁342。

〔註3〕復旦文學史（《中國文學史》，復旦大學中文系古典文學組學生集體編著，中華書局，1595年）下冊，頁494。

〔註4〕遊國恩、王起、蕭滌非、季鎮淮、費振剛主編：《中國文學史》（北京：人民文學出版社，1964年），頁1227。

本論文分六章，現將章節內容概述如下：

第一章〈蘇曼殊的生平簡述〉：清代陳廷焯《論王碧山詞》云：「讀碧山詞者，不得不兼時勢言之。」〔註5〕余謂豈獨碧山詞為然，即一切文學作品，亦何莫不然。劉勰《文心雕龍》有云：「文變染乎世情，興廢繫乎時序。」〔註6〕是知文學作品之變，與世情時序有莫大關連。況夫每一作家，由於身世、經歷、學養、時勢之不同，資性、興會之相異，其作品表現之風格，固亦各有不同。孟軻嘗云：「誦其詩，讀其書，不知其人可乎？是以論其世也。」〔註7〕所謂「知人」，乃瞭解作者之身世、經歷、思想感情、及其寫作動機；所謂「論世」，乃考察作者之言行舉止，及其生活之時代背景。誦某人詩，讀某人書，而不知其人，不可。蓋「不知古人之世，不可妄論古人之文辭也。知其世矣，不知古人之身處，亦不可以遽論其文也。」〔註8〕如若不然，則易「近乎說夢」〔註9〕所以，欲全面研究蘇曼殊的詩歌，必先須知其人之時世，知其人之生平，然後方能了然其人之行誼思想之所在。因此，本章分從他的生平事略及交遊兩方面加以論述。

第二章〈蘇曼殊的詩歌之美〉：曼殊之詩留下來現存的，雖只百餘首，但其風靡讀者之力量，卻超越了時空的限制。這百多首的作品，如小說一般，這些詩以愁腸與情種見長，有許多名句將傳誦於後世而不朽。詩中不但充滿了悲傷的氣氛，亦有美麗景物的描繪，舉凡江南的風光〔註10〕、東瀛的情調〔註11〕，他都能寫成一幅幅鮮豔的圖畫，活躍在紙上，有異筆同工之妙〔註12〕。蘇曼殊不僅是一般人心目中的浪漫詩僧，他在現代中國文壇的貢獻，在於他是一位有革命情緒的愛國主義者，以愛情為主題，塑造了特出女性的小說家，稟

---

〔註5〕語見陳廷焯：《白雨齋詞話》卷二。

〔註6〕語見劉勰：《文心雕龍·時序篇》。

〔註7〕語見孟子：《孟子·萬章篇下》。

〔註8〕語見章學誠：《文史通義·文德篇》。

〔註9〕語見魯迅：《且介亭雜文》二集。轉引自韋金滿：《柳蘇周三家詞之聲律比較研究》（臺北：天工書局，民國86年1月），頁1。

〔註10〕如〈吳門依易生韻〉詩中的「暮煙疏雨過閶門」、「澱山湖外夕陽紅」、「垂虹亭畔柳波」；〈西湖白雲禪院〉的「庵前潭影落疏鐘」等名句。又如〈柬法忍〉詩：「來醉金莖露，胭脂面牡丹。落花深一尺，不用帶蒲團。」

〔註11〕如「柳陰深處馬嘶驕」的莆田；「桃花紅欲上吟鞭」的澱江道中，與〈本事詩〉第一首：「春雨樓頭尺八簫，何時歸看浙江潮？芒鞋破缽無人識，踏過櫻花第幾橋。」

〔註12〕參見柳無忌：《蘇曼殊文集·序》（廣州：花城出版社），頁16。

賦靈性、多情善感的詩人〔註13〕。更何況蘇曼殊的詩，最根本的特點是個性形象十分鮮明，而他的身世，經歷、心境又與眾不同，所以表現出來的藝術形象就相當特殊。《燕子龕詩》之格律美：所謂格律，向為詩歌研究的重要角度，因其不獨能發見作者的風格，更可從中分析詩作的優劣。今從體制、字聲及用韻等三項入手，探討曼殊詩的格律的特點及技巧。《燕子龕詩》之整齊美：由於中國文字的形體，是一字一形體，一字一音節的方塊字，這樣便給中國文學的形式帶來了「整齊美」〔註14〕。最能表現這種美的形式，莫過於「對仗」的運用了。因此，本章從他的「對仗」手法論述它的「整齊美」。《燕子龕詩》之諧協美：蘇曼殊詩歌，自然流暢，宮商得宜，論者亦多有讚譽，柳亞子（1887～1958）在〈蘇曼殊之我觀〉中說：「他的詩好在思想的輕靈、文辭的自然、音節的和諧。」〔註15〕劉斯奮在〈蘇曼殊詩箋注・前言〉亦說：「筆力剛健，音節蒼涼……而不管抒發什麼樣的感情，都始終保持著一種優美、和諧的基調，使人彷彿在欣賞著一首輕音樂。」〔註16〕高仲華先生嘗說：「重疊，常常使文辭的聲音和美。」〔註17〕又說：「促使文辭的聲音和美，最要緊的還是聲音的各種基本條件的錯綜；而平仄的錯綜和雙聲、疊韻的錯綜，尤為重要。」〔註18〕因此，本章便從「雙聲疊韻」、「疊字」、「陰陽平聲字互用」及「上去聲字連用」等四方面談論蘇曼殊詩歌的「諧協美」。

　　第三章：蘇曼殊的小說數量並不多，但是每一篇讀來都讓人感傷動容，因為在他的小說裏充滿了哀傷的情感和他自己的身世之遭遇。他有五部完整的小說《斷鴻零雁記》、《絳紗記》、《碎簪記》、《焚劍記》、《非夢記》，還有一部寫了個開頭並未完成的小說《天涯紅淚記》，這些小說的名字類似於中國古典小說的傳奇作品，但是小說的審美指向卻充滿了現代的意味。曼殊的小說大多以第一人稱敘述，是一種自敘傳式的小說體式，這一寫法在他1911年最早寫作的《斷鴻零雁記》中得到明顯的體現。「斷鴻零雁」就像曼殊自身的寫照，象徵了他自小失去母愛，只好出家為僧而孤苦伶仃的身世際遇。因為他

---

〔註13〕參見柳無忌：《蘇曼殊文集・序》（廣州：花城出版社），頁18。
〔註14〕參見高明先生〈談中國文學的形式美〉，《高明文輯》下冊（臺北：黎明文化事業股份有限公司出版，民國67年3月），頁95。
〔註15〕見柳亞子著：《蘇曼殊研究》（上海：上海人民出版社，1987年），頁344。
〔註16〕見劉斯奮：《蘇曼殊詩箋注》（廣東：人民出版社，1981年），頁10～14。
〔註17〕參見高明：《高明文輯》下冊，〈論聲律〉（臺北：黎明文化事業公司，民國67年3月），頁436。
〔註18〕同上註，頁437。

有著深切的生命體驗，其小說便充滿了發自內心的真摯情感，每一個字每一句話都充溢著作者的深情和感傷。這使得他的小說明顯的具有浪漫主義的特徵，開了中國現代小說以情感結構為基礎的浪漫主義的先河，對後來的郁達夫等人的創作是一個開創和啟發。曼殊的其他小說基本是以愛情為題材，但或者是主人公自身的原因，或者是封建家長的阻撓，都以悲劇作為最後的結局，愛情和求佛的衝突構成了內在的矛盾，使得主人公在情與佛之間徘徊徬徨，痛苦掙扎，從而形成了曼殊獨有的哀感頑豔的小說風格。

第四章：文學翻譯是蘇曼殊文學成就的另一重要方面。在二十四歲時，蘇曼殊對文學翻譯的興趣就展露無遺。是年，他在日本東京編輯出版了一部多人翻譯詩集《文學因緣》，這部譯詩集包括漢譯英語詩歌和英譯漢語詩歌。除了編輯，曼殊更親身加入到翻譯文學的實踐中去。他是拜倫在中國最早的譯介者之一，在《文學因緣》中他就編收了自己所譯的〈星耶峰耶俱無生〉一詩。之後他又譯介了拜倫的〈哀希臘〉、〈贊大海〉等一系列名篇，於 1909 年前後出版了個人譯詩集《拜輪詩選》〔註 19〕。除了大力介紹拜倫式的浪漫主義與英雄激情，曼殊也在對雨果的翻譯中體現出強烈的現實關懷。1903 年他在陳獨秀創辦的《國民日日報》上發表連載小說《慘社會》，即雨果《悲慘世界》的中譯。他的文學翻譯還涉足到雪萊、歌德及印度文學等，覆蓋面極廣。而曼殊的翻譯，十分關注中國的現實，他運用多種手法將外國作品與中國現實結合起來，大量使用辛辣幽默的諷刺手法；同時又將中國的古典意境滲透、貫穿到翻譯作品當中，使異域風情與本土特色結合一體。作為中國翻譯文學的先行者之一，曼殊在翻譯中所用的藝術手法、所造就的藝術特色，均值得我們詳加梳理。

第五章：曼殊的雜文創作，其量並不大。《燕子龕隨筆》記敘曼殊的個人生活片段以及他的人生感悟，其他雜文如〈嶺海幽光錄〉、〈女傑郭耳縵〉、〈嗚呼廣東人〉、〈討袁宣言〉等，則是通過各種方式，或直接或間接地表達曼殊的現實情懷。因此曼殊雜文的藝術美，在大體上可以分為兩類，一類是《燕子龕隨筆》為代表的雅韻雅趣之美，一類是〈嶺海幽光錄〉體現出來的悲慨激昂之美。前者展現出曼殊對生活的靜觀與細細的品味，後者則是曼殊現實主義精神的一貫表現。這兩種互為極端的美學風格，在曼殊的雜文中共同呈現，正吻合於曼殊在出世與入世之間來回游走的傳奇個性。

─────────────────

〔註 19〕曼殊當時譯名為「拜輪」，今譯為「拜倫」。

　　第六章：曼殊是個多才多藝的作家，他的繪畫其實比他的文學作品更爲有名，他也自認爲自己在繪畫上有些天份。在《潮音・跋》中，曼殊自稱四歲就「伏地繪獅子頻伸狀，栩栩欲活」。雖然沒有受到專門的學校教育，但是曼殊的繪畫卻多爲人稱賞。國畫大師黃賓虹生前曾與曼殊有過交往，他讚賞說：「曼殊一生，只留下幾十幅畫，可惜他早死了，但就是那幾十幅畫，其分量也夠抵得過我一輩子的多少幅畫！」〔註20〕曼殊生前的畫作並沒有得到很好的保存，加以他本身就惜墨如金，所以現存的畫作不多，《曼殊上人妙墨冊子》中的二十二幅畫作於 1903 年至 1909 年間，可以說是他青年時期思想相對激進時的作品。另外，曼殊曾經爲一些革命報刊作畫，像《民報・天討》、《天義報》、《河南》等雜誌上也有他的畫作。曼殊的畫裏有很多僧人形象，這彷彿是他自己「行雲流水一孤僧」的形象化表現，而充滿禪意則是曼殊繪畫的最大特色。

---

〔註20〕薛慧山：〈蘇曼殊畫如其人〉，《大人》，1976 年第二十六期，頁 47。

# 第一章　蘇曼殊之生平概略

　　清代陳廷焯論王碧山詞說：「讀碧山詞者，不得不兼時勢言之。」〔註1〕
余以爲豈獨碧山詞爲然，即一切文學作品，亦何莫不然。劉勰《文心雕龍》
亦說：「文變染乎世情，興廢繫乎時序。」〔註2〕是知文學作品之變，與世情
時序有莫大關連。何況一切藝術都是以一定的媒介手段通過塑造藝術形象來
反映社會生活、表現人們的審美意識的〔註3〕。文學是藝術的一大類型，它是
以語言作爲自己的媒介、手段，以語言來塑造藝術形象〔註4〕。有學者認爲：
文學在一個時代有一個時代的形式，也有一個時代的內容。從世界社會進化
的過程去觀察文學的演變，它的流變是很明顯的。就如從古典主義、浪漫主
義、現實主義、象徵主義、表現主義、未來主義等，無不與社會政治、經濟、
人民生活思想緊密聯繫的〔註5〕。研究文學，當然離不開作品，因爲作品就是

---

〔註1〕　語見陳廷焯：《白雨齋詞話》卷二。
〔註2〕　語見劉勰：《文心雕龍・時序篇》。
〔註3〕　見編委會編：《中國文學答問總匯》，「什麼是文學？」（北京：十月出版社，
　　　　1994年），頁770。
〔註4〕　參考北京師範大學中文系文藝理論教研室編：《文學概論》（北京：北京師範
　　　　大學出版社，1984年），頁11～19。
　　　　裴斐著：《文學原理》（北京：中央民族學院出版社，1991年），頁16～29。
　　　　童慶炳主編：《文學理論要略》（北京：人民文學出版社，1995年），頁35～
　　　　47。
　　　　顏元叔著：《何謂文學》（臺北：臺灣學生書局，1976年），頁1～20。
〔註5〕　見甄陶著：《中國文學概論》（香港：香港精工印書局，1961年），頁2。另參
　　　　傅東華著：《文學百題》（鄭州：中州古籍出版社 1992年），「什麼是古典主
　　　　義？」，頁32～36；「什麼是浪漫主義？」，頁37～48；「什麼是寫實主義？」
　　　　頁98～101；「什麼是象徵主義？」，頁110～118；「什麼是表現主義？」，頁

作家的心血結晶，它表達了作家的思想與感情，也反映了作家所處的現實世界。而研究文學作品也應注意到它的歷時性與共時性。所謂歷時性，是指文學作品本身所包含的社會與歷史內容，所反映的是文學與具體社會時代背景的聯繫〔註6〕。至於共時性，就是指文學作品中超越時代與社會的因素。文學作品是人生的一種透視，它既揭示了一定時代與社會的本質，也概括了人類社會共有的本質特徵的功能。文學作品中的某些因素不僅是一個社會所具有的，而且是一切社會所共有的，它所體現的是一種有高度思想情操的、真摯感情的價值〔註7〕。正因為文學作品有著以上種種特殊的性質，我們研究文學作品，或評論、比較作家的文學藝術時，就不得不同時要求對作家所處的社會與時代、有關文學形式的時代發展，以及作家的一些同類或有關著作，都應有所認識和理解。

因此，欲全面研究蘇曼殊的詩歌，先須知其人之時世，知其人之生平，然後方能了然其人之行誼思想之所在。本章乃參考有關文獻，並綜合柳亞子、劉心皇及馬以君等書，論述他的生平概略如後。〔註8〕

# 第一節　生　平

蘇曼殊，本名戩，字子穀，後更名元瑛，小名三郎，曼殊是他的法號。他是廣東省中山縣（舊香山縣）恭常都瀝溪鄉白瀝港村人（今珠海市前山公社）。父親蘇傑生，名勝，一名仁章，又名朝英，是日本橫濱英商萬隆茶行的買辦，母親若子是日本人，原是傑生的小姨。1883 年，傑生與若子私通，翌年九月二十八日生下曼殊。曼殊生後不到三個月，生母若子便與賈森脫離關係，返回家鄉逗子櫻山，從此不知下落。賈森便攜曼殊回寓所，轉由義母河合仙撫養。清光緒十五年（1889），曼殊六歲時，便隨嫡母黃氏由日本返回廣東省香山縣瀝溪鄉白瀝港村。翌年，入鄉塾，從宿儒蘇若泉讀書，初步打下

119～123：「什麼是未來主義？」，頁 124～126。

〔註6〕見李德芳主編：《美學和文學》，《中國成人教育百科全書》。

〔註7〕同註6。

〔註8〕柳亞子：《蘇曼殊研究》（上海：人民出版社，1987 年 12 月）。

劉心皇：《蘇曼殊大師新傳》（臺北：東大圖書股份有限公司，民國 73 年 2月）。

馬以君編注：《蘇曼殊文集》（廣州：花城出版社）。

馬以君箋注：《燕子龕詩箋注》（四川：人民出版社，1983 年 12 月）。

中國文化的基礎。十三歲因不堪忍受家人的虐待，便隨姑母到上海，學習中英文，開始接受新式教育。清光緒二十四年（1898），曼殊十五歲，春初，遵父囑隨表兄林紫垣（祖母林氏之侄孫）重到橫濱，考入華僑設立的大同學校就讀。大約在十六歲的時候，自感身世，便擅自潛回廣東到蒲澗寺削髮為僧。但僧家的生活更是難熬，他又返回大同學校就讀。重返橫濱後，常出入於河合仙處，並與表親「靜子」發生了一段戀情。十九歲在大同學校畢業，轉入東京早稻田大學高等預科中國留學生部。正值翻譯書籍風氣盛行，反帝反清思潮激蕩。在「總角同窗」馮自由（懋龍）的啟發下加入進步團體青年會，開始了革命活動。清光緒二十九年（1903），曼殊二十歲，改名蘇湜，他的革命熱情達到了最高峰，便改入成城學校，學習初等陸軍技術。這時，帝俄無理侵佔東三省，留日學生發起組織「拒俄義勇隊」，不久，又改名「軍國民教育會」。曼殊毅然參加，秘密從事革命活動，為救國救民奔走呼號。曼殊這一革命性的活動，不為表兄林紫垣認同，斷絕經濟，使曼殊食宿都成問題，並強迫曼殊返國回鄉。曼殊不得已，決定輟學回國。在歸國的輪船上，曼殊決心不回家鄉，便草擬一封偽裝投海自殺的遺書寄給林紫垣，作一了斷。船抵上海，曼殊登岸稍為停留，便回到蘇州。經同行的吳帙書、吳縮章兄弟介紹，在吳中公學任英文、體操教員。與包天笑（公毅）、祝心淵（秉綱）和湯國頓等同事。曼殊在吳中公學任教不久，得知陳仲甫（獨秀）、張繼（溥泉）在上海國民日日報社主筆政，便辭去教職，轉至該社任英文翻譯，發表了一些慷慨激昂的詩歌、小說和散文，邁開了文學創作的第一步。

不久，從章行嚴（士釗）口中獲悉故友黃興（克強）在長沙醞釀革命，即行溯江前去尋訪，先後借助明德學堂、經正學堂、湖南實業學堂、安徽旅湘公學任教為名，暗中參與華興會的籌建。繼而奉派至香港聯絡興中會，共商革命鬥爭的開展。同年十二月一日，《國民日日報》因內訌而遭封閉，他感到人心的險惡和自己「幽夢」難成，原來潛藏著的超塵出世之念又再復熾，便流浪到惠州再度披剃。由於廟宇破舊，且貧無隔宿糧，終日化緣為活，所得亦不足以果腹。曼殊知不可久留，便在清光緒三十年（1904）二月中旬逃往省城，再乘輪船抵香港。

回香港後，得師友資助，漫遊暹羅（泰國）、錫蘭（斯里蘭卡）、越南等國，從中領略佛教活動的情況，並接受第三次戒剃。曼殊在南遊諸佛教後，在當年（1904）的秋天，便從廣州經上海到長沙的實業學堂，繼續以教學作

掩護，參與華興會的舉事密謀。他在實業學堂一直教到暑假，便不再接學堂的聘書。清光緒三十一年（1905），應好友劉三（季平）之邀，赴南京陸軍小學堂教習，授英文。清光緒三十二年（1906）春初，曼殊又重到長沙，受聘於明德學堂教授圖畫。七月下旬，得劉師培的介紹，到蕪湖皖江中學教書。在這一段時期，曼殊幾乎是來往於蕪湖、上海、日本、西湖和溫州之間。

清光緒三十三年（1907），曼殊赴日本，轉而從事文化活動，在《民報》和《天義報》等刊物上發表了不少文章和畫幅，並致力於梵文和英文的譯述，編出了《梵文典》、《文學因緣》等書稿。在此前後參與國際性組織「亞洲和親會」的創建和進步刊物《新生》的籌措工作。清光緒三十四（1908）九月，曼殊自日本回國，往來於上海、杭州之間，嘗應楊仁山（文會）之召到南京祇垣精舍任英文講師，於弘揚佛學多所建樹。

清宣統元年（1909），曼殊離開上海東渡至東京，在痛感「極目神州餘子盡」的同時，結識了日本藝伎百助楓子。在相處和別後的日子裏，為她寫出和譯下大量情真意切的詩篇。在此期間，繼續翻譯拜輪、陀露哆等東西方詩人的名篇佳什。回國後，因劉師培夫婦變節遭雷昭性誤會而自杭州轉至上海，後經陶成章推薦往爪哇喏班中華會館學校任教英文。

清宣統三年（1911），曼殊嘗經香港、廣州、上海赴日本探望河合仙，並謀求《潮音》的出版。

武昌起義的消息傳至爪哇，曼殊興奮異常，急欲籌款返國服務。抵達上海，即參加心儀已久的南社，並應聘在太平洋報社任筆政，發表了好些小說和詩文。但面對辛亥革命弱點的逐漸暴露和勝利果實的慘遭葬送，他悲憤莫名，佯狂自戕。時去征歌逐色，寄情脂粉，以至在安慶教書、在蘇州編辭典，都顯得無精打采、意冷心灰。但是曼殊畢竟是個熱血沸騰的革命志士，當他看透袁世凱竊國篡權的醜惡嘴臉時，即怒不可遏地寫出聲討檄文。「二次革命」失敗後，他雖然被迫逃亡日本，但仍繼續參與反袁鬥爭。先後在《民國》、《甲寅》、《南社》等刊物上發表了大量詩文和小說。

民國五年（1916），曼殊回國不久，得知居覺生在山東組織中華革命軍護國討袁，即往青島投奔。回上海後，住孫中山寓所。此後兩度至杭州，一度赴日本，除努力撰述交結朋友外，於國事仍未忘懷。民國六年（1917），曼殊在日本，腸胃疾轉劇，復返上海，進霞飛路海寧醫院。民國七年（1918）春，曼殊自海寧醫院遷居法租界金神父路廣慈醫院。此時曼殊的身體已日漸不

濟，雖多方料理，無奈病態沈屙，終於是年五月二日（陰曆三月二十二日）下午四時，與人世告別。

# 第二節　著　作

曼殊是個多才多藝的作家。他精通中、日、英、梵等幾種語言。在詩歌、小說、散文、翻譯、繪畫等領域上，都取得了很大的成績。據不完全的統計，他的作品流傳於國內的有二、三十種。現據有關資料文獻列舉其著作如下：

《慘世界》——見《國民日日報》，原名《慘社會》。上海東大陸書局出版單行本，改名《慘世界》，已絕版。上海泰東圖書局翻印，又改名《悲慘世界》。柳亞子輯入《曼殊全集》第二冊，羅芳洲輯入《蘇曼殊遺著》，開華書局輯入《曼殊譯作集》及《普及版曼殊全集》，文公直輯入《曼殊大師全集》，中央書店及大達供應社輯入《蘇曼殊全集》，北新書局輯入《曼殊筆記小說集》。

《梵文典》——據飛錫《潮音》及《天義報》第六期〈梵文典啓事〉，原書未見。

《曼殊畫譜》——據《天義報》第五期〈曼殊畫譜序〉，原書未見。

《法顯佛國記、惠生使西域記地名今釋及旅程圖》——據飛錫《潮音·跋》，原書未見。

《文學因緣》——日本東京博文館印刷，齊民社發行，已絕版。上海群益書社翻印，改名《漢英文學因緣》。

〈嶺海幽光錄〉——見《民報》第二十一期。柳無忌輯入《曼殊逸著兩種》，柳亞子輯入《曼殊全集》第二冊，時希聖輯入《曼殊小叢書》，開華書局輯入《曼殊散文集》及《普及版曼殊全集》，文公直輯入《曼殊大師全集》，中央書店及大達圖書供應社輯入《蘇曼殊全集》，北新書局輯入《曼殊筆記小說集》。

〈娑羅海濱遯迹記〉——見《民報》第二十二、二十三期。柳無忌輯入《曼殊逸著兩種》，柳亞子輯入《曼殊全集》第二冊，開華書局輯入《曼殊譯作集》及《普及版曼殊全集》，中央書店及大達圖書供應社輯入《蘇曼殊全集》，北新書局輯入《曼殊筆記小說集》。

《女子髮髻百圖》——正本曾藏伍義伯處，副本曾藏張伯純處，今藏柳亞子處。

《沙昆多邏》——據飛錫《潮音・跋》，原書未見。

《泰西群芳名義集》——據飛錫《潮音・跋》，原書未見。

《英譯燕子箋》——據飛錫《潮音・跋》及曼殊〈答瑪德利莊湘博士書〉，原書未見。

《潮音》——日本東京神田印刷所印刷，已絕版。湖畔詩社翻印。

《斷鴻零雁記》——見《太平洋報》。上海廣益書局出版單行本。段庵旋輯入《燕子山僧集》，柳亞子輯入《曼殊全集》第三冊，金織雲輯入《曼殊代表作》、光華書局輯入《曼殊小說集》，周瘦鵑輯入《曼殊遺集》，時希聖輯入《曼殊小叢書》，羅芳洲輯入《蘇曼殊遺著》，光華書局輯入《曼殊作品選集》，開華書局輯入《曼殊小說集》及《普及版曼殊全集》，文公直輯入《曼殊大師全集》，中央書店及大達圖書供應社輯入《蘇曼殊全集》。梁社幹有英譯本，上海商務印書館出版。

《無題詩三百首》——據《太平洋報・文藝消息》，原書未見。

《重譯茶花女遺事》——據《太平洋報・文藝消息》，原書未見。

《梵書摩多體文》——據曼殊〈與某君書〉，原書未見。

《漢英辭典》——原書舊藏劉畏生處，今歸柳亞子，惟殘缺不全。

《英漢辭典》——據劉畏生云，原書在吳和士處。

《燕子龕隨筆》——見《生活日報》副刊《生活藝府》第十九至五十二號，《華僑雜誌》第二、三期，《民國雜誌》第一期，《文藝珊瑚網》第一集，《民權素》第十二集。周瘦鵑輯入《燕子龕殘稿》及《曼殊遺集》，段庵旋輯入《燕子山僧集》，柳亞子輯入《曼殊全集》第二冊，金織雲輯入《曼殊代表作》，時希聖輯入《曼殊小叢書》，羅芳洲輯入《蘇曼殊遺著》，開華書局輯入《曼殊散文集》及《普及版曼殊全集》，文公直輯入《曼殊大師全集》，中央書店及大達圖書供應社輯入《蘇曼殊全集》，北新書局輯入《曼殊筆記小說集》。

《天涯紅淚記》——見《民國雜誌》第一期。柳亞子輯入《曼殊全集》第三冊，時希聖輯入《曼殊小叢書》，開華書局輯入《曼殊小說集》，中央書店及大達圖書供應社輯入《蘇曼殊全集》。

《泰西群芳譜》——據《民國雜誌》第六期廣告，原書未見。

《埃及古教考》——據《民國雜誌》第六期廣告，原書未見。

《粵英辭典》——據《民國雜誌》第六期廣告，原書未見。

《漢英三昧集》——日本東京三秀舍印刷，東辟發行，已絕版。上海泰

東圖書局翻印，改名《英漢三昧集》。

　　《拜輪詩選》——日本東京三秀舍印刷，梁綺莊發行，已絕版。上海泰東圖書局翻印。段庵旋輯入《燕子山僧集》。

　　《絳紗記》——見《甲寅雜誌》第七期。章行嚴輯入《名家小說集》，甲寅雜誌社出版，上海亞東圖書館發行。盧冀野輯入《曼殊說集》，柳亞子輯入《曼殊全集》第三冊，光華書局輯入《曼殊小說集》，金織雲輯入《曼殊代表作》，周瘦鵑輯入《曼殊遺集》，時希聖輯入《曼殊小叢書》，羅芳洲輯入《蘇曼殊遺著》，開華書局輯入《曼殊小說集》及《普及版曼殊全集》，光華書局輯入《曼殊作品選集》，文公直輯入《曼殊大師全集》，中央書店及大達圖書供應社輯入《蘇曼殊全集》。

　　《焚劍記》——見《甲寅雜誌》第八期。章行嚴輯入《名家小說集》，甲寅雜誌社出版，上海亞東圖書館發行。盧冀野輯入《曼殊說集》，柳亞子輯入《曼殊全集》第三冊，光華書局輯入《曼殊小說集》，金織雲輯入《曼殊代表作》，周瘦鵑輯入《曼殊遺集》，時希聖輯入《曼殊小叢書》，羅芳洲輯入《蘇曼殊遺著》，開華書局輯入《曼殊小說集》及《普及版曼殊全集》，光華書局輯入《曼殊作品選集》，文公直輯入《曼殊大師全集》，中央書店及大達圖書供應社輯入《蘇曼殊全集》。

　　《碎簪記》——見《新青年雜誌》第三、四期。盧冀野輯入《曼殊說集》，段庵旋輯入《燕子山僧集》，柳亞子輯入《曼殊全集》第三冊，光華書局輯入《曼殊小說集》，金織雲輯入《曼殊代表作》，周瘦鵑輯入《曼殊遺集》，時希聖輯入《曼殊小叢書》，羅芳洲輯入《蘇曼殊遺集》，開華書局輯入《曼殊小說集》及《普及版曼殊全集》，光華書局輯入《曼殊作品選集》，文公直輯入《曼殊大師全集》，中央書店及大達圖書供應社輯入《蘇曼殊全集》。

　　《人鬼記》——據曼殊〈與劉半農書〉，原書未見。

　　《非夢記》——見《小說大觀》第十二集。盧冀野輯入《曼殊說集》，柳亞子輯入《曼殊全集》第三冊，金織雲輯入《曼殊代表作》，周瘦鵑輯入《曼殊遺集》，時希聖輯入《曼殊小叢書》，羅芳洲輯入《蘇曼殊遺著》，開華書局輯入《曼殊小說集》及《普及版曼殊全集》，光華書局輯入《曼殊作品選集》，文公直輯入《曼殊大師全集》，中央書店及大達圖書供社輯入《蘇曼殊全集》。〔註9〕

---

〔註9〕一個三十五歲逝世的和尚，終生飄泊無定，卻能有此驚人的才華和超卓的成

# 第三節 交 遊

蘇曼殊自稱「奢豪好客，肝膽照人」〔註10〕，所以，他的朋友是很多的。根據近人馬以君編注《蘇曼殊文集》中記載，計有：馮自由、劉季平、陳獨秀、黎仲實、鈕永建、陳天華、黃興、朱執信、秦毓鎏、廖仲愷、何香凝、陳少白、陶成章、龔微生、趙伯先、張雲雷、魏蘭、羅黑芷、汪東、葉瀾、陳陶怡、居覺生、章太炎、黃侃、柳亞子、陳去病、高天梅、高吹萬、朱少屏、葉楚傖、馬君武、包天笑、朱梁任、黃晦聞、鄧秋枚、馬小進、蔡哲夫、諸宗元、李曉暾、章士釗、蔡元培、沈尹默、徐忍茹、田梓琴、鄧孟碩、邵元沖、蕭紉秋、陳其美、陳果夫、宋教仁、楊庶堪、胡漢民、蔣介石、程演生、劉師培、何震、周豫才、周作人、許壽裳、袁文藪、陳樹人、鄭桐蓀、馬一浮、劉半農、以及佛來蔗、鉥羅罕、官崎寅藏等〔註11〕。其實，根據近人劉心皇《蘇曼殊大師新傳》所載，曼殊所結交的朋友尚不止於此〔註12〕。現在分別臚列說明如下：

桂柏華：名赤，原名念祖，江西人。他是研究佛學的，曾爲曼殊所著《梵書摩多體文》署簽。

劉半農：名復，江蘇江陰人。他和曼殊相識，在民國五年冬天，曼殊死後，他曾有〈悼曼殊〉的新體詩六首發表。後來，又在《語絲》上發表曼殊給他的尺牘三通，並有追懷曼殊的舊詩二絕，題名〈今朝〉。

林寒碧：名景行，原名昶，號亮奇，福建閩縣人。他和曼殊都是南社社友。陳佩忍的「曼殊西湖墓地圖」上，在曼殊墓塔旁邊，他寫著：「林寒碧墓，曼殊之友。」

徐懺慧：名自華，號寄塵，浙江崇德人。她是寒碧夫人徐小淑的老姊。

張卓身：名傳琨，浙江平湖人。民國紀元前四年，曼殊在日本東京，曾和張卓身同居小石川智度寺。

周南陔：名然，貴州人。在《半月雜誌》第二卷第一號，有周南陔的《綺蘭精舍筆記》，據他講，民國五年，他曾到醫院裏去看過曼殊幾回。〔註13〕

---

就，究其原因，除了他的天才條件之外，跟他所處的歷史環境和自身刻苦努力也密切相關。

〔註10〕引見馬以君編注：《蘇曼殊文集》（廣州：花城出版社），頁36。

〔註11〕詳見馬以君編注：《蘇曼殊文集》（廣州：花城出版社），頁36～37。

〔註12〕劉心皇：《蘇曼殊大師新傳》（臺北：東大圖書股份有限公司，民國73年2月）。

〔註13〕以上各人，劉心皇定爲「不能確定何時認識的朋友」。詳見劉心皇：《蘇曼殊

莊湘、雪鴻父女：羅弼莊湘和莊湘的女兒雪鴻，是曼殊認識最早的，雪鴻又名碧迦，見曼殊著的《絳紗記》。莊湘父女是西班牙都城馬德里人。在《潮音‧跋》中，他說：「嘗從西班牙莊湘處士，治歐洲詞學，莊公欲以第五女公子雪鴻妻之，闍黎垂淚曰：『我證法身人，辱命奈何？』莊公爲整資裝，遂之扶南，隨喬悉磨長老究心梵章二年。」這段說話，證明莊湘是曼殊歐洲詞學之師，並有以雪鴻嫁曼殊之意。

喬悉磨長老：又稱鞠罕磨，大概是印度人。《潮音‧跋》上有兩句：「遂之扶南，隨喬悉磨長老究心梵章二年。」扶南即是暹羅。曼殊在《梵文典‧自序》上，前面有：「繼遊暹羅，逢鞠罕磨長老。」末後又有：「長老意思深遠，殷殷以梵學相勉，衲拜受長老之旨，於今三年。……今衲敬成鞠罕磨長老之志，而作此書。」

水野氏：曼殊在〈書跋〉上，有：「丙午初秋，須磨海岸送水野氏南歸。」此水野氏是日本人。

法蘭：曼殊在《拜輪詩選‧自序》中說：「去秋，白零大學教授法蘭居遊秣棱，會衲於祇垣精舍。」白零大學疑即柏林大學，法蘭居士，亦可能是德國人。

西村澄：曼殊在〈書跋〉中寫道：「癸卯南遊，客盤穀，西村澄君過我，以《耶馬溪夕照圖》一幀見贈，並索予畫。」耶馬溪是日本名勝，西村當然是日本人。

萱野長知：周南陔在〈綺蘭精舍筆記〉中說：「曼殊在青島時，日與覺生之夫人，日人萱野長知之夫人，及予，以玩麻雀爲戲。」據陳佩忍說，萱野長知爲孫中山先生老友，與曼殊亦相熟。〔註14〕

贊初長老：和曼殊最有關係的僧人，自然是曼殊披髮時的本師贊初長老。《潮音‧跋》中說：「年十二，從慧龍寺主持贊初大師，披髮於廣州長壽寺，法名博經。由是經行侍師惟謹，威儀嚴肅，器鉢無聲。旋入博羅，坐關三月。詣雷峰海雲寺，具足三壇大戒。嗣受曹洞衣鉢，任知藏於南樓古剎。」

法忍：曼殊在《斷鴻零雁記》內說：「他有個同伴比丘，名法忍。」曼殊又稱他爲湘僧。

大師新傳》（臺北：東大圖書股份有限公司，民國 73 年 2 月），頁 111～113。
〔註14〕以上各人，劉心皇定爲「曼殊的外國朋友」。詳見劉心皇：《蘇曼殊大師新傳》（臺北：東大圖書股份有限公司，民國 73 年 2 月），頁 113～117。

　　曇諦法師：曼殊在《絳紗記》裏曾說到他，又在《碎簪記》中講他西湖的遊侶說：「共曇諦法師一次，共法忍禪師一次。」

　　得山、意周：都是西湖白雲庵的僧人。曼殊在〈與劉三書〉中說：「瑛居白雲庵已數日，主持得山、意周諸師，均是超人。」

　　拂塵法師：〈曼殊與某公書〉中說：「一俟譯事畢業，又重赴迎江寺，應拂塵法師之招。」迎江寺在安慶，拂塵法師可以說是曼殊的僧友之一。

　　蓮華寺主：在《潮音》上，印著：「羯磨阿闍黎飛錫校錄，瀲江蓮華寺重刊流通。」〔註15〕

　　他如：徐紫虯、鍾鏡寰、楊杏南、石丹生、戴鴻渠、楊天驥、夏穗卿、王盛銘、鄭瑞、鄭璠、何震新、許紹南、俞鍔、周覺、呂天民、姚光、孫肇、卓方伯、孫伯純、紀一浮〔註16〕、雪梅、靜子、玉鸞、尹維峻、百助、金鳳、花雪南、張娟娟。〔註17〕

　　柳無忌曾說：「如果把曼殊的友人一個一個名字排在我們的腦筋裏，這差不多成了一幅民國以來文人名士的縮影圖。在這些友人中，我們可以尋到許多於中國文學上政治上都有永久影響的人。」〔註18〕是的，他們於現今及以往歷史上皆能佔有一頁地位。

---

〔註15〕以上各人，劉心皇定爲「曼殊的僧友」。詳見劉心皇：《蘇曼殊大師新傳》（臺北：東大圖書股份有限公司，民國73年2月），頁117～120。

〔註16〕以上各人，劉心皇定爲「從曼殊書簡集中找出的友人」。詳見劉心皇：《蘇曼殊大師新傳》（臺北：東大圖書股份有限公司，民國73年2月），頁120～125。

〔註17〕以上各人，劉心皇定爲「曼殊的女友」。詳見劉心皇：《蘇曼殊大師新傳》（臺北：東大圖書股份有限公司，民國73年2月），頁125～132。

〔註18〕引見馬以君編注：《蘇曼殊文集》（廣州：花城出版社，民國73年2月）。

# 第二章　蘇曼殊的詩歌之美

## 第一節　格律美

　　格律與聲律，向爲詩歌研究的重要角度，因其不獨能發見作者的風格，更可從中分析詩作的優劣〔註1〕。今試從體制、字聲及用韻三項入手，探討曼殊詩的格律的特點及技巧。

## 一、體　制

　　根據近人馬以君《燕子龕詩箋注》所收錄〔註2〕，蘇曼殊詩共存一百零三首〔註3〕，它的體制分類約有如下幾種：

### （一）五言古體絕句（共二首）〔註4〕

例如：

　　清涼如美人，莫愁如月鏡。

---

〔註1〕參見朱少璋：《蘇曼殊散論》（香港：下風堂文化事業，1994年），頁46。

〔註2〕本章引詩，全以馬以君《燕子龕詩箋注》一書爲依據（四川：人民出版社，1983年）。

〔註3〕曼殊詩多爲絕句，王德鍾（1886～1927）在《燕子龕詩・序》中說：「曼殊好爲絕句，他詩未之多見。」高旭（1877～1925）在〈寄懷曼殊印度〉中說：「雪蜨上人工短吟」。見柳亞子：《蘇曼殊全集》（北京：中國書店，1985年），第四冊，頁85；第五冊，頁380。

〔註4〕絕句是四句一首的短詩，可分爲古絕、律絕、拗絕三類。席金友指古絕不受格律限制，既不講究平仄，也不講究粘對，並以押仄聲韻爲常規。《詩詞基本知識》（內蒙古人民出版社，1980年5月第一版），頁121～122。

終日對凝妝，掩映萬荷柄。(〈莫愁湖寓望〉)

案：此首「鏡、柄」二字屬去聲二十四敬韻。

日暮有佳人，獨立瀟湘浦。

疏柳盡含煙，似憐亡國苦。(〈為玉鸞女弟繪扇〉)

案：此首「浦、苦」二字屬上聲七麌韻。

## (二)五言律體絕句仄起調首句不押韻（共三首）〔註5〕

例如：

來醉金莖露，胭脂畫牡丹。

落花深一尺，不用帶蒲團。(〈簡法忍〉)

案：此首「丹、團」二字屬上平聲十四寒韻。

萬物逢搖落，姮娥耐九秋。

縞衣人不見，獨上寺南樓。(〈南樓寺懷法忍、叶叶〉)

案：此首「秋、樓」二字屬下平聲十一尤韻。

一曲淩波去，紅蓮禮白蓮。

江南誰得似？猶憶李龜年。(〈飲席贈歌者賈翰卿〉)

---

〔註5〕 席金友《詩詞基本知識》指出，古絕因受唐代律詩影響，在格律上也形成一套固定的格式，漸漸發展成律絕。律絕特點有三方面：
> (1) 每首四句：五絕每句五字，全首二十字；七絕每句七字，全首二十八字。
> (2) 限押平聲韻：五絕以首句不入韻為常例，首句入韻為變例；七絕以首句入韻為常例，首句不入韻為變例。
> (3) 平仄必須按照格律規定，而且講究粘對。

這一種絕句是有定式的聲調。此聲調，即不外起句不入韻與起句入韻兩體；平起及仄起兩調而已。起句第二字為平聲，即為平起調；起句第二字為仄聲，即為仄起調。茲說明如下。
五言絕句格式（凡平仄字加上□，代表平仄可通融；△表示韻腳。餘例相同）：
> (1) 仄起不入韻式
> 仄仄平平仄，平平仄仄平△平平平仄仄，仄仄仄平平△
> (2) 仄起入韻式
> 仄仄仄平平△平平仄仄平△平平平仄仄，仄仄仄平平△
> (3) 平起不入韻式
> 平平平仄仄，仄仄仄平平△仄仄平平仄，平平仄仄平△
> (4) 平起入韻式
> 平平仄仄平△仄仄仄平平△仄仄平平仄，平平仄仄平△

案：此首「蓮、年」二字屬下平聲一先韻。

### （三）七言律體絕句（共八十四首）〔註6〕

例如：

> 海天龍戰血玄黃，披髮長歌覽大荒。
>
> 易水蕭蕭人去也，一天明月白如霜。
>
> （〈以詩並畫留別湯國頓二首之二〉）

案：此首「黃、荒、霜」三字屬下平聲七陽韻。〔註7〕

> 蹈海魯連不帝秦，茫茫煙水著浮身。
>
> 國民孤憤英雄淚，灑上鮫綃贈故人。
>
> （〈以詩並畫留別湯國頓二首之一〉）

案：此首「秦、身、人」三字屬上平聲十一眞韻。〔註8〕

> 偷嘗天女唇中露，幾度臨風拭淚痕。
>
> 日日思卿令人老，孤窗無那正黃昏。（〈寄調箏人三首之三〉）

案：此首「痕、昏」字屬上平聲十三元韻。〔註9〕

> 烏舍淩波肌似雪，親持紅葉索題詩。
>
> 還卿一缽無情淚，恨不相逢未剃時。（〈本事詩十首之六〉）

案：此首「詩、時」字屬上平聲四支韻。〔註10〕

### （四）拗體絕句

王力《漢語詩律學》指拗絕就是失粘失對的律絕和古絕，所以絕詩實只

---

〔註6〕七言絕句格式：
> （1）仄起不入韻式：仄仄平平平仄仄，平平仄仄仄平平△
> 　　　　　　　　　　平平仄仄平平仄，仄仄平平仄仄平△
> （2）仄起入韻式：　仄仄平平仄仄平△平平仄仄仄平平△
> 　　　　　　　　　　平平仄仄平平仄，仄仄平平仄仄平△
> （3）平起不入韻式：平平仄仄平平仄，仄仄平平仄仄平△
> 　　　　　　　　　　仄仄平平平仄仄，平平仄仄仄平平△
> （4）平起入韻式：　平平仄仄仄平平△仄仄平平仄仄平△
> 　　　　　　　　　　仄仄平平平仄仄，平平仄仄仄平平△

又考曼殊七言律體絕句：平起調首句押韻四十一首，仄起調首句押韻三十首，平起調首句不押韻九首，仄起調首句不押韻四首。
〔註7〕案：此首爲平起調首句押韻式。
〔註8〕案：此首爲仄起調首句押韻式。
〔註9〕案：此首爲平起調首句不押韻式。
〔註10〕案：此首爲仄起調首句不押韻式。

有律絕及古絕兩種〔註 11〕。而席金友《詩詞基本知識》亦指拗絕就是失粘失對的律絕，後人合三爲二，把拗絕也歸入古絕一類。〔註 12〕

曼殊詩的拗體絕句，共有十首，例如：〔註 13〕

> 無限春愁無限恨，一時都向指間鳴。
>
> 我已袈裟全濕透，那堪更聽割雞筝。（〈題靜女調筝圖〉）

案：此首爲仄起仄接起句不入韻式。

> 愧向尊前說報恩，香殘玦黛淺含顰。
>
> 卿自無言儂已會，湘蘭天女是前身。（〈本事詩之五〉）

案：此首爲仄起仄接起句入韻式。

> 桃腮檀口坐吹笙，春水難量舊恨盈。
>
> 華嚴瀑布高千尺，不及卿卿愛我情。（〈本事詩之六〉）

案：此首爲平起平接起句入韻式。

以上三首詩，古人亦有所提及，稱爲「折腰體」。《詩人玉屑》卷二談折腰體時，曾作以下的說明：

> 謂中失黏而意不斷：「渭城朝雨浥輕塵，客舍青青柳色新。勸君更進
>
> 一杯酒，西出陽關無故人。」〔註 14〕

這種折腰體，表面上不合格律，但在詩法上是容許的。

---

〔註 11〕詳見王力：《漢語詩律學》（上海教育出版社，1962 年 12 月第一版），頁 41。

〔註 12〕詳見《詩詞基本知識》（內蒙古人民出版社，1980 年 5 月第一版），頁 121～122。

〔註 13〕七言拗體絕句格式：

    （1）仄起仄接，第一句不押韻式

      仄仄平平平仄仄，平平仄仄仄平平△

      仄仄平平仄仄，平平仄仄仄平平△

    （2）仄起仄接，第一句押韻式

      仄仄平平仄仄平△平平仄仄仄平平

      仄仄平平仄仄，平平仄仄仄平平△

    （3）平起平接，第一句不押韻式

      平平仄仄平平仄，仄仄平平仄仄平△

      平平仄仄平平仄，仄仄平平仄仄平△

    （4）平起平接，第一句押韻式

      平平仄仄仄平平△仄仄平平仄仄平△

      平平仄仄平平仄，仄仄平平仄仄平△

〔註 14〕魏慶之編：《詩人玉屑》（上海：上海古籍出版社，1982 年），上冊，頁 34。

## （五）五言律詩平起調首句不押韻（只一首）〔註15〕

例如：

佳人名小品，絕世已無儔。橫波翻瀉淚，綠黛自生愁。

舞袖傾東海，纖腰惑九州。傳歌如有訴，餘轉雜箜篌。（〈佳人〉）

案：此首「儔、愁、州、篌」四字屬下平聲十一尤韻。

## （六）七言律詩仄起調首句押韻（共二首）〔註16〕

例如：

十日櫻花作意開，繞花豈惜日千回。

昨宵風雨偏相厄，誰向人天訴此哀。

忍見胡沙埋豔骨，空將清淚滴深杯。

多情漫作他年憶，一寸春心早已灰。（〈櫻花落〉）

---

〔註15〕五言律句格式：
 （1）仄起不入韻式：仄仄平平仄，平平仄仄平△平平平仄仄，仄仄仄平平△
       仄仄平平仄，平平仄仄平△平平平仄仄，仄仄仄平平△
 （2）仄起入韻式： 仄仄仄平平△平平仄仄平△平平平仄仄，仄仄仄平平△
       仄仄平平仄，平平仄仄平△平平平仄仄，仄仄仄平平△
 （3）平起不入韻式：平平平仄仄，仄仄仄平平△仄仄平平仄，平平仄仄平△
       平平平仄仄，仄仄仄平平△仄仄平平仄，平平仄仄平△
 （4）平起入韻式： 平平仄仄平△仄仄仄平平△仄仄平平仄，平平仄仄平△
       平平平仄仄，仄仄仄平平△仄仄平平仄，平平仄仄平△
〔註16〕七言律句格式：
 （1）仄起不入韻式：仄仄平平平仄仄，平平仄仄仄平平△
       平平仄仄平平仄，仄仄平平仄仄平△
       仄仄平平平仄仄，平平仄仄仄平平△
       平平仄仄平平仄，仄仄平平仄仄平△
 （2）仄起入韻式： 仄仄平平仄仄平△平平仄仄仄平平△
       平平仄仄平平仄，仄仄平平仄仄平△
       仄仄平平平仄仄，平平仄仄仄平平△
       平平仄仄平平仄，仄仄平平仄仄平△
 （3）平起不入韻式：平平仄仄平平仄，仄仄平平仄仄平△
       仄仄平平平仄仄，平平仄仄仄平平△
       平平仄仄平平仄，仄仄平平仄仄平△
       仄仄平平平仄仄，平平仄仄仄平平△
 （4）平起入韻式： 平平仄仄仄平平△仄仄平平仄仄平△
       仄仄平平平仄仄，平平仄仄仄平平△
       平平仄仄平平仄，仄仄平平仄仄平△
       仄仄平平平仄仄，平平仄仄仄平平△

案：此首「開、回、哀、杯、灰」五字屬上平聲十灰韻。

> 何處停儂油壁車，西泠終古即天涯。
> 搗蓮煮麝春情斷，轉綠回黃妄意賒。
> 玳瑁窗虛延冷月，芭蕉葉卷抱秋花。
> 傷心怕向妝台照，瘦盡朱顏只自嗟。（〈何處〉）

案：此首「車、涯、賒、花、嗟」五字屬下平聲六麻韻。〔註17〕

### （七）五言古體詩歌（只一首）

例如：

> 君為塞上鴻，我是華亭鶴。遙念曠處士，對花弄春爵。
> 良訊東海來，中有遊仙作。勸我加餐飯，規我近綽約。
> 炎蒸困羈旅，南海何遼索。上國亦已蕪，黃星向西落。
> 青驪逝千里，瞻烏止誰屋。江南春已晚，淑景付冥莫。
> 建業在何許，胡塵紛漠漠。佳人不可期，皎月照羅幕。
> 九關日已遠，肝膽竟誰托。願得趨無生，長作投荒客。
> 竦身上須彌，四顧無崖崿。我馬已玄黃，梵土仍寥廓。
> 恒河去不息，悲風振林薄。袖中有短書，思寄青飛雀，
> 遠行戀儔侶，此志常落拓。

> （〈耶婆提病中，末公見示新作，伏枕奉答，兼呈曠處士〉）

案：此首全押入聲韻。

綜上所述，可知蘇曼殊最喜歡作七言絕句詩歌，共九十四首，幾佔全集百分之九十，而七言古體詩歌，則完全不作。為了明目起見，現將曼殊詩歌的種類數目統計列表如下：

| 種　　　　類 | 數　　目 | 種　　　　類 | 數　　目 |
|---|---|---|---|
| 五言古體絕句 | 2 | 五言古體詩 | 1 |
| 五言仄起律體絕句 | 3 | 五言平起律詩 | 1 |
| 七言仄起拗體絕句 | 7 | 七言平起拗體絕句 | 3 |
| 七言仄起律體絕句 | 34 | 七言平起律體絕句 | 50 |
| 七言仄起律詩 | 2 | 總　　　　計 | 103 |

〔註17〕案：以上兩首，皆為仄起調首句入韻式。

## 二、字　聲

### （一）黏　對

我國字聲，共有平上去入四聲。平謂之平，上去入統謂之仄。關於近體詩的平仄格式，相傳有兩句口訣，就是：「一三五不論，二四六分明」，這是就七言律詩而論的。所謂「一三五不論」者，即詩句之第一字、第三字或第五字平仄皆可不論。平聲可以易爲仄聲，仄聲亦可易爲平聲，不必拘定平仄也；所謂「二四六分明」者，即詩句之第二字、第四字或第六字其平仄必須依照平仄譜之規定。當用平者必用平，當用仄者必用仄，平仄不可亂也〔註18〕。否則，便犯了「失對」和「失黏」之病。

黏和對，這是兩個不同的概念，是對近體詩（包括律詩和絕句）的特定要求。近體詩之所以要講究平仄，目的在於使詩句的聲韻不至於單調或雷同。所謂「黏」，就是要求兩句之間平聲字和平聲字相黏聯，仄聲字和仄聲字相黏聯。具體要求是：在兩聯之間，後聯出句第二字的平仄必須和前聯對句第二字的平仄相一致，也就是第三句第二字跟第二句第二字相黏。第五句第二字和第四句第二字相黏，第七句第二字和第六句第二字相黏。所謂「對」，指的是一聯之中，要求上下兩句的平仄兩兩成對。具體說來就是：如果出句某個位置上用的是平聲字，那麼對句同一位置上就必須用一個仄聲字與它相對；如果出句某個位置上用的是仄聲字，那麼對句同一位置上就必須用一個平聲字與它相對。凡是違反了「黏」的規則的，就叫做「失黏」；違反了「對」的規則的，就叫做「失對」。

綜觀蘇曼殊一百零三首詩歌，「失黏」的只有一首〔註19〕，例如：

〔註18〕關於「一三五不論，二四六分明」之說，近人王力認爲「和事實頗不相符……七言詩第三字的平仄必須分明，『仄仄平平仄仄平』不得改爲『仄仄仄平仄仄平』，如果近體詩違犯了這一個規律，就叫做『犯孤平』。孤平是詩家的大忌。由此看來，『一三五不論』的口訣是靠不住的。」《漢語詩律學》第一章第七節，頁83～85。

近人席金友又認爲「七言仄腳的詩句」（即平平仄仄平平仄和仄仄平平平仄仄）允許有三個字不論（即第一、三、五字），平腳的詩句（即平平仄仄仄平平），在這個句式中，第五字非論不可，否則就會形成古風的『三平調』了。」《詩詞基本知識》第三章第五節，頁107。

〔註19〕初唐詩人往往不顧慮失黏，像陳子昂、宋之問、杜審言等，都有失黏的例子。盛唐如王維、李白和杜甫，失黏的詩句也不少。如王維〈賈至早朝〉，起結俱失黏；如杜甫〈詠懷古迹五首之二〉，首聯失黏：李白〈春日遊羅敷潭〉，四

佳人名小品，絕世已無儔。橫波翻瀉淚，綠黛自生愁。

舞袖傾東海，纖腰惑九州。傳歌如有訴，餘轉雜箜篌。（〈佳人〉）

這首五言律詩，首聯與次聯的平仄完全相同，違反了「黏」的規則的，就是「失黏」的明證。至於「失對」，則完全沒有。換言之，他的詩歌失律，約佔全部百分之一而已。

近體詩（包括律絕）為什麼要講究黏對，這是因為運用黏對的規則，可以使整首詩的平仄富於變化，回環往復，聲調多樣，節奏優美，讀起來抑揚頓挫，鏗鏘悅耳。如果不「黏」，那麼前後兩聯的平仄就會雷同；如果不「對」，那麼一聯之中的上下句平仄就重複了。這樣一來，詩的聲韻就要大受影響，就會失去它的回環的美。因此，失黏和失對，於詩意無多大影響，但是對於詩的音韻，畢竟是稍欠悅耳。

## （二）拗　救

所謂「拗救」，就是詩人有時在上句該平的地方用了仄聲，便在下句該仄的地方用平聲以為抵償；或在上句該仄的地方用了平聲，便在下句該平的地方用仄聲以為抵償。王力曾說：「詩人對於拗句，往往用『救』。拗而能救，就不為病。」〔註20〕至於拗救的方式，大概可分為兩種：一為本句自救，二為對句相救。

### 1. 本句自救

蘇曼殊的近體詩歌屬此種的，共四十一首五十句。其中：用平拗仄救者，有四首四句；用仄拗平救者，則有三十七首四十六句。譬如：

好花零落雨綿綿，辜負韶光二月天。

知否玉樓春夢醒，有人愁煞柳如煙。（〈春日〉）

案：「知否玉樓春夢醒」一句，第一字拗平，故第三字以仄聲相救。

丹頓裴輪是我師，才如江海命如絲。

朱弦休為佳人絕，孤憤酸情欲語誰。（〈本事詩十首之三〉）

案：「丹頓拜輪是我師」一句，第一字拗平，故第三字以仄聲相救。

相逢天女贈天書，暫住仙山莫問予。

曾遣素娥非別意，是空是色本無殊。（〈次韻奉答懷宥鄧公〉）

---

聯皆失黏。大約「黏」的形式，在律詩形成的時候雖已有這種傾向，卻還未成為必須遵守的規律。中唐以後，黏的規律漸嚴。

〔註20〕語見王力：《漢語詩律學》第一章第八節，頁91～99。

案：「曾遣素娥非別意」一句，第一字拗平，故第三字以仄聲相救。

　　孤村隱隱起微煙，處處秧歌競種田。

　　羸馬未須愁遠道，桃花紅欲上吟鞭。（〈澱江道中口占〉）

案：「羸馬未須愁遠道」一句，第一字拗平，故第三字以仄聲相救。

　　蹈海魯連不帝秦，茫茫煙水著浮身。

　　國民孤憤英雄淚，灑上鮫綃贈故人。

　　（〈以詩並畫留別湯國頓二首之一〉）

案：「國民孤憤英雄淚」一句，第一字拗仄，故第三字以平聲相救。

　　送卿歸去海潮生，點染生綃好贈行。

　　五里徘徊仍遠別，未應辛苦為調箏。

　　（〈調箏人將行，屬繪《金粉江山圖》，題贈二絕之二〉）

案：「未應辛苦為調箏」一句，第一字拗仄，故第三字以平聲相救。

　　柳陰深處馬蹄驕，無際銀沙逐退潮。

　　茅店冰旗知市近，滿山紅葉女郎樵。（〈過蒲田〉）

案：「滿山紅葉女郎樵」一句，第一字拗仄，故第三字以平聲相救。

　　折得黃花贈阿嬌，暗擡星眼謝王喬。

　　輕車肥犢金鈴響，深院何人弄碧簫。（〈東居雜詩十九首之七〉）

案：「暗擡星眼謝王喬」一句，第一字拗仄，故第三字以平聲相救。

### 2. 對句相救

蘇曼殊的近體詩歌屬此種的，共十八首三十六句。其中：用平拗仄救者，有十首二十句；用仄拗平救者，則有八首十六句。譬如：

　　秋風海上已黃昏，獨向遺編弔拜輪。

　　詞客飄蓬君與我，可能異域為招魂。（〈題《拜輪集》〉）

案：「詞客飄蓬君與我，可能異域為招魂。」上句第一字拗平，所以下句第一字用仄聲相救。

　　羅幕春殘欲暮天，四山風雨總纏綿。

　　分明化石心難定，多謝雲娘十幅箋。（〈無題八首之八〉）

案：「羅幕春殘欲暮天。四山風雨總纏綿。」上句第一字拗平，所以下句第一字用仄聲相救。

　　人間天上結離憂，翠袖凝妝獨倚樓。

　　淒絕蜀楊絲萬縷，替人惜別亦生愁。（〈東居雜詩十九首之十七〉）

案：「淒絕蜀楊絲萬縷，替人惜別亦生愁。」上句第一字拗平，所以下句第一字用仄聲相救。

　　姑蘇台畔夕陽斜，寶馬金鞍翡翠車。

　　一自美人和淚去，河山終古是天涯。（〈吳門依易生韻十一首之四〉）

案：「一自美人和淚去，河山終古是天涯。」上句第三字拗仄，故下句第三字以平聲相救。

　　年華風柳共飄蕭，酒醒天涯問六朝。

　　猛憶玉人明月下，悄無人處學吹簫。（〈吳門依易生韻十一首之七〉）

案：「猛憶玉人明月下，悄無人處學吹簫。」上句第三字拗仄，故下句第三字以平聲相救。

　　平原落日馬蕭蕭，剩有山僧賦大招。

　　最是令人淒絕處，垂虹亭畔柳波橋。（〈吳門依易生韻十一首之九〉）

案：「最是令人淒絕處，垂虹亭畔柳波橋。」上句第三字拗仄，故下句第三字以平聲相救。

　　燈飄珠箔玉箏秋，幾曲回闌水上樓。

　　猛憶定庵哀怨句，三生花草夢蘇州。（〈東居雜詩十九首之九〉）

案：「猛憶定庵哀怨句，三生花草夢蘇州。」上句第三字拗仄，故下句第三字以平聲相救。

## （三）齟　齬

董文渙《聲調四譜圖說》曾指出：〔註21〕

> 無論五律、七律，其重要之法有二：一為一句之中，四聲俱備。二為第一句、第三句、第五句、第七句之末一字，不可連用兩上聲、或兩去聲。必上、去、入相間。律詩備此二法，讀之必聲調鏗鏘，方盡四聲之妙。

所謂「一句之中，四聲俱備」，就是盡可能在一句的五個字或七個字之內，具備平上去入四聲，而且相間地應用；同時，上聯出句之末一字，切不可與下聯出句之末一字同聲，不然，便會犯「鶴膝」之病〔註22〕。其實，一句之中，四聲俱備；平上去入四聲，相間遞用，這種作法，毋疑是令人讀起來鏗鏘悅

---

〔註21〕引見簡明勇：《杜甫七律研究與箋注》第二篇第一章第二節，頁94。

〔註22〕日人遍照金剛：《文鏡秘府論‧文二十八種病》，頁169。據劉善經：「四曰鶴膝，五言詩第五字不得與第十五字同聲。言兩頭細中央麤似鶴膝也。」

耳，卻給予詩人一種不可忍受的束縛。這種詩偶然做一首則可，首首如此，則勢所不能。李重華《貞一齋詩話》中亦曾討論到仄聲輪用的原則：

> 同一仄聲，須細分上、去、入……。〔註23〕

所以，我們只須注意仄聲字的運用，盡可能避免兩個或以上同調的仄聲在一起，如「上上」、「去去」、「入入」等，否則，很容易觸犯「齟齬」之病。所謂「齟齬」，日人遍照金剛載說：

> 齟齬病者，一句之內，除第一字及第五字，其中三字有二字相連，同上去入是。如曹子建詩云：「公子敬愛客」，「敬」與「愛」是其中三字，其二字相連，同去聲是也。元兢曰：「平聲不成病，上去入是重病。」〔註24〕

日人遍照金剛嘗說：〔註25〕

> 若犯上聲，其病重於鶴膝。

唐人上官儀亦說：〔註26〕

> 犯上聲，是斬刑；去入，亦絞刑。

試檢閱曼殊五言詩，句中第二、第三字而有兩仄相連，共有四處，例如：

> 來醉金莖露，胭脂畫牡丹。
> 落花深一尺，不用帶蒲團。（〈簡法忍〉）

案：「用帶」二字，乃去上聲字。

> 萬物逢搖落，姮娥耐九秋。
> 縞衣人不見，獨上寺南樓。（〈南樓寺懷法忍、叶叶〉）

案：「上寺」二字，乃上去聲字。

> 一曲淩波去，紅蓮禮白蓮。
> 江南誰得似？猶憶李龜年。（〈飲席贈歌者賈翰卿〉）

案：「憶李」二字，乃入上聲字。

> 佳人名小品，絕世已無儔。橫波翻瀉淚，綠黛自生愁。
> 舞袖傾東海，纖腰惑九州。傳歌如有訴，餘轉雜箜篌。（〈佳人〉）

案：「惑九」二字，乃入上聲字。完全是沒有犯「齟齬」之病。

---

〔註23〕見丁福保（1874～1952）編：《清詩話》（上海：古籍出版社，1987 年），頁934。
〔註24〕語見日人遍照金剛：《文鏡秘府論‧文二十八種病》，頁190。
〔註25〕引見《文鏡秘府論‧文二十八種病》，頁194。
〔註26〕引見《文鏡秘府論‧文二十八種病》，頁194。

　　再檢閱曼殊七言詩，句中第五、第六字而有兩仄相連，共有一百一十五處，犯「齟齬」之病，則有二十五處。舉例說明如下：

### 1. 兩仄相連同用上聲字（共六處）

例如：

> 丹頓裴輪是我師，才如江海命如絲。
>
> 朱弦休為佳人絕，孤憤酸情欲語誰。（〈本事詩十首之三〉）

案：「是我」二字，乃同為上聲字。

> 斜插蓮蓬美且鬈。曾教粉指印青編。
>
> 此後不知魂與夢，涉江同泛采蓮船。（〈失題〉）

案：「美且」二字，乃同為上聲字。

> 十日櫻花作意開，繞花豈惜日千回。
>
> 昨宵風雨偏相厄，誰向人天訴此哀。
>
> 忍見胡沙埋豔骨，空將清淚滴深杯。
>
> 多情漫作他年憶，一寸春心早已灰。（〈櫻花落〉）

案：「早已」二字，乃同為上聲字。

> 范滂有母終須養，張儉飄零豈是歸。
>
> 萬里征途愁入夢，天南分手淚沾衣。（〈別雲上人〉）

案：「豈是」二字，乃同為上聲字。

> 江城如畫一傾杯，乍合仍離倍可哀。
>
> 此去孤舟明月夜，排雲誰與望樓臺。（東行別仲兄）

案：「倍可」二字，乃同為上聲字。

> 秋千院落月如鉤，為愛花陰懶上樓。
>
> 露濕紅蕖波底襪，自拈羅帶淡娥羞。（〈東居雜詩十九首之六〉）

案：「懶上」二字，乃同為上聲字。

### 2. 兩仄相連同用去聲字（共十二處）

例如：

> 蹈海魯連不帝秦，茫茫煙水著浮身。
>
> 國民孤憤英雄淚，灑上鮫綃贈故人。
>
> （〈以詩並畫留別湯國頓二首之一〉）

案：「贈故」二字，乃同為去聲字。

> 收拾禪心侍鏡臺。沾泥殘絮有沈哀。

湘弦灑遍胭脂淚，香火重生劫後灰。（〈為調箏人繪像二首之一〉）

案：「侍鏡」二字，乃同為去聲字。

烏舍淩波肌似雪，親持紅葉索題詩。

還卿一缽無情淚，恨不相逢未剃時。（〈本事詩十首之六〉）

案：「未剃」二字，乃同為去聲字。

碧玉莫愁身世賤，同鄉仙子獨銷魂。

袈裟點點疑櫻瓣，半是脂痕半淚痕。（〈本事詩十首之八〉）

案：「半淚」二字，乃同為去聲字。

九年面壁成空相，持錫歸來悔晤卿。

我本負人今已矣，任他人作樂中箏！（〈本事詩十首之十〉）

案：「悔晤」二字，乃同為去聲字。

孤燈引夢記朦朧，風雨鄰庵夜半鐘。

我再來時人已去，涉江誰為采芙蓉？（〈過若松町有感〉）

案：「夜半」二字，乃同為去聲字。

秋風海上已黃昏，獨向遺編吊拜輪。

詞客飄蓬君與我，可能異域為招魂。（〈題《拜輪集》〉）

案：「吊拜」二字，乃同為去聲字。

空言少據定難猜，欲把明珠寄上才。

聞道別來餐事減，晚妝猶待小鬟催。（〈無題八首之一〉）

案：「寄上」二字，乃同為去聲字。

碧海雲峰百萬重，中原何處托孤蹤。

春泥細雨吳趨地，又聽寒山夜半鐘。（〈吳門依易生韻十一首之二〉）

案：「夜半」二字，乃同為去聲字。

平原落日馬蕭蕭，剩有山僧賦大招。

最是令人淒絕處，垂虹亭畔柳波橋。（〈吳門依易生韻十一首之九〉）

案：「賦大」二字，乃同為去聲字。

白水青山未盡思，人間天上兩靡微。

輕風細雨紅泥寺，不見僧歸見燕歸。（〈吳門依易生韻十一首之十一〉）

案：「見燕」二字，乃同為去聲字。

卻下珠簾故故羞，浪持銀臘照梳頭。

玉階人靜情誰訴，悄向星河覓女牛。（〈東居雜詩十九首之一〉）

案：「故故」二字，乃同爲去聲字。〔註27〕

### 3. 兩仄相連同用入聲字（共七處）

例如：

> 春雨樓頭尺八簫，何時歸看浙江潮。
>
> 芒鞋破缽無人識，踏過櫻花第幾橋。（〈本事詩十首之九〉）

案：「尺八」二字，乃同爲入聲字。

> 白妙輕羅薄幾重，石欄橋畔小池東。
>
> 胡姬善解離人意，笑指芙蕖寂寞紅。（〈遊不忍池示仲兄〉）

案：「寂寞」二字，乃同爲入聲字。〔註28〕

> 誰贈師梨一曲歌，可憐心事正蹉跎。
>
> 琅玕欲報何從報，夢裏依稀認眼波。（題《師梨集》）

案：「一曲」二字，乃同爲入聲字。

> 軟紅簾動月輪西，冰作闌干玉作梯。
>
> 寄語麻姑要珍重，鳳樓迢遞燕應迷。（〈無題八首之三〉）

案：「玉作」二字，乃同爲入聲字。

> 羅幕春殘欲暮天，四山風雨總纏綿。
>
> 分明化石心難定，多謝雲娘十幅箋。（〈無題八首之八〉）

案：「十幅」二字，乃同爲入聲字。

> 銀燭金杯映綠紗，空持傾國對流霞。
>
> 酡顏欲語嬌無力，雲髻新簪白玉花。（〈東居雜詩十九首之十〉）

案：「白玉」二字，乃同爲入聲字。

> 珍重嫦娥白玉姿，人天攜手兩無期。
>
> 遺珠有恨終歸海，睹物思人更可悲。（〈東居雜詩十九首之十九〉）

案：「白玉」二字，乃同爲入聲字。

> 一代遺民痛劫灰，聞師從聽笑聲哀。
>
> 滇邊山色俱無那，迸入滄浪潑墨來。（題蔡哲夫藏擔當《山水冊》）

案：「潑墨」二字，乃同爲入聲字。

從以上可知，曼殊詩觸犯「齟齬」之病，實得二十三處，約佔全集百分之二十而已。

---

〔註27〕案：「故故」是疊字，非兩去連用不可。

〔註28〕案：「寂寞」是聯綿字，非兩入連用不可。

### （四）平　頭

「平頭」是詩歌「八病」之一種。所謂「八病」，是指詩歌聲律上的八種毛病。南齊沈約等講求韻律，探討詩文聲病，至唐纔有八病的名目。「八病」為：平頭、上尾、蜂腰、鶴膝、大韻、小韻、旁紐、正紐〔註 29〕。所謂「平頭」，據劉善經說：

> 平頭詩者，五言詩第一字不得與第六字同聲，第二字不得與第七字同聲。同聲者，不得同平上去入四聲，犯者名為犯平頭。〔註 30〕

本人以為近體詩的上句第一字與下句第一字同平聲，不足為病；若果同用上去入聲，就是犯平頭病。

竊考曼殊詩，上句第一字與下句第一字同為仄聲，共有五十四次，其中：上句第一字與下句第一字同為上聲的，共有五次，譬如：

> 雨笠煙蓑歸去也，與人無愛亦無嗔。（〈寄調箏人三首之一〉）
> 我已袈裟全濕透，那堪更聽割雞箏。（〈題《靜女調箏圖》〉）
> 我亦艱難多病日，那堪更聽八雲箏。（〈本事詩十首之一〉）
> 遠行戀儔侶，此志常落拓。（〈耶婆提病中，末公見示新作，伏枕奉答，兼呈曠處士〉）
> 只是銀鶯羞不語，恐防重惹舊啼痕。（〈無題八首之四〉）

案：以上詩句，上句第一字與下句第一字同為上聲。

上句第一字與下句第一字同為去聲的，共有六次，譬如：

> 為君昔作傷心畫，妙迹何勞劫火焚。（〈以胭脂為某君題扇〉）
> 寄語麻姑要珍重，鳳樓迢遞燕應迷。（〈無題八首之三〉）
> 縱使有情還有淚，漫從人海說人天。（〈無題八首之七〉）
> 看取紅酥渾欲滴，鳳文雙結是同心。（〈東居雜詩十九首之五〉）
> 露濕紅蕖波底襪，自拈羅帶淡娥羞。（〈東居雜詩十九首之六〉）
> 問到年華更羞怯，背人偷指十三弦。（〈碧闌干〉）

案：以上詩句，上句第一字與下句第一字同為去聲。

上句第一字與下句第一字同為入聲的，共有四次，譬如：

> 易水蕭蕭人去也，一天明月白如霜。（〈以詩並畫留別湯國頓二首之二〉）

---

〔註 29〕語見日人遍照金剛：《文鏡秘府論‧文二十八種病》，頁 169。
〔註 30〕語見日人遍照金剛：《文鏡秘府論‧文二十八種病》，頁 174。

　　白妙輕羅薄幾重，石欄橋畔小池東。(〈遊不忍池示仲兄〉)

　　欲寄數行相問訊，落花如雨亂愁多。(〈寄廣州晦公〉)

　　落花深一尺，不用帶蒲團。(〈簡法忍〉)

案：以上詩句，上句第一字與下句第一字同爲入聲。

　　質言之，曼殊詩犯平頭病，共有十五次，約占全部百分之二十八。

## 三、用　韻

　　詩之有韻，猶柱之有礎。礎不穩則柱必傾，韻不穩則詩必劣。詩之工拙，大半關係於韻，所以，押韻是詩歌最重要特點之一。

　　劉勰嘗說：

　　　是以聲畫妍蚩，寄在吟詠；滋味流於字句；風力窮於和韻。異音相

　　　從謂之和，同聲相應謂之韻。〔註31〕

沈約答陸厥問聲韻書說：

　　　文章之音韻，同管弦之聲曲。〔註32〕

所謂「韻」，本指和諧的聲音。劉彥和所謂「同聲相應謂之韻」，就是指韻母的相同或相近，即所謂「叶韻」或「協韻」。文辭和音樂一樣，要聲音的節奏更美，便須講究「協韻」。「協韻」，必須用收音相同的字。把收音相同的字分成若干種，就是「韻部」。韻部的多少，古今不同。大抵周、秦、兩漢時代的韻，我們叫它做「古韻」；隋、唐以後的韻，我們叫它做「今韻」〔註33〕。今韻以宋代陳彭年等修訂陸法言《切韻》而成的《廣韻》爲主，分二百零六部；後來，南宋平水人劉淵更增修爲《壬子新刊禮部韻略》，並爲一百零七部，成爲目前流行的韻書，這就是所謂「平水韻」。

　　押韻，就是在某一詩句的句末用一個韻母相同的字，由於押韻的位置通常都在句末，所以一般都把押韻的地方叫做「韻腳」。舊體詩一般都是逢雙句押韻的，單句不用韻。律詩是第二、四、六、八句押韻，第一、三、五、七句不押韻。但是，在有的情況下，第一句也有用韻的。

---

〔註31〕語見劉勰：《文心雕龍‧聲律》(臺北：文史哲出版社，民國74年3月初版)，頁106。

〔註32〕參見高明：《高明文輯》下冊，〈論聲律〉(臺北：黎明文化事業公司，民國67年3月初版)，頁439。

〔註33〕雖然魏、晉、南北朝時已有韻書，可惜書沒有傳下來；分部的情形，我們不能確知，只能從那時協韻的文辭窺探一二。隋、唐以後的韻書，現在大都還存在。

　　細看蘇曼殊九十首近體詩歌中，第一句用韻的，竟多達七十三首，而第一句不用韻的，共有十七首。舉例如下：

　　　　海天龍戰血玄黃，披髮長歌覽大荒。

　　　　易水蕭蕭人去也，一天明月白如霜。

　　　　（〈以詩並畫留別湯國頓二首之二〉）

　　　　江頭青放柳千條，知有東風送畫橈。

　　　　但喜二分春色到，百花生日是今朝。（〈花朝〉）

案：以上兩首是平起調，首句押韻式。〔註34〕

　　　　蹈海魯連不帝秦，茫茫煙水著浮身。

　　　　國民孤憤英雄淚，灑上鮫綃贈故人。

　　　　（〈以詩並畫留別湯國頓二首之一〉）

　　　　十日櫻花作意開，繞花豈惜日千回。

　　　　昨宵風雨偏相厄，誰向人天訴此哀。

　　　　忍見胡沙埋豔骨，空將清淚滴深杯。

　　　　多情漫作他年憶，一寸春心早已灰。（〈櫻花落〉）

案：以上兩首是仄起調，首句押韻式。〔註35〕

　　　　禪心一任蛾眉妒，佛說原來怨是親。

　　　　雨笠煙蓑歸去也，與人無愛亦無嗔。（〈寄調箏人三首之一〉）

　　　　佳人名小品，絕世已無儔。橫波翻瀉淚，綠黛自生愁。

　　　　舞袖傾東海，纖腰惑九州。傳歌如有訴，餘轉雜箜篌。（〈佳人〉）

案：以上兩首是平起調，首句不押韻式。〔註36〕

　　　　萬物逢搖落，姮娥耐九秋。縞衣人不見，獨上寺南樓。

　　　　（〈南樓寺懷法忍、叶叶〉）

　　　　碧玉莫愁身世賤，同鄉仙子獨銷魂。

　　　　袈裟點點疑櫻瓣，半是脂痕半淚痕。（〈本事詩十首之八〉）

案：以上兩首是仄起調，首句不押韻式。〔註37〕

---

〔註34〕案：平起調，首句入韻者，共四十一首。

〔註35〕案：仄起調，首句入韻者，共三十二首。

〔註36〕案：平起調，首句不入韻者，共十首。

〔註37〕案：仄起調，首句不入韻者，共七首。

　　由此可知，蘇曼殊較喜用首句押韻之體式。

　　高明先生曾認爲協韻要達到理想，促成文辭聲音的美的，至少要做到三點：第一、韻要與情緒相合；第二、韻要互相調協；第三、韻要響亮妥帖，切忌喑滯晦僻〔註38〕。若以蘇曼殊的詩歌協韻技巧觀之，可以說大半是符合了高氏的論點的。譬如：

　　　　江城如畫一傾杯，乍合仍離倍可哀。
　　　　此去孤舟明月夜，排雲誰與望樓臺。（東行別仲兄）

這是一首贈別詩，詩中寫了作者臨行時落寞的心境，以及作者自己內心的惆悵情懷。而此首正用了上平十灰韻，因爲上平十灰韻的收音屬「埃」（ai），這類韻字，多半是表現沈重哀痛的情緒的。又如：

　　　　范滂有母終須養，張儉飄零豈是歸。
　　　　萬里征途愁入夢，天南分手淚沾衣。（〈別雲上人〉）

這亦是一首贈別詩，詩中寫了作者歸國時的心境，以及作者自己送友思友的落寞情懷，而此首正用了上平五微韻。因爲上平五微韻的收音屬「衣」（i），這類韻字，多半是表現氣餒折鬱的情思的。又如：

　　　　雲樹高低迷古墟，問津何處覓長沮。
　　　　漁郎行入深林處，輕叩柴扉問起居。（〈遲友〉）

這是一首訪友詩，詩中寫了作者訪友時迷路的情景，表現了作者自歎人生道路坎坷，羨慕他人生活閑逸的情懷。而此首正用了上平六魚韻，因爲上平六魚韻的收音屬「烏」（u），這類韻字，多半是含有日暮途窮、極端失意的情感的。〔註39〕

　　此外，亦深知蘇曼殊使用韻字，多是陰陽清濁相間遞用的。譬如：

　　　　蹈海魯連不帝秦，茫茫煙水著浮身。
　　　　國民孤憤英雄淚，灑上鮫綃贈故人。
　　　　（〈以詩並畫留別湯國頓二首之一〉）

案：此首用上平十一眞韻。「秦」、「人」屬陽平調，而「身」則屬陰平調。

　　　　海天空闊九皋深，飛下松間聽鼓琴。
　　　　明日飄然又何處，白雲與爾共無心。（〈題畫〉）

---

〔註38〕參見高明：《高明文輯》下册，〈論聲律〉（臺北：黎明文化事業股份有限公司，民國67年3月），頁440～442。
〔註39〕參照謝雲飛：《文學與音律》第四章〈韻語的選用和欣賞〉（臺北：東大圖書公司印行），頁61。

案：此首用下平十二侵韻。「深」、「心」屬陰平調，而「琴」則屬陽平調。

　　收拾禪心侍鏡臺，沾泥殘絮有沈哀。

　　湘弦灑遍胭脂淚，香火重生劫後灰。（〈為調箏人繪像二首之一〉）

案：此首用上平十灰韻。「台」、「灰」屬陽平調，而「哀」則屬陰平調。

　　從以上分析，可以說蘇曼殊的協韻技巧，多是符合了高氏的三個論點，難怪他的作品，不但風神好、氣骨好、意境好、字句好，而情韻也很好，促成了文辭聲音的諧協。

　　以下試從韻部運用及韻字選擇，列表分析蘇曼殊一百零三首詩歌的協韻技巧如下：

| 篇次 | 篇　名 | 上平聲 | 下平聲 | 上聲 | 去聲 | 入聲 | 韻字 | 韻　部 |
|---|---|---|---|---|---|---|---|---|
| 1 | 以詩並畫留別湯國頓二首之一 | 秦身人 | | | | | 3 | 上平十一眞 |
| 2 | 以詩並畫留別湯國頓二首之二 | | 黃荒霜 | | | | 3 | 下平七陽 |
| 3 | 住西湖白雲禪院作此 | 峰紅鐘 | | | | | 3 | （紅）上平一東（峰鐘）上平二冬 |
| 4 | 花朝 | | 條橈朝 | | | | 3 | 下平二蕭 |
| 5 | 春日 | | 綿天煙 | | | | 3 | 下平一先 |
| 6 | 有懷二首之一 | | 聲明城 | | | | 3 | 下平八庚 |
| 7 | 有懷二首之二 | | 能勝僧 | | | | 3 | 下平十蒸 |
| 8 | 集義山句懷金鳳 | 思知時 | | | | | 3 | 上平四支 |
| 9 | 題畫 | | 深琴心 | | | | 3 | 下平十二侵 |
| 10 | 莫愁湖寓望 | | | | 鏡柄 | | 2 | 去聲二十四敬 |
| 11 | 憶劉三、天梅 | 身人 | | | | | 2 | 上平十一眞 |
| 12 | 久欲南歸羅浮不果因望不二山有感聊書所懷寄二兄廣州兼呈晦聞哲夫秋枚三公滬上 | | 顏山還 | | | | 3 | 上平十五刪 |
| 13 | 西湖韜光庵夜聞鵑聲簡劉三 | | 年鵑 | | | | 2 | 下平一先 |

| 14 | 爲調箏人繪像二首之一 | 台哀灰 | | | | 3 | 上平十灰 |
|---|---|---|---|---|---|---|---|
| 15 | 爲調箏人繪像二首之二 | 師絲誰 | | | | 3 | 上平四支 |
| 16 | 調箏人將行囑繪金粉江山圖題贈二絕之一 | | 情驚城 | | | 3 | 下平八庚 |
| 17 | 調箏人將行囑繪金粉江山圖題贈二絕之二 | | 生行箏 | | | 3 | 下平八庚 |
| 18 | 寄調箏人三首之一 | 親噴 | | | | 2 | 上平十一眞 |
| 19 | 寄調箏人三首之二 | | 煙年眠 | | | 3 | 下平一先 |
| 20 | 寄調箏人三首 | 痕昏 | | | | 2 | 上平十三元 |
| 21 | 本事詩十首之一 | | 鳴箏 | | | 2 | 下平八庚 |
| 22 | 題靜女調箏圖寄包天笑 | | 鳴箏 | | | 2 | 下平八庚 |
| 23 | 本事詩十首之二 | | 煎然緣 | | | 3 | 下平一先 |
| 24 | 本事詩十首之三 | 師絲誰 | | | | 3 | 上平四支 |
| 25 | 本事詩十首之四 | 顰身 | | | | 3 | 上平十一眞 |
| 26 | 本事詩十首之五 | | 笙盈情 | | | 3 | 下平八庚 |
| 27 | 本事詩十首之六 | 詩時 | | | | 2 | 上平四支 |
| 28 | 本事詩十首之七 | 雲裙 | | | | 2 | 上平十二文 |
| 29 | 本事詩十首之八 | 魂痕 | | | | 2 | 上平十三元 |
| 30 | 本事詩十首之九 | | 簫潮橋 | | | 3 | 下平二蕭 |
| 31 | 本事詩十首之十 | | 卿箏 | | | 2 | 下平八庚 |
| 32 | 答鄧繩侯 | 書予殊 | | | | 3 | （書予）上平六魚<br>（殊）上平七虞 |
| 33 | 遊不忍池示仲兄 | 重東紅 | | | | 3 | （東紅）上平一東<br>（重）上平二多 |
| 34 | 代柯子簡少侯（一作代柯子柬少侯） | 絲時眉 | | | | 3 | 上平四支 |

| 35 | 寄晦聞（一作寄廣州晦公） | | 歌何多 | | | 3 | 下平五歌 |
|---|---|---|---|---|---|---|---|
| 36 | 過平戶延平誕生處 | | 邊前 | | | 2 | 下平一先 |
| 37 | 題師梨集 | | 歌跎波 | | | 3 | 下平五歌 |
| 38 | 失題 | | 鬢編船 | | | 3 | 下平一先 |
| 39 | 過若松町有感（一作孤燈） | 朧鐘蓉 | | | | 3 | （朧）上平一東 （鐘蓉）上平二多 |
| 40 | 過若松町有感示仲兄 | | 僧冰 | | | 2 | 下平十蒸 |
| 41 | 櫻花落 | 開回哀懷灰 | | | | 5 | 上平十灰 |
| 42 | 澱江道中口占（一作蒲田道中） | | 煙田鞭 | | | 3 | 下平一先 |
| 43 | 過蒲田（一作定江口占） | | 驕潮樵 | | | 3 | 下平二蕭 |
| 44 | 落日(一作失題) | 濱神人 | | | | 3 | 上平十一眞 |
| 45 | 題拜輪集 | 昏輪魂 | | | | 3 | （昏魂）上平十三元 （輪）上平十一眞 |
| 46 | 耶婆提病中末公見示新作伏枕奉答兼呈曠處士 | | | | 作落漠客薄 爵索莫托廓拓 鶴約屋幕崿雀 | 17 | 入聲十藥 （屋）入聲一屋 （客）入聲十一陌 |
| 47 | 步韻答雲上人三首之一 | 塵身人 | | | | 3 | 上平十一眞 |
| 48 | 步韻答雲上人三首之二 | 塵身人 | | | | 3 | 上平十一眞 |
| 49 | 步韻答雲上人三首之三 | 倫身人 | | | | 3 | 上平十一眞 |
| 50 | 別雲上人 | 歸衣 | | | | 2 | 上平五微 |

| 51 | 簡法忍 | 丹團 | | | | 2 | 上平十四寒 |
|---|---|---|---|---|---|---|---|
| 52 | 以胭脂爲某君題扇 | 焚紛 | | | | 2 | 上平十二文 |
| 53 | 遲友 | 墟沮居 | | | | 3 | 上平六魚 |
| 54 | 無題八首四 | 猜才催 | | | | 3 | 上平十灰 |
| 55 | 無題八首之一 | | 旁香唐 | | | 3 | 下平七陽 |
| 56 | 無題八首之二 | 西梯迷 | | | | 3 | 上平八齊 |
| 57 | 無題八首之三 | 昏魂痕 | | | | 3 | 上平十三元 |
| 58 | 無題八首之八 | | 璫房鴛 | | | 3 | 下平七陽 |
| 59 | 無題八首之五 | 嘶泥低 | | | | 3 | 上平八齊 |
| 60 | 無題八首之六 | | 千憐天 | | | 3 | 下平一先 |
| 61 | 無題八首之七 | | 天綿箋 | | | 3 | 下平一先 |
| 62 | 吳門依易生韻十一首之一 | 根頻門 | | | | 3 | （根門）上平十三元（頻）上平十一眞 |
| 63 | 吳門依易生韻十一首之二 | 重蹤鐘 | | | | 3 | 上平二冬 |
| 64 | 吳門依易生韻十一首之三 | 階懷開 | | | | 3 | （階懷）上平九佳（開）上平十灰 |
| 65 | 吳門依易生韻十一首之四 | | 斜車涯 | | | 3 | 下平六麻 |
| 66 | 吳門依易生韻十一首之五 | 灰來台 | | | | 3 | 上平十灰 |
| 67 | 吳門依易生韻十一首之六 | 哀台開 | | | | 3 | 上平十灰 |
| 68 | 吳門依易生韻十一首之七 | | 蕭朝簫 | | | 3 | 下平二蕭 |
| 69 | 吳門依易生韻十一首之八 | 風東紅 | | | | 3 | 上平一東 |
| 70 | 吳門依易生韻十一首之九 | | 蕭招橋 | | | 3 | 下平二蕭 |
| 71 | 吳門依易生韻十一首之十 | | 樓舟愁 | | | 3 | 下平十一尤 |
| 72 | 吳門依易生韻十一首之十一 | 思微歸 | | | | 3 | （思）上平四支（微歸）上平五微 |

| 73 | 何處 | | 車涯賒花嗟 | | | 5 | 下平六麻 |
|---|---|---|---|---|---|---|---|
| 74 | 南樓寺懷法忍葉葉 | | 秋樓 | | | 2 | 下平十一尤 |
| 75 | 爲玉鸞女弟繪扇 | | | 浦苦 | | 2 | 上聲七麌 |
| 76 | 飲席贈歌者（一作彥居士席上贈歌者賈碧雲） | | 蓮年 | | | 2 | 下平一先 |
| 77 | 佳人 | | 儔愁州篌 | | | 4 | 下平十一尤 |
| 78 | 東行別仲兄 | 杯哀台 | | | | 3 | 上平十灰 |
| 79 | 憩平原別邸贈玄玄 | | 涯家花 | | | 3 | 下平六麻 |
| 80 | 偶成 | 匆空容 | | | | 3 | （匆空）上平一東<br>（容）上平二冬 |
| 81 | 芳草 | | 煙鈿 | | | 2 | 下平一先 |
| 82 | 東居雜詩十九首之一 | | 羞頭牛 | | | 3 | 下平十一尤 |
| 83 | 東居雜詩十九首之二 | | 悠秋流 | | | 3 | 下平十一尤 |
| 84 | 東居雜詩十九首之三 | | 樓休篌 | | | 3 | 下平十一尤 |
| 85 | 東居雜詩十九首之五 | | 偷幽愁 | | | 3 | 下平十一尤 |
| 86 | 東居雜詩十九首之六 | | 沈深心 | | | 3 | 下平十二侵 |
| 87 | 東居雜詩十九首之七 | | 鉤樓羞 | | | 3 | 下平十一尤 |
| 88 | 東居雜詩十九首之八 | | 嬌喬簫 | | | 3 | 下平二蕭 |
| 89 | 東居雜詩十九首之九 | | 流舟愁 | | | 3 | 下平十一尤 |
| 90 | 東居雜詩十九首之十 | | 秋樓州 | | | 3 | 下平十一尤 |
| 91 | 東居雜詩十九首之十三 | | 紗霞花 | | | 3 | 下平六麻 |
| 92 | 東居雜詩十九首之十四 | | 腰描朝 | | | 3 | 下平二蕭 |

| 93 | 東居雜詩十九首之十五 | | 驕橋潮 | | | | 3 | 下平二蕭 |
|---|---|---|---|---|---|---|---|---|
| 94 | 東居雜詩十九首之十七 | 詞知思 | | | | | 3 | 上平四支 |
| 95 | 東居雜詩十九首之十八 | 時之詞 | | | | | 3 | 上平四支 |
| 96 | 東居雜詩十九首之十九 | 伊時枝 | | | | | 3 | 上平四支 |
| 97 | 東居雜詩十九首之四 | | 鉤牛留 | | | | 3 | 下平十一尤 |
| 98 | 東居雜詩十九首之十一 | | 憂樓愁 | | | | 3 | 下平十一尤 |
| 99 | 東居雜詩十九首之十二 | 裙氳樽 | | | | | 3 | （裙氳）上平十二文（樽）上平十三元 |
| 100 | 東居雜詩十九首之十六 | 姿期悲 | | | | | 3 | 上平四支 |
| 101 | 碧欄杆 | | 娟前弦 | | | | 3 | 下平一先 |
| 102 | 晨起口占 | | 紗家花 | | | | 3 | 下平六麻 |
| 103 | 題《擔當山水冊》 | 灰哀來 | | | | | 3 | 上平十灰 |
| 合計 | | 129 | 143 | 4 | 0 | 17 | 293 | |

　　從以上表中，可知蘇曼殊一百零三首的詩歌，共用了上平聲韻十三個韻部一百二十九個韻字，下平聲韻九個韻部一百四十三個韻字，上聲韻一個韻部二個韻字，去聲韻一個韻部二個韻字，入聲韻一個韻部十七個韻字，總計二百九十三個韻字。〔註40〕

　　一般而論，近體詩押韻限定甚嚴，全首只准用平聲韻腳，而且必須一韻

---

〔註40〕　上平聲韻部十三個：一東五首、二冬一首、四支十首、五微一首、六魚三首、八齊二首、九佳一首、十灰七首、十一眞八首、十二文三首、十三元五首、十四寒一首、十五刪一首，合共四十八首。

　　　　下平聲韻部九個：一先十一首、二蕭八首、五歌二首、六麻五首、七陽三首、八庚七首、十蒸二首、十一尤十二首、十二侵二首，合共五十二首。

　　　　上聲韻部一個：上聲七麌一首。

　　　　去聲韻部一個：去聲二十四敬一首。

　　　　入聲韻部一個：入聲十藥一首。

到底，不得押古詩之通韻字或轉韻字，更不得於通轉韻外押他韻字，若於本韻外，押及通韻字、轉韻字、別韻字皆爲落韻。

曾克端先生嘗說：

> 落韻者，出韻之謂也。古韻之通轉，惟押於古詩則可。若於律詩，究屬不宜。昔唐人裴虔餘曾作七絕一首，其上聯押一「垂」字，下聯押一「歸」字，績溪胡仔譏之曰：「檢廣韻集韻略，『垂』與『歸』皆不同韻，此詩爲落韻矣。」〔註41〕

以此論之，從以上表中亦可知蘇曼殊一百零三首詩歌中，竟有十一首是有「出韻」的毛病的，約佔全部的十分一，茲舉證說明如下：

（一）上平一東韻與下平二冬韻互押者（四首）

白雲深處擁雪峰，幾樹寒梅帶雪紅。

齋罷垂垂渾入定，庵前潭影落疏鐘。（〈住西湖白雲禪院作此〉）

案：「峰」、「鐘」二字同屬上平二冬韻；「紅」字則屬上平一東韻。

白妙輕羅薄幾重，石欄橋畔小池東。

胡姬善解離人意，笑指芙蕖寂寞紅。（〈遊不忍池示仲兄〉）

案：「重」字屬上平二冬韻；「東」、「紅」二字則同屬上平一東韻。

孤燈引夢記朦朧，風雨鄰庵夜半鐘。

我再來時人已去，涉江誰爲采芙蓉？（〈過若松町有感〉）

案：「鐘」、「蓉」二字同屬上平二冬韻；「朧」字則屬上平一東韻。

人間花草太匆匆，春未殘時花已空。

自是神仙淪小謫，不須惆悵憶芳容。（〈偶成〉）

案：「匆」、「空」二字同屬上平一東韻；「容」字則屬上平二冬韻。

（二）上平四支韻與上平五微韻互押者（一首）

白水青山未盡思，人間天上兩靡微。

輕風細雨紅泥寺，不見僧歸見燕歸。（〈吳門依易生韻十一首之十一〉）

案：「思」、字屬上平四支韻；「微」、「歸」二字則同屬上平五微韻。

（三）上平六魚韻與上平七虞韻互押者（一首）

相逢天女贈天書，暫住仙山莫問予。

曾遣素娥非別意，是空是色本無殊。（〈次韻奉答懷寧鄧公〉）

案：「書」、「予」二字同屬上平六魚韻；「殊」字則屬上平七虞韻。

---

〔註41〕載見曾克端所編：《學詩初步》卷中，第十三章，頁42。

（四）上平九佳韻與上平十灰韻互押者（一首）

　　月華如水浸瑤階，環佩聲聲擾夢懷。

　　記得吳王宮裏事，春風一夜百花開。（〈吳門依易生韻十一首之三〉）

案：「階」、「懷」二字同屬上平九佳韻；「開」字則屬上平十灰韻。

（五）上平十一眞韻與上平十三元韻互押者（二首）

　　秋風海上已黃昏，獨向遺編弔拜輪。

　　詞客飄蓬君與我，可能異域爲招魂。（〈題《拜輪集》〉）

案：「昏」、「魂」二字同屬上平十三元韻；「輪」字則屬上平十一眞韻。

　　江南花草盡愁根，惹得吳娃笑語頻。

　　獨有傷心驢背客，暮煙疏雨過閶門。（〈吳門依易生韻十一首之一〉）

案：「根」、「頻」二字同屬上平十一眞韻；「門」字則屬上平十三元韻。

（六）上平十二文韻與上平十三元韻互押者（一首）

　　六幅瀟湘曳畫裙，燈前蘭麝自氤氳。

　　扁舟容與知無計，兵火頭陀淚滿樽。（〈東居雜詩十九首之十八〉）

案：「裙」、「氳」二字同屬上平十二文韻；「樽」字則屬上平十三元韻。

（七）入聲一屋韻、入聲十藥韻及入聲十一陌韻互押者（一首）

　　君爲塞上鴻，我是華亭鶴。遙念曠處士，對花弄春爵。

　　良訊東海來，中有遊仙作。勸我加餐飯，規我近綽約。

　　炎蒸困羈旅，南海何遼索。上國亦已蕪，黃星向西落。

　　青驪逝千里，瞻鳥止誰屋。江南春已晚，淑景付冥莫。

　　建業在何許，胡塵紛漠漠。佳人不可期，皎月照羅幕。

　　九關日已遠，肝膽竟誰托。願得趨無生，長作投荒客。

　　竦身上須彌，四顧無崖堮。我馬已玄黃，梵土仍寥廓。

　　恒河去不息，悲風振林薄。袖中有短書，思寄青飛雀，

　　遠行戀儔侶，此志常落拓。

　　（〈耶婆提病中，末公見示新作，伏枕奉答，兼呈曠處士〉）

案：「屋」字屬入聲一屋韻；「客」字屬入聲十一陌韻；其餘韻字全屬入聲十藥韻。〔註42〕

　　以此推論，蘇曼殊用韻過於寬鬆而有失詩律者矣。

---

〔註42〕古體詩雖然可以換韻及通韻，但亦有一定的規限。譬如入聲一屋韻，入聲十藥韻，及入聲十一陌韻，三部韻字是絕不可以通用的。

# 第二節　整齊美

由於中國文字的形體，是一字一形體，一字一音節的方塊字，這樣便給中國文學的形式帶來了「整齊美」〔註43〕。最能表現這種美的形式，莫過於「對仗」的運用了。

對偶又稱對仗，是漢語體系的特有形式。所謂對偶，就是指上下兩句字數相等、句法相侔、平仄相對的一種修辭格。對偶是中國古典文學作品中常見常用的修辭，特別在駢文、韻文中廣爲採用。對偶很早就受到了重視和研究，不僅分類微細，總結出許多的對偶類型，而且存著不少同名異實、同實異名的紛亂現象。譬如：

劉勰分之爲四類：言對、事對、正對和反對〔註44〕。唐人上官儀曾總結對偶爲正名對、同類對、連珠對、雙聲對、疊韻對和雙擬對六類〔註45〕；皎然把對偶分爲的名對、異類對、雙聲對、疊韻對、聯繫對、雙擬對、回文對、隔句對八類〔註46〕。日人峰寺禪念沙門弘法大師遍照金剛在《文鏡秘府論》又分之爲二十九種〔註47〕。近人朱師承平更將對偶詳分爲八十七對。〔註48〕

本人以爲對仗爲詩之容色，亦爲修辭之功。其字型即天然而可以雙排並寫，無長短不齊之弊；其字音即天然而可以陰陽清濁，左右相應；其字義即天然而可以鴛鴦鶼鰈，比翼聯鑣，此爲中國文字天然而特具之美質。所以在古今詩文中，對偶之用甚爲廣泛。

試觀乎蘇曼殊一百零三首詩歌中，使用對仗的共有二十三次。其中：五言絕句共零次；七言絕句十七次；五言律詩共二次；七言律詩三次；五言古詩共一次；七言古詩零次。現分十二項舉例說明如下：

（一）當句對（集中共十次）〔註49〕

---

〔註43〕參見高明先生〈談中國文學的形式美〉，《高明文輯》下（臺北：黎明文化事業股份有限公司，民國67年3月），頁95。
〔註44〕語見劉勰：《文心雕龍‧麗辭篇》。
〔註45〕參見《詩苑類格》。
〔註46〕參見日人遍照金剛（774～835）《文鏡秘府論》。
〔註47〕唐時，日本弘法大師在他的《文鏡秘府論‧論對》一文中，將對偶分爲二十九種，雖失之於苛細繁複，或義界不明，或劃類標準不統一，但尚有一定的參考價值。詳見《文鏡秘府論》（臺北：學海出版社，民國63年1月初版），頁83～84。
〔註48〕詳見朱著：《對偶辭格》（湖南長沙市：嶽麓書社出版，2003年9月第一版）。
〔註49〕當句對是日人遍照金剛（774～835）《文鏡秘府論》所提出的一種對偶，是指

譬如：

　　無限春愁無限恨。(〈題《靜女調箏圖》〉)

　　無量春愁無量恨。(《本事詩十首之一》)

　　才如江海命如絲。(《本事詩十首之三》)

　　卿自無言儂已會。(本事詩十首之四)

　　半是脂痕半淚痕。(《本事詩十首之八》)

　　無端狂笑無端哭。(〈過若松町有感示仲兄〉)

　　不愛英雄愛美人。(〈落日〉)

　　冰作闌干玉作梯。(〈無題八首之三〉)

　　星裁環佩月裁璫。(〈無題八首之五〉)

　　春未殘時花已空。(〈偶成〉)

案：以上十句，皆爲句中自成相對的例子。

## （二）的名對 （集中只一次） 〔註50〕

譬如：

　　君爲塞上鴻，我是華亭鶴。

　　（〈耶婆提病中，末公見示新作，伏枕奉答，兼呈曠處士〉）

案：「君」與「我」，正正相對也。

## （三）同類對 （集中共二次） 〔註51〕

譬如：

　　寒禽衰草伴愁顏。駐馬垂楊望雪山。(〈久欲南歸羅浮不果，因望不

　　　二山有感，聊書所懷，寄二兄廣州，兼呈晦聞、哲夫、秋枚三公

---

　　對偶的關係同在一句中出現，簡單地說，即是當句對仗的對偶。宋人洪邁《容
　　齋隨筆》云：「唐人詩文，或於一句之中自成對偶，謂之當句對。」汪國勝等
　　編的《漢語辭格大全》就曾舉《楚辭・九歌・湘君》中的「桂櫂兮蘭枻，斲
　　冰兮積雪」爲例。當句對的特色是句中的「桂櫂」與「蘭枻」成對：「斲冰」
　　與「積雪」成對，都是詞與詞的對仗。當句對一般的要求是字數相同，詞義
　　相對，也可以只就內容的相對，而字數、平仄，可以不論地成對。

〔註50〕　所謂的名對，根據日本弘法大師在他的《文鏡秘府論・論對》一文中說：「的
　　　名對者，正也。凡作文章，正正相對。上句安天，下句安地；上句安山，下
　　　句安穀；……如此之類，名爲的名對。」(臺北：學海出版社，民國 63 年 1
　　　月初版)，頁 84。

〔註51〕　所謂同類對，亦即同對。根據日本弘法大師在他的《文鏡秘府論・論對》一
　　　文中說：「同對者，若大穀、廣陵、薄雲、輕霧，此大與廣，薄與輕，其類是
　　　同，故謂之同對。」(臺北：學海出版社，民國 63 年 1 月初版)，頁 101。

滬上〉）

案：「禽」與「馬」，同屬鳥獸類；而「草」與「楊」，同屬草木類也。

　　橫波翻瀉淚，綠黛自生愁。（〈佳人〉）

案：「淚」與「愁」，同屬人事類

### （四）異類對（集中共七次）〔註52〕

譬如：

　　多謝劉三問消息，尚留微命作詩僧。（〈有懷二首之二〉）

案：「劉三」，屬人名類；而「微命」，屬人倫類也。

　　湘弦灑遍胭脂淚，香火重生劫後灰。（〈為調箏人繪像二首之一〉）

案：「淚」，屬人事類；而「灰」，屬天文類也。

　　忍見胡沙埋豔骨，空將清淚滴深杯。（〈櫻花落〉）

案：「豔骨」，屬人體類；而「深杯」，屬器皿類也。

　　綺陌春寒壓馬嘶。落紅狼藉印苔泥。（〈無題八首之六〉）

案：「馬」，屬鳥獸類；而「苔」，屬草木類也。

　　玳瑁窗虛延冷月，芭蕉葉卷抱秋花。（〈何處〉）

案：「月」，屬天文類；而「花」，屬草木類也。

　　舞袖傾東海，纖腰惑九州。（〈佳人〉）

案：「袖」，屬衣飾類；而「腰」，屬人體類也。

　　芳草天涯人似夢，碧桃花下月如煙。（〈芳草〉）

案：「夢」，屬人事類；而「煙」，屬天文類也。

　　遺珠有恨終歸海，睹物思人更可悲。（〈東居雜詩十九首之十九〉）

案：「恨」，屬人事類；而「人」，屬人倫類也。

### （五）事類對（集中共二次）〔註53〕

事類，又稱用典，或曰用事。根據劉勰《文心雕龍》謂：

　　事類者，蓋文章之外，據事以類義，援古以證今者也。〔註54〕

---

〔註52〕所謂異類對，根據日本弘法大師在他的《文鏡秘府論・論對》一文中說：「異
　　　　類對者，上句安天，下句安山；上句安雲，下句安微；上句安鳥，下句安花；
　　　　上句安風，下句安樹。如此之類，名為異類對。非是的名對，異同此類，故
　　　　言異類對。」（臺北：學海出版社，民國63年1月初版），頁93。
〔註53〕所謂事類對，即上下兩句使用典故而能互相成對的意思。
〔註54〕語見劉勰：《文心雕龍・事類》（臺北：文史哲出版社，民國74年3月初版），
　　　　頁105。

譬如：

> 范滂有母終須養，張儉飄零豈是歸。（〈別雲上人〉）

案：范滂句典出《後漢書・范滂傳》，而張儉句典出《後漢書・張儉傳》。

> 折得黃花贈阿嬌。暗撼星眼謝王喬。（〈東居雜詩十九首之七〉）

案：阿嬌句典出《漢武帝故事》，而王喬句典出《列仙傳》。

## （六）鑲嵌對（集中只一次）〔註55〕

譬如：

> 搗蓮煮麝春情斷，轉綠回黃妄意賒。（〈何處〉）

案：「搗」與「煮」；而「轉」與「回」，皆鑲嵌而成之詞也。

由以上所舉各例，它們不單是字數相等，而且詞類又完全相同，這樣完美的對句，最能突顯蘇曼殊詩歌的「整齊美」。

劉勰有言：「張華詩稱『遊雁比翼翔，歸鴻知接翮』；劉琨詩言『宣尼悲獲麟，西狩泣孔邱。』若斯重出，即對句之駢枝也。」〔註56〕近人王力亦云：「在對仗上有一種避忌，叫做合掌。合掌是詩文對偶意義相同的現象，事實上就是同義詞相對。」〔註57〕試看蘇曼殊詩歌之使用對偶中，祇「芳草天涯人似夢，碧桃花下月如煙。」一首〔註58〕，有犯「駢枝」之疵纇而已，足見蘇曼殊使用對偶之精工。

# 第三節　諧協美

劉勰曾說：

> 夫音律所始，本於人聲者也。聲含宮商，肇自血氣，先王因之，以
> 制樂歌。〔註59〕

---

〔註55〕所謂鑲嵌，根據近人黃慶萱說：「在詞語中，故意插入數目字、虛字、特定字、同義或異義字，來拉長文句的，叫做鑲嵌。」《修辭學》（臺灣：三民書局印行，民國 64 年 1 月初版）。

〔註56〕語見劉勰：《文心雕龍・麗辭》（臺北：文史哲出版社印行，民國 74 年 3 月初版），頁 134。

〔註57〕語見王力：《漢語詩律學》第一章第十五節〈對仗的講究和避忌〉（上海：上海教育出版社，1962 年 12 月新一版），頁 180。

〔註58〕詩句見〈芳草〉一首。

〔註59〕語見劉勰：《文心雕龍・聲律》（臺北：文史哲出版社，民國 74 年 3 月初版），頁 105。

近人黃季剛亦說：

> 至於調和聲律，本愜人情。觀乎琴瑟專壹，不能爲聽，語言哽介，
> 不能達懷。故絲竹有高下之均，宣唱貴清英之響。然則文詞之用，
> 以代語言，或流弦管，焉能廢斯樂語，求諸鄙言，以調喉娛耳爲非，
> 以蹇吃冗長爲是哉。〔註60〕

由以上兩家所言，可知爲文尚且重視聲律之理，更何況詩歌。

蘇曼殊詩歌，自然流暢，宮商得宜，論者亦多有讚譽，柳亞子（1887～1958）在〈蘇曼殊之我觀〉中說：

> 他的詩好在思想的輕靈、文辭的自然、音節的和諧。〔註61〕

劉斯奮在《蘇曼殊詩箋注・前言》亦說：

> 筆力剛健，音節蒼涼……而不管抒發什麼樣的感情，都始終保持著
> 一種優美、和諧的基調，使人彷彿在欣賞著一首輕音樂。〔註62〕

高仲華先生嘗說：

> 重疊，常常使文辭的聲音和美。〔註63〕

又說：

> 促使文辭的聲音和美，最要緊的還是聲音的各種基本條件的錯綜；
> 而平仄的錯綜和雙聲、疊韻的錯綜，尤爲重要。〔註64〕

以下便從「雙聲疊韻」、「疊字」、「陰陽平聲字互用」及「上去聲字連用」等四方面談論蘇曼殊詩歌的「諧協美」。

## 一、雙聲疊韻

劉彥和曾說：「凡聲有飛沈，響有雙疊。」〔註65〕所謂「雙疊」，即指字之雙聲疊韻。凡兩字聲母相同而韻母不同連成一詞的，謂之雙聲；凡兩字韻母相同而聲母不同連成一詞的，謂之疊韻。近人林尹亦說：「發音相同之字，

---

〔註60〕語見黃侃：〈書後漢書論贊〉一文，轉載自張仁青：《魏晉南北朝文學思想史》
　　　　上（臺灣：文史哲出版社，民國67年12月初版），頁82。
〔註61〕見柳亞子著：《蘇曼殊研究》（上海：上海人民出版社，1987年），頁344。
〔註62〕見劉斯奮：《蘇曼殊詩箋注》（廣東：人民出版社，1981年），頁10～14。
〔註63〕參見高明：《高明文輯》下冊，〈論聲律〉（臺北：黎明文化事業公司，民國67
　　　　年3月），頁436。
〔註64〕參見高明：《高明文輯》下冊，〈論聲律〉（臺北：黎明文化事業公司，民國67
　　　　年3月），頁437。
〔註65〕語見劉勰：《文心雕龍・聲律》（臺北：文史哲出版社，民國74年3月初版），
　　　　頁105。

謂之『雙聲』……古稱收音相同者，謂之『疊韻』。」〔註66〕由於漢語中有單音及複音詞結構，複音詞以兩字詞爲大多數，聯綿詞是以兩字連舉而成一義，其構成爲雙聲詞或疊韻詞，故聯綿詞亦有雙聲疊韻之合稱。因漢字之音節部份以發聲及收音完成，雙聲字指兩字之發聲部份相同，即同聲母；疊韻字指兩字之收音部份相同，即同韻母。

　　劉勰《文心雕龍》又謂：「聲轉於物，玲玲如振玉；辭靡於耳，累累如貫珠矣。」〔註67〕可見詩中使用聯綿字，不獨可以增強語言之表達效果與感染能力，更可使口吻調和以增加聲調的美聽。故自來文學作品如《詩經》、《楚辭》、漢魏六朝詩歌、唐宋詩詞，多所運用雙聲疊韻字。

　　試檢閱蘇曼殊的詩歌，句中使用相同之聲紐或韻目者，共有七十次，其中：雙聲字連用者共四十三次，而疊韻字連用者共二十七次。現分八項舉例說明其使用技巧方式如下：〔註68〕

### （一）單句雙聲〔註69〕

集中屬於此種者，共三十次，如：

　　蹈海魯連不帝秦，茫茫煙水著浮身。（〈以詩並畫留別湯國頓二首之一〉）

　　多謝劉三問消息，尚留微命作詩僧。（〈有懷二首之二〉）

　　收將鳳紙寫相思，莫道人間總不知。（〈集義山句懷金鳳〉）

---

〔註66〕語見林尹：《中國聲韻學通論》（臺北：世界書局，民國70年9月），頁17～49。

〔註67〕同註65。

〔註68〕使用雙聲字共三十三組四十三次，其中使用一次的，共二十五組：魯連、零落、掩映、收拾、琵琶、生綃、色相、冥莫、九關、恒河、憔悴、金莖、迢遞、鴛鴦、繚亂、姮娥、明滅、哀怨、傾國、煙雨、相思、飄泊、芬芳、容與、山色。
　　使用兩次的，共七組：禪心、黃昏、故國、惆悵、秋千、消息、瀟湘。
　　使用四次的，只一組：珍重。
　　至於詩中使用疊韻字共二十組二十七次，其中使用一次的，共十五組：點染、徘徊、芙渠、蹉跎、依稀、朦朧、綽約、纏綿、姑蘇、靡微、豆蔻、六幅、氤氳、滇邊、滄浪。
　　使用兩次的，共三組：誰知、翡翠、嬋娟。
　　使用三次的，共二組：闌干、東風。

〔註69〕至於本文所論雙聲疊韻字，是依據下列二書：
　　（1）林尹：《中國聲韻學通論》（臺灣：世界書局出版，民國70年9月）。
　　（2）郭錫良：《漢字古音手冊》（北京：大學出版社，1986年11月）。

終日對凝妝，掩映萬荷柄。(〈莫愁湖寓望〉)

禪心一任蛾眉妒，佛說原來怨是親。(〈寄調箏人三首之一〉)

秋風海上已黃昏，獨向遺編弔拜輪。(〈題《拜輪集》〉)

江南春已晚，淑景付冥莫。(〈耶婆提病中，末公見示新作，伏枕奉
答，兼呈曠處士〉)

九關日已遠，肝膽竟誰托。(〈耶婆提病中，末公見示新作，伏枕奉
答，兼呈曠處士〉)

恒河去不息，悲風振林薄。(〈耶婆提病中，末公見示新作，伏枕奉
答，兼呈曠處士〉)

來醉金莖露，胭脂畫牡丹。(〈簡法忍〉)

莫道橫塘風露冷，殘荷猶自蓋鴛鴦。(〈無題八首之五〉)

棠梨無限憶秋千，楊柳腰肢最可憐。(〈無題八首之七〉)

春色總憐歌舞地，萬花繚亂爲誰開。(〈吳門依易生韻十一首之六〉)

故國已隨春日盡，鷓鴣聲急使人愁。(〈吳門依易生韻十一首之十〉)

日暮有佳人，獨立瀟湘浦。(〈爲玉鸞女弟繪扇〉)

自是神仙淪小謫，不須惆悵憶芳容。(〈偶成〉)

可憐羅帶秋光薄，珍重蕭郎解玉鈿。(〈芳草〉)

相逢莫問人間事，故國傷心只淚流。(〈東居雜詩十九首之二〉)

明珠欲贈還惆悵，來歲雙星怕引愁。(〈東居雜詩十九首之四〉)

秋千院落月如鈎，爲愛花陰懶上樓。(〈東居雜詩十九首之六〉)

猛憶定庵哀怨句，三生花草夢蘇州。(〈東居雜詩十九首之九〉)

銀燭金杯映綠紗，空持傾國對流霞。(〈東居雜詩十九首之十〉)

爲向芭蕉問消息，朝朝紅淚欲成潮。(〈東居雜詩十九首之十二〉)

況是異鄉兼日暮，疏鐘紅葉墜相思。(〈東居雜詩十九首之十三〉)

槭槭秋林細雨時，天涯飄泊欲何之。(〈東居雜詩十九首之十四〉)

蘭蕙芬芳總負伊，並肩攜手納涼時。(〈東居雜詩十九首之十五〉)

扁舟容與知無計，兵火頭陀淚滿樽。(〈東居雜詩十九首之十八〉)

珍重嫦娥白玉姿，人天攜手兩無期。(〈東居雜詩十九首之十九〉)

## (二) 單句雙聲而疊用者

集中屬於此種者，只一次，如：

收拾禪心侍鏡臺，沾泥殘絮有沈哀。(〈爲調箏人繪像二首之一〉)

## （三）單句疊韻

集中屬於此種者，共十九次，如：

　　江頭青放柳千條，知有東風送畫橈。（〈花朝〉）

　　五里徘徊仍遠別，未應辛苦為調箏。（〈調箏人將行，屬繪《金粉江

　　　山圖》，題贈二絕之二〉）

　　胡姬善解離人意，笑指芙蕖寂寞紅。（〈遊不忍池示仲兄〉）

　　誰贈師梨一曲歌，可憐心事正蹉跎。（題《師梨集》）

　　琅玕欲報何從報，夢裏依稀認眼波。（題《師梨集》）

　　孤燈引夢記朦朧，風雨鄰庵夜半鐘。（〈過若松町有感〉）

　　誰知北海吞氈日，不愛英雄愛美人。（〈落日〉）

　　勸我加餐飯，規我近綽約。（〈耶婆提病中，末公見示新作，伏枕奉

　　　答，兼呈曠處士〉）

　　軟紅簾動月輪西，冰作闌干玉作梯。（〈無題八首之三〉）

　　羅幕春殘欲暮天，四山風雨總纏綿。（〈無題八首之八〉）

　　碧城煙樹小彤樓，楊柳東風繫客舟。（〈吳門依易生韻十一首之十〉）

　　白水青山未盡思，人間天上兩霏微。（〈吳門依易生韻十一首之十

　　　一〉）

　　羅襦換罷下西樓，豆蔻香溫語未休。（〈東居雜詩十九首之三〉）

　　碧闌干外夜沈沈，斜倚雲屏燭影深。（〈東居雜詩十九首之五〉）

　　翡翠流蘇白玉鉤，夜涼如水待牽牛。（〈東居雜詩十九首之十六〉）

　　莫怪東風無賴甚，春來吹發滿庭花。（〈晨起口占〉）

## （四）單句疊韻錯綜

集中屬於此種者，只一次，如：

　　碧闌干外遇嬋娟，故弄雲鬟不肯前。（〈碧闌干〉）

## （五）上下句雙聲錯綜

集中屬於此種者，共三次，如：

　　懺盡情禪空色相，琵琶湖畔枕經眠。（〈寄調箏人三首之二〉）

　　多謝素書珍重意，恰儂憔悴不如人。（〈步韻答雲上人三首之二〉）

　　寄語麻姑要珍重，鳳樓迢遞燕應迷。（〈無題八首之三〉）

## （六）上下句疊韻錯綜

集中屬於此種者，共二次，如：

> 姑蘇台畔夕陽斜，寶馬金鞍翡翠車。(〈吳門依易生韻十一首之四〉)
>
> 滇邊山色俱無那，迸入滄浪潑墨來。(〈題蔡哲夫藏擔當《山水冊》〉)

## （七）單句雙聲疊韻錯綜

集中屬於此種者，只一次，如：

> 送卿歸去海潮生，點染生綃好贈行。(〈調箏人將行，屬繪《金粉江山圖》，題贈二絕之二〉)

## （八）上下句雙聲疊韻錯綜

集中屬於此種者，共四次，如：

> 流螢明滅夜悠悠，素女嬋娟不耐秋。(〈東居雜詩十九首之二〉)
>
> 誰知詞客蓬山裏，煙雨樓臺夢六朝。(東居雜詩十九首之十一)
>
> 六幅瀟湘曳畫裙，燈前蘭麝自氤氳。(〈東居雜詩十九首之十八〉)

從以上詩句可知，蘇曼殊的詩歌，喜歡使用雙聲字及疊韻字錯綜在裏面，所以讀來聲音特別顯得諧美，悅耳動聽。而且整首詩都是適量的使用，因為雙聲疊韻的字用多了，便是病。譬如陸龜蒙的〈雙聲溪上思〉，通首多用雙聲字，我們讀來，多少覺得聲音有些不太自然〔註 70〕。又如他的〈疊韻山中吟〉，通首多用疊韻字，我們讀來，多少亦覺得聲音有些彆扭〔註 71〕。這兩首詩，如果不是有平仄、陰陽、等呼、清濁種種條件的錯雜，恐怕更要讀不上口了〔註 72〕。同時，集中使用相同的雙聲字及疊韻字極不多，足見其匠心獨運之妙。〔註 73〕

## 二、疊　字

疊字亦曰重言，蓋累疊相同之字，以為一語。劉彥和《文心雕龍》有云：

---

〔註 70〕陸龜蒙的〈雙聲溪上思〉：「溪空唯容雲，木密不隙雨。迎漁隱映間，安問謳雅榜。」案：「唯、容、雲」皆喻母字；「迎、漁」皆疑母字；「隱、映」皆影母字；「安、謳、雅」皆影母字。

〔註 71〕陸龜蒙的〈疊韻山中吟〉：「瓊英輕明生，石脈滴瀝碧。玄鉛山偏憐，白幘客亦惜。」案：第一句五字皆庚韻；第二句「石、瀝」二字皆緝韻，「脈」屬陌韻，「滴」屬錫韻，「碧」屬質韻，韻亦相近；第三句除「山」屬刪韻外，餘四字皆先韻；第四句除「幘」屬緝韻外，餘四字皆陌韻。

〔註 72〕參見高明：《高明文輯》下冊，〈論聲律〉（臺北：黎明文化事業股份有限公司，民國 67 年 3 月），頁 438。

〔註 73〕詳見孟子《孟子・萬章篇下》。

「灼灼狀桃花之鮮，依依盡楊柳之貌，杲杲爲日出之容，漉漉擬雨雪之狀，喈喈逐黃鳥之聲，喓喓學草蟲之韻，並以少總多，情貌無遺矣。」〔註74〕推而論之：詩人所以喜用疊字，期能藉以令詞句搖曳生姿，形容生動，意境傳神，語氣纏綿而聲調諧和者也。

蘇曼殊的詩歌，使用疊字共二十三次，而使用疊字之技巧，則有以下四種，舉例如下：〔註75〕

## （一）用於句首（共五次）

蹈海魯連不帝秦。茫茫煙水著浮身。（〈以詩並畫留別湯國頓二首之一〉）

遠遠孤飛天際鶴，雲峰珠海幾時還。（〈久欲南歸羅浮不果，因望不二山有感，聊書所懷，寄二兄廣州，兼呈晦聞、哲夫、秋枚三公滬上〉）

日日思卿令人老，孤窗無那正黃昏。（〈寄調箏人三首之三〉）

爲向芭蕉問消息，朝朝紅淚欲成潮。（〈東居雜詩十九首之十二〉）

槭槭秋林細雨時，天涯飄泊欲何之。（〈東居雜詩十九首之十四〉）

## （二）用於句中（共八次）

易水蕭蕭人去也，一天明月白如霜。（〈以詩並畫留別湯國頓二首之二〉）

華嚴瀑布高千尺，未及卿卿愛我情。（〈本事詩十首之五〉）

袈裟點點疑櫻瓣，半是脂痕半淚痕。（〈本事詩十首之八〉）

月華如水浸瑤階，環佩聲聲擾夢懷。（〈吳門依易生韻十一首之三〉）

卻下珠簾故故羞，浪持銀臘照梳頭。（〈東居雜詩十九首之一〉）

可憐十五盈盈女，不信盧家有莫愁。（〈東居雜詩十九首之八〉）

舊廡風月重相憶，十指纖纖擘荔枝。（〈東居雜詩十九首之十五〉）

齋罷垂垂渾入定，庵前潭影落疏鐘。（〈住西湖白雲禪院作此〉）

## （三）用於句末（共八次）

好花零落雨綿綿，辜負韶光二月天。（〈春日〉）

---

〔註74〕語見劉勰：《文心雕龍・物色》（臺北：文史哲出版社，民國74年3月初版），頁302。

〔註75〕凡疊字俱爲相同之字。

　　小樓春盡雨絲絲，孤負添香對語時。(〈代柯子柬少侯〉)

　　建業在何許，胡塵紛漠漠。(〈耶婆提病中，末公見示新作，伏枕奉
　　　答，兼呈曠處士〉)

　　今日圖成渾不似，胭脂和淚落紛紛。(〈以胭脂為某君題扇〉)

　　平原落日馬蕭蕭，剩有山僧賦大招。(〈吳門依易生韻十一首之九〉)

　　人間花草太匆匆，春未殘時花已空。(〈偶成〉)

　　流螢明滅夜悠悠，素女嬋娟不耐秋。(〈東居雜詩十九首之二〉)

　　碧闌干外夜沈沈，斜倚雲屏燭影深。(〈東居雜詩十九首之五〉)

## (四) 用於上下兩句 (只一次)

　　孤村隱隱起微煙，處處秧歌競種田。(〈澱江道中口占〉)

至於以上各組的疊字，其效用則有以下三種：

### 1. 言情意 (集中共九次)

　　踏海魯連不帝秦，茫茫煙水著浮身。(〈以詩並畫留別湯國頓二首之
　　　一〉)

案：茫茫，本指迷漫，蘇曼殊藉以寫自己四海飄零，前路茫茫的生活處境。

　　齋罷垂垂渾入定，庵前潭影落疏鐘。(〈住西湖白雲禪院作此〉)

案：垂垂，漸漸也。此指僧人默坐，心不馳散，漸漸進入禪定狀態。

　　日日思卿令人老，孤窗無那正黃昏。(〈寄調箏人三首之三〉)

案：此指日日為了思念調箏人而令到顏容衰老。

　　華嚴瀑布高千尺，未及卿卿愛我情。(〈本事詩十首之五〉)

案：卿卿，古時男子對女子的昵稱，此指百助。此句指百助愛己之情深也。

　　孤村隱隱起微煙，處處秧歌競種田。(〈澱江道中口占〉)

案：此句指處處都看見農夫一面插秧一面唱歌的喜悅心情。

　　今日圖成渾不似，胭脂和淚落紛紛。(〈以胭脂為某君題扇〉)

案：此句指蘇曼殊含著淚水和著胭脂作畫，帶出他飽含悲傷的心情。

　　卻下珠簾故故羞，浪持銀臘照梳頭。(〈東居雜詩十九首之一〉)

案：故故，頻頻也。此句指女子放下用珠子串成的簾子時，頻頻羞人答答。

　　可憐十五盈盈女，不信盧家有莫愁。(〈東居雜詩十九首之八〉)

案：盈盈，美好貌。此句指女子的姿容美好也。

　　為向芭蕉問消息，朝朝紅淚欲成潮。(〈東居雜詩十九首之十二〉)

案：此句指女子朝朝流淚，幾乎變成江潮也。

### 2. 摹物態（集中共十一次）

好花零落雨綿綿，辜負韶光二月天。（〈春日〉）

案：此句形容雨水綿綿不絕地落下也。

遠遠孤飛天際鶴，雲峰珠海幾時還。（〈久欲南歸羅浮不果，因望不
二山有感，聊書所懷，寄二兄廣州，兼呈晦聞、哲夫、秋枚三公
滬上〉）

案：此句形容孤鶴飛向遠遠的天邊。

袈裟點點疑櫻瓣，半是脂痕半淚痕。（〈本事詩十首之八〉）

案：此句形容身上的袈裟一點一點，恰似瓣瓣的櫻花。

小樓春盡雨絲絲，孤負添香對語時。（〈代柯子柬少侯〉）

案：此句形容雨水像絲線那樣細小。

孤村隱隱起微煙，處處秧歌競種田。（〈澱江道中口占〉）

案：此句形容孤村隱約可見。

建業在何許，胡塵紛漠漠。（〈耶婆提病中，末公見示新作，伏枕奉
答，兼呈曠處士〉）

案：此句形容帝國主義列強的紛紛侵略也。

人間花草太匆匆，春未殘時花已空。（〈偶成〉）

案：此句形容花草凋謝很快。

流螢明滅夜悠悠，素女嬋娟不耐秋。（〈東居雜詩十九首之二〉）

案：悠悠，指漫長。此句形容長夜漫漫也。

碧闌干外夜沈沈，斜倚雲屏燭影深。（〈東居雜詩十九首之五〉）

案：沈沈，深深也。此句形容夜已深深。

槭槭秋林細雨時，天涯飄泊欲何之。（〈東居雜詩十九首之十四〉）

案：槭槭，樹枝光禿的樣子。此句形容光禿的樹枝，正被細細的秋雨灑著。

舊廂風月重相憶，十指纖纖擘荔枝。（〈東居雜詩十九首之十五〉）

案：此句形容女子的十指纖幼也。

### 3. 諧聲響（集中共三次）

易水蕭蕭人去也，一天明月白如霜。（〈以詩並畫留別湯國頓二首之
二〉）

案：蕭蕭，象聲詞，此指寒風的聲音。

　　　月華如水浸瑤階，環佩聲聲擾夢懷。(〈吳門依易生韻十一首之三〉)

案：此指環佩的聲音不斷的擾亂自己的夢境。

　　　平原落日馬蕭蕭，剩有山僧賦大招。(〈吳門依易生韻十一首之九〉)

案：蕭蕭，象聲詞，此指馬鳴的聲音。

　　從上分析，顯示了蘇曼殊對疊字能夠靈活的運用〔註76〕，使人誦之皆能若行雲流水，聞之如金聲玉振，視之似明霞散綺，極其和美。明代楊慎曾在他的《升庵詩話》中說：「詩用疊字最難下，唯老杜用之獨工。」〔註77〕申鳧盟亦說：「杜詩善用疊字……皆非意想所及。」〔註78〕其實，蘇曼殊在這方面是不遑多讓的。

## 三、陰陽平聲字連用

　　中國詩歌的音調編排，以平仄二聲為基調，而平聲又須注意陰陽之分，此種要求，在李重華（1682～1754）的《貞一齋詩話》中已有提及：

　　　就平聲，又須審量陰陽清濁。〔註79〕

曼殊詩，句中凡二平聲相連者，共四百二十五組，其中陰平陽平連用者，多達二百一十二組，如：

　　　萬戶千門盡劫灰，胡姬含笑踏青來。

　　　今日已無天下色，莫牽麋鹿上蘇台。(〈吳門依易生韻之五〉)

案：詩中二平聲相連者共三組──「千門」、「胡姬」及「蘇台」，均能陰陽平互用。

　　又如：

　　　海天空闊九皋深，飛下松間聽鼓琴。

　　　明日飄然又何處，白雲與爾共無心。(〈題畫〉)

案：詩中二平聲相連者共三組──「松間」、「飄然」及「無心」，均能陰陽平互用。

---

〔註76〕集中使用二十三次疊字中，除蕭蕭、沈沈二組疊用兩次之外，其餘皆只疊用一次。

〔註77〕轉引自清・仇兆鰲：《杜少陵集詳注》（新華書店發行，1955 年 1 月，北京第一版）。

〔註78〕轉引自清・仇兆鰲：《杜少陵集詳注》（新華書店發行，1955 年 1 月，北京第一版）。

〔註79〕見丁福保（1874～1952）編：《清詩話》（上海：古籍出版社，1987 年），頁934。

　　收拾禪心侍鏡臺，沾泥殘絮有沈哀。

　　湘弦灑遍胭脂淚，香火重生劫後灰。（〈為調箏人繪像二首之一〉）

案：詩中二平聲相連者共六組，而「禪心」、「沾泥」、「沈哀」、「湘弦」及「重生」等五組，均能陰陽平互用。

　　烏舍凌波肌似雪，親持紅葉索題詩。

　　還卿一缽無情淚，恨不相逢未剃時。（〈本事詩十首之六〉）

案：詩中二平聲相連者共六組，而「凌波」、「親持」、「題詩」、「還卿」及「相逢」等五組，均能陰陽平互用。

　　佳人名小品，絕世已無儔。橫波翻瀉淚，綠黛自生愁。

　　舞袖傾東海，纖腰惑九州。傳歌如有訴，餘轉雜箜篌。（〈佳人〉）

案：詩中二平聲相連者共七組，而「佳人」、「橫波」、「生愁」、「傳歌」及「箜篌」等五組，均能陰陽平互用。

　　人間天上結離憂，翠袖凝妝獨倚樓。

　　淒絕蜀楊絲萬縷，替人惜別亦生愁。（〈東居雜詩十九首之十七〉）

案：詩中二平聲相連者共四組──「人間」、「離憂」、「凝妝」及「生愁」等，均能陰陽平互用。

　　竊考曼殊詩作中，兩陰平連用共一一〇組，其中有屬疊字者九組〔註80〕；有屬疊韻者七組〔註81〕；有屬雙聲者十八組〔註82〕；兩陽平連用共一百零三組，其中有屬疊字者六組〔註83〕；有屬疊韻者八組〔註84〕；有屬雙聲者五組〔註85〕。換言之，詩作中兩平連用而未能陰陽平調諧者，實得一百六十組，約占全集百分之三十七，故其詩作的諧協美頗強。

## 四、上去聲字連用

　　我國字聲，可分為平、上、去、入四聲。平謂之平，上去入三聲總謂之仄。大抵人情有喜怒哀樂之殊，字音因有浮切輕重之異，故能使四聲善為運

---

〔註80〕譬如：蕭蕭（2）、卿卿、絲絲、紛紛、聲聲、匆匆、朝朝、纖纖。

〔註81〕譬如：依稀、燈昏、姑蘇、飄蕭、東風（2）、氤氳。

〔註82〕譬如：相思（2）、傷心（6）、仙山、三山、三生、金莖、鴛鴦、秋千（2）、瀟湘（2）、芬芳。

〔註83〕譬如：茫茫、垂垂、綿綿、悠悠、沈沈、盈盈。

〔註84〕譬如：徘徊、樓頭、無殊、芙渠、誰眉、朦朧、纏綿、靡微。

〔註85〕譬如：琵琶、黃昏、恒河、回黃、姮娥。

用，則言者分明，聽者愉快，而吟哦朗誦，尤見鏗鏘〔註86〕。四聲之於詩，自有其自然之妙用。李重華在他的《貞一齋詩話》中曾討論到仄聲輪用的原則：

同一仄聲，須細分上、去、入……。〔註87〕

夏承燾亦說：

上去二聲，歌法不同，去聲由高而低，上聲由低而高。故必「上去」

或「去上」連用，乃有纍纍貫珠之妙。〔註88〕

今統計曼殊詩中二仄相連之詞共三百九十二組〔註89〕，其中：上去連用者五十組，去上連用者六十七組〔註90〕，約佔全集百分之三十。譬如：

淡掃蛾眉朝畫師，同心華鬘結青絲。

一杯顏色和雙淚，寫就梨花付與誰。（〈爲調箏人繪像二首之二〉）

案：詩中二仄相連之詞共三組，全爲上去或去上連用。其中：「淡掃」、「寫就」二組爲上去連用；「付與」則爲去上連用。

棠梨無限憶秋千，楊柳腰肢最可憐。

縱使有情還有淚，漫從人海說人天。（〈無題八首之七〉）

案：詩中二仄相連之詞共三組，全爲上去或去上連用。其中：「有淚」爲上去連用；「最可」、「縱使」二組則爲去上連用。

何處停儂油壁車，西泠終古即天涯。

搗蓮煮麝春情斷，轉綠回黃妄意賒。

玳瑁窗虛延冷月，芭蕉葉卷抱秋花。

傷心怕向妝台照，瘦盡朱顏只自嗟。（〈何處〉）

案：詩中二仄相連之詞共八組，其中：「煮麝」、「妄意」、「玳瑁」三組爲上去連用；「瘦盡」、「只自」二組則爲去上連用。

〔註86〕參見韋金滿：《柳蘇周三家詞之聲律比較研究》第四章（臺灣：天工書局，民國86年1月），頁274。

〔註87〕見丁福保（1874～1952）編：《清詩話》（上海：古籍出版社，1987年），頁934。

〔註88〕語見夏承燾：《唐宋詞論叢》。

〔註89〕朱少璋統計曼殊詩中二仄相連之詞共五百二十五組，似有商榷之處。朱少璋：《蘇曼殊散論》（香港：下風堂文化事業，1994年12月第一版），頁53。

〔註90〕他如：兩上連用者三十二組，上入連用者二十八組，兩去連用者四十二組，去入連用者四十六組，入上連用者三十七組，入去連用者五十七組，兩入連用者三十三組。

他如：

湘弦瀝遍胭脂淚，香火重生劫後灰。(〈爲調箏人繪像二首之一〉)

何心描畫閑金粉，枯木寒山滿故城。(調箏人將行，屬繪《金粉江山圖》，題贈二絕之一)

我再來時人已去，涉江誰爲采芙蓉？(〈過若松町有感〉)

遠行戀儔侶，此志常落拓。(〈耶婆提病中，末公見示新作，伏枕奉答，兼呈曠處士〉)

空山流水無人跡，何處娥眉有怨詞。(〈東居雜詩十九首之十四〉)

蘭蕙芬芳總負伊，並肩攜手納涼時。(〈東居雜詩十九首之十五〉)

案：詩中二仄相連之詞，皆爲上去連用。

知否玉樓春夢醒，有人愁煞柳如煙。(〈春日〉)

海天空闊九皋深，飛下松間聽鼓琴。(〈題畫〉)

淚眼更誰愁似我，親前猶自憶同人。(〈憶劉三、天梅〉)

漁郎行入深林處，輕叩柴扉問起居。(〈遲友〉)

胭脂湖畔紫騮驕，流水棲鴉認小橋。(〈東居雜詩十九首之十二〉)

案：詩中二仄相連之詞，皆爲去上連用。

以上詩句，凡二仄相連用上去或去上者，讀來極爲和諧悅耳。大抵上去二聲歌法稍異，上聲腔高而去聲腔低，一高一低，音節極盡抑揚之致 [註91]。現綜合列表如下，以證曼殊使用仄聲字之梗概：

| 項　目 | 兩上連用 | 上去連用 | 上入連用 | 去上連用 | 兩去連用 | 去入連用 | 入上連用 | 入去連用 | 兩入連用 | 總　計 |
|---|---|---|---|---|---|---|---|---|---|---|
| 組　次 | 32組 | 50組 | 28組 | 67組 | 42組 | 46組 | 37組 | 57組 | 33組 | 392組 |
| 百分比 | 8.2% | 12.8% | 7.1% | 17.1% | 10.7% | 11.8% | 9.4% | 14.5% | 8.4% | 100% |

從上表統計，可知曼殊詩中兩仄聲相連的，輪用三聲者佔大多數，正合李重華所說輪用上、去、入的法則。[註92]

---

〔註91〕 參見韋金滿：《柳蘇周三家詞之聲律比較研究》第四章（臺灣：天工書局，民國86年1月），頁274。

〔註92〕 詳見丁福保：(1874～1952) 編：《清詩話》(上海：古籍出版社，1987年)，頁934。

# 第三章　蘇曼殊的小說之美

　　蘇曼殊的小說創作共有六部：《斷鴻零雁記》、《絳紗記》、《焚劍記》、《碎簪記》、《非夢記》、《天涯紅淚記》。除了最後一部沒有完成以外，其他五部都是開中國現代小說史先河的哀婉淒美之作。這些小說中的人物大都用情專一，入情極深，當愛情不能實現時便以身殉情或皈依佛門。作者在感傷和悲慘的描繪中，揭示了個體存在的孤獨感與蒼茫感，形成了以自我感傷爲表徵的浪漫主義風格。小說以雅潔的文言寫來充滿詩意。同時作品中充滿了幻滅感，悲劇的生命意識已經深入了他的血脈。而在這些有浪漫氣氛的小說中又不無對時代的寫實與譏諷。下面我們分爲五點來一一揭示曼殊小說的藝術美感。

## 第一節　浪漫感傷之美

　　蘇曼殊的幾部小說都穿插了男女主人公的愛情糾葛，他們在愛情來臨之時往往欲愛不能，纏綿斷腸，因而令人悱惻動容，具有一種浪漫感傷之美。這種浪漫感傷之美是蘇曼殊小說的最大特色，曾爲前人論及。郁達夫說：「我所說的在文學上可不朽的成績，是指他的浪漫氣質。」〔註1〕李鷗梵也指出：「他是預示著浪漫抒情小說在五四時期獲得長足發展的一個先驅。」〔註2〕而這種浪漫感傷之美具體來說表現爲以下幾個方面：

　　首先是自敘傳的創作方法。可以說第一人稱自敘傳的創作方法在中國現

〔註 1〕 郁達夫：《雜評曼殊作品》（廣州：花城出版社，1982 年）。
〔註 2〕 楊義：《中國現代小說史》（北京：人民出版社，1988 年）。

代小說史上是前無古人的。中國文學向來有文以載道的傳統，文學作爲承載
治國之道表達社會道德倫理的工具，批判現實卻不注重書寫個體的情感與心
靈，這在小說文體中尤其明顯。而創作於 1911～1917 年間的蘇曼殊的小說則
突破了中國傳統文學重群體、重外在的特點，以自敘傳的形式在小說中書寫
內心的情感，尋求生命的價值，宣洩一己無法擺脫的心靈矛盾，可以說，「在
二十世紀乃至整個中國文學史上，很少有文學家歌哭任情、率真自如猶如曼
殊，也很難找出哪些文學家的文字猶如曼殊的文字一樣強調作家主體的個體
本位，將內心深處自戀與自抑的雙重身份表達得那麼飽滿。」〔註3〕蘇曼殊小
說往往採用第一人稱的敘述方式，其中的主人公都有他自己的影子，尤其是
「以早年的生活和感受爲基礎虛構」的小說《斷鴻零雁記》常常被研究者作
爲蘇曼殊的自傳加以引用。

　　《斷鴻零雁記》以第一人稱獨白的方式敘事，在小說的第一章，作者寫
「余」在雷峰山的海雲寺受戒三年，在余三戒具足之日，下山面師，頂禮受
牒。而在這一章末尾，作者寫道：「此章爲吾書發凡，均紀實也。」可見曼殊
明確的點明瞭小說的發起緣由與自己身世經歷的一致性。在第一章中，作者
又再次點出影響其一生的難言之恫：「然彼爲知方外之人，亦有難言之恫？」
此前，1909 年曼殊前往爪哇任教，途經新加坡時遇早年英文老師莊湘及女兒
雪鴻，雪鴻贈其拜輪詩集，曼殊深感拜輪去國離鄉飄流異邦的境況與自己相
似，隨即寫詩《題拜輪集》。在此詩序中，曼殊也寫到：「予早歲批剃，學道
無成，思維身世，有難言之恫。」曼殊小說的筆調總是充滿了一種哀傷之情，
亦與他身世的難言之恫有關。曼殊的身世血統後人多有猜測，在被看作其自
傳的《潮音・跋》一文中，曼殊自述生於日本江戶，母親是河合氏，五歲時
隨遠親來到中國，易名蘇三郎，「而遭逢身世有難言之恫」，於十二歲時批剃
於廣州長壽寺。後來長壽寺被新學暴徒毀爲墟市，曼殊又乘船往日本，找到
他的母親，學習美術、政治，之後子身遨遊，足迹遍亞洲。蘇曼殊的這一經
歷與《斷鴻零雁記》中的「余」簡直如出一轍。「余」名叫三郎，在雷峰山受
戒後下山遭到搶劫，流落中遇到其乳母，問其生母事宜，欲去日本尋母，苦
無資費。後邂逅未婚妻雪梅，雪梅奉金百兩支援其去日本，三郎感慨萬千，
告別乳母，想與其師面別，不意寺廟已被新學暴徒毀爲墟市，於是又到英文
老師羅弼牧師家告別，之後赴日本找到了自己的母親。他在拜訪姨媽時染病，

---

〔註3〕黃軼：〈抱慰生存悖論中的個體生命〉，《語文知識》，2007 年第二期，頁29。

得到姨媽的養女靜子姑娘的悉心照料，兩人談詩作畫，靜子對其一見傾心，母親和姨媽也很想把靜子許配給他，雖然有時他也被靜子姣好的容貌智慧的心靈打動，但是他一直記得「茲出家與合婚二事，直相背而馳。余既證法身，固弗娶者」，經過痛苦的內心掙扎，三郎最終還是悄然離開了母親，以一封信拒絕了靜子的愛。

可是當三郎回國後，卻聽到雪梅因爲抗拒父母悔婚，癡等自己而病故的消息，他悲痛萬分，步行千里欲到雪梅的墳前祭吊，竟不得而終，心如木石，與法忍束裝就道歸省其師。

《斷鴻零雁記》是一部自傳體的小說，故事情節以作者的經歷爲基礎，其中的雪梅、靜子等也均有其人。張卓聲在《曼殊上人軼事》中記載：「曼殊高尚敏慧，素爲其姨母所鍾愛。有姨表姊靜子，幼時與曼殊同遊，兩小無猜。其後姨母欲爲撮合，靜子亦以情志相契，終身默許，非曼殊不嫁。姨母乃以鑽戒贈曼殊，永留紀念，不啻爲訂婚之禮物。無如曼殊訪道名山，年年作客，萍蹤無定。又以梵行清靜，未便論娶，以致婚事延擱，蹉跎復蹉跎，而靜子竟以積愁成疾，鬱鬱逝世。」〔註4〕柳亞子先生當年甚至根據這部作品和其他詩文，爲曼殊作傳。與小說中徘徊於雪梅、靜子中的男主人公一樣，現實中的蘇曼殊也可謂風流倜儻，與多位女性交往，但卻都只是一種精神的靠近而未有肉體的接觸。曼殊的英文老師莊湘的女兒雪鴻與曼殊感情深厚，莊湘也有意把女兒嫁給他，可是曼殊因是受戒僧人，且決心到東南亞等佛教聖地朝拜，而向莊湘父女表白了終身不娶的志願，拒絕了雪鴻的愛情。日本藝伎調箏人百助在一場音樂會上與曼殊相識，二人同病相憐，心靈相通。「久而久之，百助以一腔少女的癡情向曼殊表達了共同生活的願望。然而曼殊不能。他對百助是愛慕的，可他早已落髮爲僧，又對日本僧人可以結婚的事很有異議，所以，結親同居在他來講是不能想像的。」〔註5〕他說：「愛情者，靈魂之空氣也。……我不欲圖肉體之快樂，而傷精神之愛也。」〔註6〕因此，他與秦淮名妓金鳳的交往，與上海名妓賽金花、花雪南、張娟娟等的交往，都是一種深厚的情感交流與關愛，毫無狹邪之人的輕薄。在蘇曼殊的小說中，男主人公與女性的愛情也多是一種精神上的愛慕。《斷鴻零雁記》中的靜子蕙質蘭

〔註4〕柳亞子編：《蘇曼殊全集》（中國書店出版社，1985年9月版）。
〔註5〕陳星：《孤雲野鶴‧蘇曼殊》（山東畫報出版社，1995年12月）。
〔註6〕菊屏：《說苑珍聞‧蘇曼殊全集》（中國書店，1985年），頁26。

心，超凡脫俗，不僅作詩善畫，而且亦懂梵語，深研佛教，對這樣的女性，三郎是佩服讚歎。如靜子在看了三郎作畫後，說：「試思今之畫者，但貴形似，取悅市儈，實則寧達畫之理趣哉？昔人謂畫水能終夜有聲，余今觀三郎此畫，果證得其言不謬。」對於靜子的這一番深刻的畫論，三郎是：「傾聽其言，心念世寧有如此慧穎者？因退立其後，略舉目視之，鬢髮膩理，纖穠中度。余暗自歎曰：『真曠劫難逢者也！』」三郎對靜子的美貌與才情並沒有引發他生理上的輕浮，而是一種精神上的讚歎。又如三郎的妹妹向他講述靜子研習梵文，喜談佛理時，他心下暗歎：「靜子慧骨天生，一時無兩，寧不令人畏敬？」雖然三郎也「心儀彼妹學邃，且僩然出塵，如藐姑仙子」，甚至「但見玉人口窩動處，又使沙浮復生，亦無此莊豔。此時令人真個消魂矣」被靜子打動，但是三郎依然對靜子保持了一顆超俗之心，精神的愛慕是其主導。

小說中作者對女性的態度與他現實生活中的行為極為相似，正是這種精神上的相通相戀使得其小說有一種浪漫而純潔的美感，似乎虛無縹緲，無法把握，但又冰清玉潔，讓人心醉沈迷，為之扼腕歎息。

作者在小說與詩文中一再表達的難言之恫，則和他的身世有密切聯繫。雖然他在《斷鴻零雁記》中寫三郎父親名為宗郎，出身高貴，「出必肥馬輕裘」，是日本血統，但實際上經後人考證，曼殊是中日混血兒，且是私生子。父親是廣東人叫蘇傑生，在日本橫濱經商，曼殊自認生母乃父之妾河合氏，其實另有她人，是河合氏的妹妹、親戚或下女，還未有定論。而生母生下他以後就離開了曼殊，父親也是勉強承認曼殊的合法地位，把他帶回廣東。但是在蘇家，曼殊的遭遇是「群擯棄之」（章太炎語），由於他是私生子，蘇家上下對他都冷眼相看，嬸嬸的白眼，姐姐的欺淩，使他備受折磨。據其同父異母的妹妹蘇慧珊回憶：「時或嬸嬸輩言語不檢，有重此輕彼之分，使三兄感懷身世，抑鬱不安，聞他十三歲在鄉居，偶患疾病……但有嬸嬸輩，預定其病不能治，將其置之柴房以待斃。」〔註7〕在如此冰冷的家庭環境裏長大的蘇曼殊，對母親的愛渴望至極，他在小說《斷鴻零雁記》中也表達了自己這樣沈痛的心情：「人皆謂我無母，我豈真無母邪？否，否。余自養父見背，雖煢煢一身，然常於風動樹梢，零雨連綿，百靜之中，隱約微聞慈母喚我之聲。顧聲從何來，余心且不自明，恒結嬸凝想耳。」可見曼殊無時無刻不在思念著自己的母親。當小說中的主人公三郎來到日本按乳媼所授位址快要到達生母所住地

〔註7〕《柳亞子文集‧蘇曼殊研究》，頁501。

時，「心緒深形忐忑，自念於此頃刻間，即余骨肉重逢，母氏慈懷大慰，甯非余有生以來第一快事」。當找到生母，生母親自爲三郎準備晚餐時，三郎又感慨：「余心念天下仁慈之心，無若母氏之於其子矣。」而在母親提出讓他與靜子結婚時，他的第一反應不是自己是否要娶靜子，而是怕自己的回答傷害母親，於是推託之後又來應允，都是怕母親過於傷心。

這種對母愛的渴望有時甚至被曼殊轉移到了對愛情心理的描寫。在小説《絳紗記》中，五姑和曇鸞失散後，「思君如嬰兒念其母」，把情人之間的思念比作嬰兒對母親的思念，可見母愛對其影響等同於甚至大於愛情。現實生活中蘇曼殊對母愛的渴求在他的小説中得到了情感的宣洩和彌補，他是一個情感的饑渴者，這使他在小説中對愛有一種竭盡全力的追求。這種基於自己內心體驗所寫出來的情感是那樣強烈真摯感人肺腑。對母愛的尋求與最終迫不得已與母親的離別也使得其小説充滿了求索的浪漫與求而不得的傷感。

郁達夫曾説文學作品都是作者的自敘傳。對於蘇曼殊尤其如此。除了這部自傳體的小説《斷鴻零雁記》外，其他幾部小説也都深刻印上了曼殊的影子。在他的小説中，男主人公的名字都和曼殊常用的名字有關。《天涯紅淚記》中的「燕影生」是曼殊的別號；《絳紗記》中的「曇鸞」與「夢珠」，前者「曇」、「鸞」都是作者與朋友通信往來時的自署，夢珠與曼殊也是一音之轉，且夢珠名瑛，與曼殊的名玄瑛相映照，有時曼殊與友人書箚也只寫一個瑛字；《碎簪記》中的莊湜，湜也是作者的名字。其實不僅主人公的名字與曼殊相通，他們的身體、性格、行爲方式，甚至經歷、處理問題的方式都與曼殊有相似點。曼殊自幼體弱多病，而他筆下的男主人公多數也是易於生病、體質虛弱者，如《斷鴻零雁記》中的三郎，到了日本以後，在與其母一起到姨媽家後，「頓覺頭顱肢體均熱，如居火宅。是夜輾轉不能成寐，病乃大作」，而後靜子姑娘對其悉心照料。《非夢記》中的燕海琴也是發熱溫度逾四十。《碎簪記》中的莊湜「弱不勝衣」，忽發熱症，而總是愁雲滿面，最終抑鬱而死；「余」也有腸病，與現實中的蘇曼殊相似。據柳亞子記載：「玄瑛體弱善病，而食欲亢進。當在日本，一日飲冰五六斤，晚不能動，人以爲死，視之猶有氣，明日復飲冰如故。以是恒得洞泄疾，旋愈旋作。」﹝註8﹞蘇曼殊經常暴飲暴食，一天吃冰五六斤，相當於自我殘害，費公直也記載：「大師欲得生鰒（鰒即俗稱之鮑魚），遣下女出市。大師啖之不足，更市之再，盡三

---

﹝註8﹞柳亞子編：《蘇曼殊全集》（三）（當代中國出版社，2007年），頁177。

器，余大恐，禁弗與。急煮咖啡，多入糖飲之，促完書輻。……是夕夜分，大師急呼曰：『不好，速爲我秉火，腹疼不可止，欲如廁。』」〔註9〕在《絳紗記》中，夢珠出家爲僧，「類有瘋病。能食酥糖三十包」，似乎寫的就是他自己。曼殊這樣的不顧身體，毫無節制的飲食，似乎讓人難以理解，而實際上「曼殊的貪吃，固然是他的天眞爛漫；實則這樣的縱欲無度，底裏總不免帶有自殘的意味」〔註10〕。蘇曼殊似乎是一個沒有健全理性的人，而是在一種情感極度亢進或極度哀憐的自我中生活，這樣的人本身就是充滿浪漫感傷氣質的。

蘇曼殊自身浪漫感傷的性格與氣質被他以第一人稱的自敘傳方式很好的融入了他的小說，使得其小說也充滿了浪漫感傷的美感。魏秉恩在評價小說《斷鴻零雁記》時說：「大師撰此稿時，不過自述其歷史，自悲其身世耳。乃全編結構二十七章，以出世佛子，敘入世情關，能於悲歡離合之中，極盡波譎雲詭之致；而處處寫實，字字淒惻，但覺淚痕滿紙，令人讀之而愴然。即以小說論，固足爲小說界特放一異彩，其價值之名貴可知。」〔註11〕

確實，這種自敘傳式的小說因爲能盡情的表現作者的內心感受和生存體驗，因此比中國傳統的小說更加注重人的本身而不是外在的社會現實。蘇曼殊出身孤苦，體質羸弱，一生欲愛不得，革命失敗，經濟窘迫，現實的種種不如意使得他把自己的一腔心血投入到文學創作中，在小說中把自己的人生經歷作爲審美物件，以使自己的精神得到宣洩、陶然和自由。「生天成佛我何能，幽夢無憑恨不能。多謝劉三問消息，尚留微命作詩僧。」（〈有懷〉）蘇曼殊的這首抒懷詩也是自揭其心迹，講述其文學創作的內心動力。

蘇曼殊是現代自敘傳小說的原創者，也正是這種自敘傳的創作手法使得他的小說充滿浪漫感傷之美。浪漫主義文學的基本審美特徵是主情，「自敘」即適宜抒發作者在清季末造的時代中孤獨、激昂、失落、感傷的複雜情緒。小說走向現代性的特徵之一就是以情感來結構故事情節。自敘可以讓作者的情感在小說中充分的表露從而驅動故事的發展走向，情感成爲小說的主調，這也是浪漫主義作家的常用敘事手法。二十世紀初年，中國文人不再走科舉取士的道路，很多人在報紙雜誌工作，以賣文爲生，產生了專業的作家，西

---

〔註9〕柳亞子編：《蘇曼殊全集》（三）（當代中國出版社，2007年），頁87。
〔註10〕柳亞子編：《蘇曼殊全集》（三）（當代中國出版社，2007年），頁236。
〔註11〕柳亞子編：《蘇曼殊全集》（三）（當代中國出版社，2007年），頁34。

方思想的輸入也催生了文人個體意識的萌芽，文人的創作意識也從「文章乃經國之大業」變爲抒寫自身的情感，文章成爲自己的「私事」，表達個人主觀感受即「寫心」的文學多了起來。由此，中國小說的敘事模式改變了，全知全能的敘事視角漸次被限制性敘事視角取代，具有強烈主體性的第一人稱限制敘事也開始出現，蘇曼殊便是其中的代表。而五四運動則更加強化了這種個體意識。郁達夫說：「五四運動的最大成功，第一要算『個人』的發現。從前的人，是爲君而存在，爲道而存在，爲父母而存在，現在的人才曉得爲自我而存在了。」〔註 12〕郁達夫本人也創作了大量的自敘傳小說，此後具有現代意識的浪漫主義文學蔚然成風，他們在小說中大膽地抒發著內心的情感，沿著蘇曼殊開創的道路爲中國現代文學打開了新的一頁。

從這些小說中我們追隨著敘述者的情感線索走入一個個隱藏著豐富奧秘的心靈，感受著那其中流淌、躍動、掙扎、翻滾著的生命之流。魯迅的《傷逝》用追憶往事的敘事方式和懺悔的敘事語調，表現了兩個男女青年一段淒惻感傷的愛情悲劇，淋漓而眞摯地揭開了敘述者自我心靈的創傷。⋯⋯郁達夫的《沈淪》用靈魂拷問式的描寫，直指敘述者在環境與心靈、感性與理性、靈與肉激烈衝突下騷動不安、痛苦掙扎的心理世界，傾聽著生命的絕叫。這些小說的敘述視角完全內化爲敘述者的個人獨白。小說中所表現的現實生活及人物關係都是通過敘述者的自我感受、回憶、幻想和感情活動而折射出來。〔註 13〕

除了自敘傳的創作方法外，他的小說之所以充滿浪漫感傷之美還表現在其人物形象的孤獨、漂泊與徬徨上。曼殊的五部完整小說中，男主人公大都是孑然一身，失去父母，性格孤僻，四處飄流或徘徊於兩位愛慕他的少女之間，意亂心瘁，徬徨無奈。曼殊的自傳體小說《斷鴻零雁記》中的三郎從小由乳媼撫養，後出家爲僧，雖然是三戒具足，本應在佛教的薰陶和修持下，擺脫世俗的情感負重，一心不二，靜謐安然，可是在寺廟中他卻「經行侍師而外，日以淚珠拭面耳」，每天悲淒傷感，當他偶然遇到自己的乳媼，聽他講述了自己的身世後，感到「斯時余滿胸愁緒，波譎雲詭」，這種揮之不去的愁雲和悵望就像是三郎前世註定的情債，伴隨著他，無論何時，總讓他鬱抑無

---

〔註 12〕郁達夫：《郁達夫全集》第六卷（浙江文藝出版社，1992 年），頁 194。
〔註 13〕馮光康：《中國近百年文學體式流變史》（北京：人民文學出版社，1999 年），頁 112。

極，幽恨萬千。在日本見到了他的母親，雖一時歡喜，卻常常在風清水凜間「不覺中懷惘惘，一若重愁在抱」。可以說憂愁與孤獨是男主人公與生俱來的氣質，極易觸發，如影隨形。因此這樣敏感脆弱的人在聽到母親讓他與靜子姑娘結婚的要求時，淚如瀑瀉，他皈依佛教不願墮入情軌卻又遭到其母的強烈要求，當他「登樓面海，兀坐久之，則又雲愁海思，襲余而來」。在母親之命與出家之戒的矛盾中，三郎整日徘徊徬徨，在面對蘭心蕙質的靜子時三郎時而感歎其學深邃，風姿娟娟，「余不敢回眸正視，惟心緒飄然，如風吹落葉，不知何所止。」是一種真心的欣賞，卻又在佛教的外在壓力下不敢以心觸情，纏綿於此，在這樣的矛盾心緒下，最終還是佛教的力量戰勝了人的自然本欲，三郎「輪轉思維，忽覺斷惑證真，刪除豔思」，決定歸覓師傅，重重懺悔，瞞著母親和靜子，悄悄回到中國。在他卸下了親情和兒女之情的徬徨後又聽到了他以前的未婚妻雪梅逝世的消息，於是他千難萬險陸行七日來到廣州尋雪梅之墓，可是竟未尋到，不堪更受悲愴，「自覺此心竟如木石，決歸省吾師靜室，復與法忍束裝就道。而不知余彌天幽恨，正未有艾也。」小說到此結束，在悲淒的開頭中，三郎經歷了一番愁苦的遠渡日本尋母的漂泊之後，仍然還是在孤獨、幽恨、淒苦的漂泊中結束，讓人倍感傷心，正是「檻檻秋林細雨時，天涯漂泊欲何之。空山流水無人，何處蛾眉有怨詞」。（蘇曼殊《東居雜詩》）

曼殊小說中人物的孤獨漂泊和徬徨正是浪漫感傷之美的重要因素。在《絳紗記》中，作者在開篇就點出「余友生多哀怨之事，顧其情楚惻，有落葉哀蟬之歎者，則莫若夢珠」，主人公夢珠的性格和一生同樣是孤獨、漂泊和徬徨的。秋雲把裹以絳紗的瓊琚送給夢珠，可夢珠卻把瓊琚賣掉到慧龍寺出家，後來天下混亂，便到錫蘭、印度、緬甸、耶婆嘀等東南亞佛教聖地巡遊，後來夢珠回到中國，看到經笥中秋雲送給他的絳紗，「頗涉冥想，遍訪秋雲不得，遂抱羸疾」，而後飄流於江蘇、湖南、安徽等地，而秋雲對其也是念念不忘，到處尋訪，後來「余」遇到秋雲，幫助她流轉乞食來到蘇州找到夢珠，可是夢珠卻似乎不識秋雲，告訴他們：「吾今學了生死大事，安能復戀戀？」幾度時光過去，「余」同秋雲重至蘇州尋夢珠，在一座闃然無人的寺廟裏，佛燈搖曳，庭空夜靜，而夢珠已經坐化，可其襟間還是露出絳紗半形。小說中主人公夢珠的筆墨並不多，只在其中若隱若現，可是這個人物卻是作者開篇就要重點講述的人物，這樣一個四處漂泊的男性，開始似乎對秋雲沒有感覺，可

是在他出家為僧之後卻又脈脈癡情遍尋秋雲，然而他的尋訪其實也只是一種潛意識裏的情難割捨，到了秋雲真來找他，他一直修持的佛法又讓他無法坦誠面對，於是只好裝作素不相識，捨棄秋雲或者說消滅心中的情愫，可這其實對夢珠來說是痛苦的，雖然作者並沒有直接的描寫，似乎看不出夢珠的徬徨，可是在這樣一個襟間露出絳紗半形的結尾裏，我們彷彿看到了作者所省略的那些描寫，看到了夢珠一生的孤獨以及漂泊中的徬徨，於是整篇小說也讓人無限感傷，在主人公的漂泊中領略浪漫文學的氛圍。

　　另外的三部小說，其主人公也是或孤獨、漂泊或孤獨徬徨。蘇曼殊筆下的男性大都羸弱憂鬱，而《焚劍記》中的男主人公獨孤粲卻稍有不同，他稍有一點陽剛之氣，仗劍行俠。可是獨孤生也是孤介不群、一生飄流四方之人。他少失覆蔭，家貧，為宗親所侮。長大後也是孤潔寡合，雖不畏富貴威武之勢，可是在情感面前可以說他仍是個逃遁者。雖然他與阿蘭兩心相屬，可他卻藉口從僧道異人學食吞氣而離開阿蘭，飄流遠方，導致阿蘭默默無依，被其姨母逼婚不從而病死於道中。獨孤生雖也有仗義行俠的歷史，可是在他聽到阿蘭死去的消息，看到阿蘭的妹妹阿蕙嫁給木主的悲慘遭遇，最終默不一言，「出腰間劍令周大焚之」，之後遠走四方，粵人無復見生。有一點點亮色的人物最終還是逃脫不了感傷悲淒的結尾，令人歎息。而《碎簪記》中的莊湜、《非夢記》中的燕海琴則都是在長輩對其婚姻干涉的壓迫下無以強烈反抗，在內心極大的矛盾衝突中抑鬱不得，無法選擇，或鬱鬱而終或出家為僧。

　　以上可見，曼殊小說中的男主人公似乎都是孤獨羸弱、在愛情面前徬徨無奈，而有著飄泊的經歷和心靈，這樣的人物形象正是浪漫感傷文學的要素之一，西方浪漫感傷文學的作品中，主人公也大都具有如上的性格特徵，如歌德的《少年維特之煩惱》等。西方十八世紀浪漫主義文學家濟慈認為：「『一個有成就的人，特別在文學上有成就的人』具有一種特殊的品質——『一種消極能力，也就是能夠處於含糊不定、神秘疑問之中，而沒有必要追尋事實和道理的急躁心情』。」〔註14〕對於蘇曼殊，便是一個出於含糊之中的文學家。他塑造這樣的人物形象與他本人的經歷是極為相似的。自稱「行雲流水一孤僧」、「詞客飄蓬君與我」的蘇曼殊一生孤獨漂泊，表面上看他常與南社文人一起出入酒樓，美女常伴，實際上曼殊的內心是異常孤獨的，盼望友人「暇

---

〔註14〕伍蠡甫、翁義欽著：《歐洲文論簡史》（北京：人民文學出版社，1985年），頁219。

時望來一談，慰此岑寂」〔註15〕。而且由於曼殊的高潔寡合，他似乎也不被時人理解，在給好友劉三的信中說：「曼前此所爲，無一是處，都因無閱歷，故人均以此疏曼。思之成。第天下事無有易於罵人者。曼處境苦極，深契如兄，豈不知之？家庭事雖不足爲兄道，每一念及，傷心無極矣！嗟乎，劉三，曼誠不願棲遲於此五濁惡世中。」〔註16〕不管曼殊曾經結交過多少朋友，包括章太炎、陳獨秀等近現代史上著名的革命者，並受到了他們的幫助，可是他仍感內心無可去除的哀感孤寂，遂一生飄蕩，好像孤雲無依，東飄西泊，在情與佛的徬徨中早早逝去。

以上從兩方面分析了曼殊小說的浪漫感傷之美：第一人稱的自敘傳寫作方式和人物形象的孤獨、漂泊與徬徨。這是曼殊以自己的內心與經歷爲審美物件而寫出的，這種浪漫感傷的自我本位拉開了中國小說現代意識的序幕。

## 第二節　眞情之美

一切好的文學作品都是發自眞情而作的，小說也是。劉勰說：「昔詩人什篇，爲情而造文，辭人賦誦，爲文而造情。」〔註17〕王世貞《藝苑卮言》曰：「爲情者要約而守眞，爲文者淫麗而泛濫。」確實，作家只有把自己的一腔眞情投入到創作中才能寫出感人肺腑的動人之作。以自己經歷爲底本在小說中充分抒發內心情感的曼殊確實如此。在他的小說中我們可以體味到各種人間的眞情：親情、友情、俠義之情、愛國之情，當然還有愛情等等。《斷鴻零雁記》中曼殊抒發了三郎對母愛的強烈渴求，《絳紗記》中「余」幫助秋雲的義無反顧；《焚劍記》中獨孤生的路遇不平，拔刀相助，都讓我們感受到人間情義的眞摯可貴。而最讓我們印象深刻的還是他對男女主人公愛情的描寫。在他的小說裏，女性對愛情的大膽超出以往，而男性對愛情的一往情深也讓人感慨。雖然最終都無法結爲姻緣而讓人感傷，但這種情感付出的眞摯與深杳確讓人感到蕩氣回腸，餘音三歎。

中國傳統的女性大都隱在深閨足不出戶，「庭院深深深幾許，簾幕無重數」，在這樣封閉的環境下，自然少有與男性接觸的機會，父母之命媒妁之言就是她們一生幸福的外在依靠，於是在少女懷春的時節，《牡丹亭》中的杜麗

---

〔註15〕馬以君編注：《蘇曼殊文集》（廣州：花城出版社，1991 年），頁 620。
〔註16〕馬以君編注：《蘇曼殊文集》（廣州：花城出版社，1991 年），頁 488。
〔註17〕劉勰：《文心雕龍》卷三。

娘傷感的唱到：「原來奼紫嫣紅開遍，似這般都付與斷井殘垣。良辰美景奈何天，賞心樂事誰家院！」女性也有追求幸福的權力，她們也要發出自己的聲音。明代杜麗娘的呼喊終於在時代的洪流中被後人聆聽，女性解放的潮流在清末發出了萌芽。曼殊的小說裏女性不僅走出閨閣，而且大膽追求自己的幸福，在自己心愛的男性面前表達自己的情意。

　　曼殊小說裏的女性都有著清秀的儀表和典雅的氣質。《斷鴻零雁記》中的雪梅是「容華絕代」、「靜柔簡淡，不同凡豔」，對靜子的描寫更是細緻有加：「彼姝學邃，且倏然出塵，如藐姑仙子」、「玉人翩若驚鴻」、「密髮虛鬟，風姿愈見娟娟」，使得三郎「不敢回眸正視，惟心緒飄然，如風吹落葉，不知何所止」。《絳紗記》中的五姑「姿度美秀」、「意態蕭閑」、「音清轉若新鶯」；《焚劍記》中的阿蘭「端麗修能，貞默達禮」、「天質自然，幼有神采」；《碎簪記》中的靈芳、蓮佩都是「麗絕人寰者也」；靈芳「淡裝」，風致如仙人，而蓮佩則「容光靡豔，豐韻娟逸」，《非夢記》中的薇香「貞默達禮」、「淑質貞亮」，鳳嫻「靡顏膩理」。其次這些女性也大都具有詩書畫藝，才情絢爛。靜子喜談佛理，也涉獵梵章，而且作詩繪畫都很出色，和曼殊的愛好非常相似。五姑騎於馬上，英姿颯爽。靈芳與其兄遊學羅馬四年，兄妹具有令名；蓮佩於英法文學俱能道其精義，從英國人學習文法五年。薇香是老畫師之女，擅長丹青。這些女性形象比之以前的小說有了很大的不同，作者不只滿足於女性的容貌，更是欣賞女性內在的才華，內在美成了判斷情感相投的重要方面，男女主人公的相戀不只局限在肉體的吸引，更是在興趣、知識水準、教養的相投相符的基礎上產生。男女之間是一種志趣相投、良師益友的關係。這相對於傳統的才子佳人小說的戀愛增加了精神上的共鳴，因此更具現代意識。男性對女性美的態度也從賞玩、把玩變為一種真摯的欣賞和對女性美麗聖潔的謳歌。

　　更讓我們感到眼前一亮的是這些女性竟然主動大膽的表達自己對男性的愛慕之意，而且忠貞不渝，致死方休。雪梅主動為三郎提供資費到日本，靜子更是對三郎一往情深，兩人相處期間多次表達自己的心跡。雖然三郎總是猶豫不答，但靜子鍥而不捨，以情動人。靜子趁家人做點心的空檔來見三郎，但被三郎拒絕，對一般女性來說已是難堪，可是靜子卻不依不饒。「余言畢，舉步欲先入門，靜子趨前嬌而扶將曰：『三郎且住。三郎悅我請問數言乎？』」她希望打開三郎的心扉，同時自己也非常堅定的表達「粉身碎骨以衛三郎」，

跟隨三郎，一步不離。如果說靜子對三郎多是語言的表達，而五姑則加上了動作的表現。五姑「雙執余手，微微言曰：『身既奉君為良友，吾又何能離君左右？今有一言，願君傾聽；吾實誓此心，永永屬君為伴侶……』言次，舉皓腕直攬余頸，親余以吻者數四。」而《焚劍記》中的阿蘭對獨孤生也是一片癡情，向其表達心侍公子的願望，繼而「以首伏生肩上，淒然下泣」。這些女性面對自己心愛的男子，完全突破了男女授受不親的封建教條，不僅在語言上大膽吐露心聲，也在動作上加以愛撫。而《非夢記》和《碎簪記》中的男主人公身邊則有兩位端莊秀麗的女子都對其情有獨鍾，且都堅決地表達情意。《碎簪記》中莊湜的身邊有靈芳和蓮佩，靈芳截然對莊湜曰：「碧海青天，矢死不易吾初心也！」並執莊湜之手，泫然曰：「君知妾，妾亦知君。」把自己的玉簪交與莊湜，願與之共存毀；蓮佩雖也多次表達心意，可莊湜總是一若罔聞，無動於衷，於是在一次春遊時，「蓮佩則偎身於莊湜之右，披髮垂於莊湜肩次，哆其唇櫻，睫間頗有淚痕」。而《非夢記》中鳳嫻則最為疏放，多次以身體接觸。首次見生，生正發燒昏睡，「傾首以櫻唇微微親生之腮」，後來在劉嫗的撮合下，「執生之手，自脫珊瑚戒指，為生著之，遂以靨親生唇際，欲言而止者再，乃囁嚅言曰：『地老天荒，吾愛無極。』言已，竟以軟玉溫香之身，置生懷裏。」而生之心實在薇香，遂到海邊散心，鳳嫻追來，生又不忍拒絕，只好先用好話安慰她，於是「鳳嫻此時如石去心，複露其柔媚之態，抱生，以己頰偎生之頰，已而力加親吻，遂與生別。」

以上可見，這些女性以自己的行為向世人展示了在西方文化的衝擊下突破傳統，思想進步的一面，但是這種進步又不是超過了界限的放浪，她們始終是一往情深，忠貞不二的，在得不到男子的愛情時，以死而終。雪梅、阿蘭被逼婚不從而死，阿蘭臨終之際，「三呼獨孤公子，氣斷猶含笑也」；五姑思念「余」卻以病死，靈芳、蓮佩雖都受過西方教育仍然為情而自殺身死，薇香也因無法與生結合而沈江逝去。同時在得知自己心愛的男子受到長輩的壓力另被安排結婚物件時，靈芳和薇香還自動退出並勸說莊湜和燕海琴：「順承令叔嬸之命，以享家庭團圞之樂，則薄命之人亦堪告慰」、「望君切勿以區區為念，承順尊嬸，一不辜尊嬸之恩，二不負鳳嫻之義。吾今生雖不屬君，但得見君享團圞之福，則所以慰我者不已多乎？」因此這些女性行為上的前衛還是遮掩不了思想的相對保守，她們能大膽表露愛情，可是在遇到家長的阻礙時，卻選擇了退讓，雖然她們的情感是那麼熱烈、真摯，讓人沈醉，但

是這樣無謂的退讓卻讓人遺憾。

　　而這也可以看出蘇曼殊本人的局限，曼殊生於日本，受過高等教育，熟悉西方文學，在當時的社會中思想很是先進，然而曼殊對傳統文化並非一味否定，對西方文化也不是全盤接受。曼殊雖然欣賞有才華的女性，但是非常強調女子的道德貞節。他在小說中寫到：「女子之行，唯貞與節。世有妄人，舍華夏貞專之德，而行夷女猜薄之習，向背速於反掌，猶學細腰，終餓死耳。」對於西方女子的猜薄習氣、任情性格不贊成，又說：「吾國今日女子殆無貞操，猶之吾國殆無國體之可言，此亦由於黃魚學堂之害（蘇俗稱女子大足者曰：『黃魚』）。女必貞，而後自由。昔者，王凝之妻因逆旅主人之牽其臂，遂引斧自斷其臂。今之女子何如？」清末民初女子學堂很多，裹足的習俗也被進步人士批判，西方的文化風俗輸入，女性讀書漸成風氣，在這種情況下，曼殊依然堅持中國傳統對女子貞節的要求。除了道德上的傳統觀念，在一些行為的習俗上，曼殊也是遵循傳統的。比如對女子穿衣的要求：「五姑是日服窄袖胡服，編髮作盤龍髻，戴日冠。余私謂：妹喜冠男子之冠，桀亡天下；何晏服婦人之服，亦亡其家。此雖西俗，甚不宜也。」認為女性不宜穿男子的衣服。李鷗梵曾說曼殊：「一方面，他不能完全擺脫傳統，生於國外，沒有受到充分的中國文化教育，使其對中國文化的精粹懷有特別強烈的嚮往……另一方面，他通過閱讀和旅行接受了西方影響，使其再也不可能滿意於未受過教育的心胸狹窄的傳統女性。」

　　曼殊欣賞與自己興趣相投的女性，但也要求她們符合中國傳統的道德準則，在小說中當男主人公徘徊於兩位女性之間時，也是選擇第一個遇見或喜歡的女性。三郎在未婚妻雪梅的資助下來到日本找到生母，靜子姑娘對其一訴衷腸，在其病重時悉心照料，雖然三郎也感激靜子的一片真心，甚至有時被靜子飄逸出塵的外表吸引觸動，對靜子作詩繪畫的才華讚歎不已，但是他始終與靜子保持著距離，不多搭理。在靜子的一再關懷表意下，有時「余更無詞固據，權伴靜子逡巡而行。道中積雪照眼，余略顧靜子芙蓉之靨，襯以雪光，莊豔絕倫，吾魂又為之夐然而搖也」，但是這種念頭一晃而過，很快就鎮定下來，靜默不言。三郎在幾次這樣的考驗下，最終堅決離開日本離開靜子，而在回到中國聽到雪梅逝世的消息後，則悲痛欲絕，竟想了此殘生，被法忍勸解，「余頹僵如屍，幸賴法忍扶余，迤邐而行。」而《絳紗記》中的夢珠對秋雲一直念念不忘，遍尋秋雲不得，最後坐化時衣服中仍然繫著秋雲送

給他的絳紗。這是情至極致不能忘情的表現，雖是僧人仍滿心是情的至性至情。是一種「激情的坐化」。《碎簪記》中的莊湜面對兩位同樣受過西方文化薰陶的女性，其心是向著第一個靈芳的，但是在其叔嬸的高壓下，他又無法抉擇，他說吾愛靈芳如愛吾叔，吾愛蓮佩如愛吾嬸。但是因為莊湜之心先屬者是靈芳，所以一直拒絕蓮佩，不願接受叔嬸的要求。當「余」勸說他「收其向靈芳之心，移向蓮佩」時，莊湜面色頓白，身顫如冒寒。莊湜一直堅守著自己最初鍾情的靈芳，在生命的最後時刻，還惦念著靈芳的來信。《非夢記》中的燕海琴在薇香與鳳嫻之間一直心屬薇香，但也不忍斷然拒絕鳳嫻以傷害其心，可是面對劉嬸的逼婚，他寧可離家出走也不服從。只有薇香能讓他心儀而娶之。

因此，曼殊小說中的男性也和女性一樣是忠貞不二的，在兩個都很理想美麗的女性面前，男子依然心無二色，並非像傳統文人那樣被允許有三妻四妾，而是「一絲既定，萬死不更」，堅持愛著他先愛上的那個，因此，這是一種愛情的專一之美，這種美惟其難得，所以可貴。這種愛情可以使主人公以生命相抵換，「問世間情為何物？直教人生死相許。」在傳統小說男性可以有更多選擇的時代，曼殊卻塑造了這樣多專一至情的男性和女性，不能不說是他的小說具有藝術美感的一個重要原因。

## 第三節　詩意之美

曼殊的詩是公認的好詩，郁達夫說：「籠統講起來，他的譯詩，比他自作的詩好，他的詩比他的畫好，他的畫比他的小說好」〔註18〕，不管這種評論是否公正，曼殊的詩確實清麗優美，回環婉轉，令人諷詠時意味深長。而不被郁達夫看好的小說，其實每一部讀下來卻都也有著詩一般的意味。小說中飽滿的情感，抒情性的語句，環境描寫的情景交融，人物心理的細緻刻畫，以及結尾的有餘不盡之意，都讓人感受到詩一樣的諧婉纏綿，耐人尋味，一唱三歎。曼殊以小說來抒情寄託，使得其小說具有一種詩意的美感。

曼殊小說的抒情性很強，首先表現在其對環境描寫的細緻入微、情景交融上。曼殊在小說中經常有大段的環境和景物描寫，這些環境描寫通常不是一種客觀的敘述，而是滲入了作者的情感，襯托了主人公在當時的情境下一

---

〔註18〕柳亞子編：《蘇曼殊全集》（四）（當代中國出版社，2007年），頁63。

種複雜的心理感受，達到了情中有景，景中帶情的藝術高度。

在《斷鴻零雁記》中的第一章開頭就有一大段景物描寫：

> 百越有金甌山者，濱海之南，巍然矗立。每值天朗無雲，山麓蔥翠
> 間，紅瓦鱗鱗，隱約可辨，蓋海雲古刹在焉。相傳宋亡之際，陸秀
> 夫既抱幼帝殉國崖山，有遺老遁跡於斯，祝髮爲僧，晝夜向天呼號，
> 冀招大行皇帝之靈。故至今日，遙望山嶺，雲氣蔥鬱；或時聞潮水
> 悲澌，尤使人欷歔憑吊，不堪回首。今吾述刹中寶蓋金幢，俱爲古
> 物。池流清淨，松柏蔚然。

這是小說開篇的第一段，當然是交代小說發生的環境，描述三郎出家爲僧之
古刹的清淨莊嚴，但是在這個環境描寫中，作者又用悲壯的筆調回憶了宋末
時愛國之士誓死保衛宋帝、遺民心向大宋的壯烈歷史。開頭的環境描寫中加
入了這樣一則歷史故事，我想不僅僅是因爲金甌山有這樣的一則傳說，也並
非是作者的隨意之筆，而是這樣一個故事恰恰蘊含著深深的悲哀的情調，家
國的大恨民族的危亡一個彌漫了悲劇氣氛的時代，正和作者寫作這部小說的
年代——1911 年有稍許的相似，都是一個改朝換代的時刻。雖然這一次的辛
亥革命推翻了清廷，多少還帶有些革命的進步，但是家國的前途和每個人的
命運是息息相關的，時代的氣氛也會感染給當時的人們。而且這樣充滿悲劇
色彩的故事寫在開頭，無疑也給整個小說定下了基調，帶有著作者的情感寄
託在內。

除了這種帶有作者情感寄託的景物描寫之外，大多數的景物描寫是爲了
襯托主人公當時的心境，以景寫情，烘托情感之悲哀。如《斷鴻零雁記》中
有多處這樣的景物描寫。如：

> 翌晨，陽光燦爛，余思往事，歷歷猶在心頭。讀者試思，余昨宵烏
> 能成寐？斯時鬱抑無極，即起披衣，出廬四矚，柳瘦於骨，山容蕭
> 然矣。

這裏天氣明明是陽光燦爛，可是三郎出門四顧，所見卻是柳瘦於骨，山容蕭
然，這樣的景物描寫完全是主人公自身的主觀情感在景物中的投射，三郎滿
心的悲哀使得他寄情於景，王夫之《薑齋詩話》曰：「關情者景，自與情相爲
珀芥也。情景雖有在心在物之分，而景生情，情生景，哀樂之觸，榮悴之迎，
互藏其宅。」三郎此時聽到乳媼講述其母的消息，自是思念萬千，滿胸愁緒，
因此所見之物也帶有哀色。

又如寫他與靜子單獨相處時的心理感受也是情景相依，無限悵惘：

> 余在月色溟濛之下，凝神靜觀其臉，橫雲斜月，殊勝端麗。此際萬
> 籟俱寂，余心不自鎮。既而，昂首矚天，則又烏雲彌布，只餘殘星
> 數點，空搖明滅。

在一個月色迷離的夜晚，三郎和美麗的靜子站在海邊，三郎的心潮微微起伏，而天上的星星也是若明若暗，空搖明滅，就如三郎的心空，不能平靜。作者把景物描寫和心理描寫相對映，使之相互襯托，含蓄婉轉。

有時作者也點明主人公心與景的交融，如：「此日大雪繽紛，余緊閉窗戶，靜坐思量，此時正余心與雪花交飛於茫茫天海間也。」或者用景物來比喻自己的心情：「當余今日慨然許彼姝於吾母之時，明知此言一發，後此有無窮憂患，正如此海潮之聲，續續而至，無有盡時。」但是更多的時候是用景物描寫來渲染情境與心境，如：

> 一時雁影橫空，蟬聲四徹。余垂首環行於姨氏庭苑魚塘堤畔，盈眸
> 廓落，淪漪泠然。余默念，晨間余母言明朝將余兄妹遣歸，則此地
> 白雲紅樹，不無戀戀於懷。忽有風聲過余耳，瑟瑟作響。余乃仰空，
> 但見宿葉脫柯，蕭蕭下墮，心始聳然知清秋亦垂盡矣。遂不覺中懷
> 惘惘，一若重愁在抱。

《南濠詩話》曰：「作詩必情與景會，景與情合，始可與言詩矣。」這一段描寫充分表現了作者如詩歌般的情景交融的藝術造詣。在清冷的秋季裏我孤獨一人於庭間滿心惆悵，而天空的大雁，高樹的殘蟬，都彷彿在向我唱著秋的悲涼，於是想起明天的歸去更讓我濃愁交織了。作者在小說中多處以細緻的景物描寫烘托情感，讓人置身其中，感同身受，於動人的情境中也和主人公一樣漸染上淡淡的愁情。

情景交融是詩歌的藝術境界，而曼殊在小說中也使用這樣的藝術手法，使得其小說具有詩的意境。除此以外，詩意之美的第二個表現是他在小說中大量的使用心理描寫、場面描寫、細節描寫等等。中國傳統小說強調小說的社會功用，注重對外在世界的描寫和批判，通常使用對話描寫和場面描寫等，但是很少有心理描寫。而蘇曼殊的小說則大量的使用心理描寫，借此抒發自己的情感，從而使小說的抒情色彩濃重，具有一種詩意的美感。

《斷鴻零雁記》中有大段大段的心理描寫，充分展現了三郎在靜子、母親與佛法之間的徘徊無奈徬徨的矛盾心態。如三郎在勉強答應了母親要求他

與靜子的婚姻後，一大段的心理描寫盡情抒發了他的內心世界：

> 余浴畢，登樓面海，兀坐久之，則又雲愁海思，襲余而來。當余今
> 日慨然許彼妹於吾母之時，明知此言一發，後此有無窮憂患，正如
> 此海潮之聲，續續而至，無有盡時。然思若不爾者，又將何以慰吾
> 老母？事至於此，今但焉置吾身？只好權順老母之意，容日婉言勸
> 慰余母，或可收回成命；如老母堅不見許，則磬舉隱衷，或幸能諒
> 余為空門中人，未應蓄內。余撫心自問，固非忍人忘彼妹也。繼余
> 又思日俗真宗固許帶妻，且于剎中行結婚禮式，一效景教然者。若
> 吾母以此為言，吾又將何說答余慈母耶？余反復思維，不可自抑。

這一段心理描寫把三郎的各種心理狀態寫的細緻入微，為何答應母親，母親有沒有可能收回前言，若不收回怎麼辦，而靜子姑娘又怎麼辦等等困擾著他的問題，糾纏於心，一一陳述，展露出來，以抒寫內心的焦慮與憂愁。

有些心理描寫只有兩三句話但是非常生動逼真，如靜子反復問三郎母親是否提及婚事，三郎聽了，「余此際神經已所無主，幾於膝搖而牙齒相擊，垂頭不敢睇視，心中默念：情網已張，插翅難飛，此其時矣。」又如三郎剛到日本，尋找母親：「危坐車中，此時心緒，深形忐忑，自念於此頃刻間，即余骨肉重逢，母氏慈懷大慰，甯非余有生以來第一快事？忽又轉念，自幼不省音耗，矧世事多變如此，安知母氏不移居他方？苟今日不獲面吾生母，則飄泊人胡堪設想？」作者把三郎即將與母親見面，本是心情歡快，但是又擔心母親移居他處，憂心忡忡的不安刻畫的真切動人。

曼殊在真切感人的心理描寫外，經常會用細緻的筆觸描寫人物的肖像表情，這些細節描寫微言細膩，具有詩的情調。如靜子看到羅弼牧師給三郎的信誤以為是三郎的心上人，於是心神不寧：

> 靜子聞言，目動神慌，似極慘悽，故遲遲言曰：「然則彼人殆絕代麗
> 妹，三郎固豈能忘懷者？」
>
> 言畢，哆其櫻唇，回波注睇吾面，似細察吾方寸作何向背。余略引
> 目視靜子，玉容瘦損，忽而慧眼含紅欲滴。余心知此子固天懷活潑，
> 其此時清波萬疊而中沸矣。

這一段對靜子表情的描寫動靜皆俱，十分細緻，一舉一動如在眼前，靜子的眼睛裏含有淚水欲滴末下，這些細微的地方似乎讓我們感受著一幅淡雅的帶著蕭疏蒼涼意味的水墨畫，而這畫中又有著詩意的美感。

　　心理描寫和細節描寫使得曼殊的小說充滿詩意，而他的五部小說的結尾也像詩一樣含有有餘不盡之意，耐人尋味，意味深長，含蓄雋永。詩之結尾，尤貴音近旨遠。宋代著名詞人姜夔曾論曰：「一篇全在尾句，如截奔馬。詞意俱盡，如臨水送將歸是已；意盡詞不盡，如搏扶搖是已；詞盡意不盡，剡溪歸棹是已；詞意俱不盡，溫伯雪子是已。」〔註19〕認為作文要詞盡意不盡。而曼殊的小說也有詞盡意不盡的特點。

　　《斷鴻零雁記》的結尾是三郎去廣州尋雪梅之墓，但是沒有尋到，結尾作者用詩一樣的語言極盡筆墨寫自己的哀慟：

　　　　嗚呼！「踏遍北邙三十里，不知何處葬卿卿」。讀者思之，余此時愁
　　　　苦，人間寧復吾匹者？余此時淚盡矣！自覺此心竟如木石，決歸省
　　　　吾師靜室，復與法忍束裝就道。而不知余彌天幽恨，正未有艾也。

作者以詩句呼出悲苦之情，已讓人心靈震顫，而最後一句「余彌天幽恨，正未有艾也」，似乎是永遠沒有結束的哀情，遙遠彌漫，沒有終端，一直延續，讓人思之無盡。

　　而《絳紗記》的結尾則沒有明確交代秋雲和玉鸞的下落，讓人有很多的遐想，生出無限的可能性：

　　　　後五年，時移俗易，余隨曇諦法師過粵，途中見兩尼：一是秋雲，
　　　　一是玉鸞。余將欲有言，兩尼已飄然不知所之。

夢珠坐化，玉鸞之夫受刑而死，於是兩人均出家為尼，而「余」恰好遇見他們，本來故事可以繼續，寫「余」與她們的對話，但是作者卻戛然而止，以飄然不知所之，造成有餘不盡之意，留給人們更多的猜測。

　　而最讓讀者傷感的我認為還是《焚劍記》的結尾：

　　　　周大言訖，生默不一言，出腰間劍令周大焚之，如焚紙焉。自後，
　　　　粵人亦無復有見生及周大者云。惟阿蕙每於零雨連綿之際，念其大
　　　　父、阿姊、獨孤公子不置耳。

仗義行俠的獨孤生最終還是無奈的把劍焚掉，似乎意味著個體的力量畢竟單薄，改變不了整個黑暗的社會，而可憐的阿蕙在其姨母的恐嚇下，嫁給了一個木主，因此孤苦伶仃，舉目無親，所有疼她愛她的人都離她遠去了，她只能接受一個名義上的婚姻，而她卻真正的渴望愛，渴望能和家人一起，然而，

---

〔註19〕姜夔：《白石道人詩說》，見何文煥編：《歷代詩話》（中華書局，1981年），頁
　　　　682。

現實的殘酷冰冷，卻是那麼無情，使得淒慘的阿蕙此恨綿綿無絕期。這樣的結尾像一個悲哀的泥沼，飄零的柳絮黏在其中，無有超脫。感傷延續，詩意雋永。

　　曼殊的小說語言本身便充滿了感情，飽含了愛恨情愁，雅潔的文言語句，言簡意深，像詩的語言一樣，用最少的字表達出豐富的內涵。曼殊小說的敘事性可能不是那麼強烈，有些情節也屬巧合，讓人生疑，但是他在小說中情景交融的環境描寫、細膩豐富的心理描寫以及詞盡意不盡的結尾刻畫，都讓人在讀其小說時感受到了詩一樣的美感，像是一首首哀傷的詩篇，咀嚼涵詠，意味無窮。


# 第四節　悲劇之美

　　悲劇意識是人類的一種獨特精神現象。是衡量生命個體深淺與豐富的重要標準。是否有悲劇意識是作品是否具有現代性的參照系。而中國傳統文學卻以中庸和諧及溫柔敦厚作為審美追求，很多小說最後總是一個大團圓的結局。胡適說：「中國文學最缺乏的是悲劇的觀念。無論是小說、是戲劇，總是一個美滿的團圓。……『團圓的迷信』乃是中國人思想薄弱的鐵證。做書的人明知世上的真事都是不如意的居大部分，他明知世上的事不是顛倒是非，便是生離死別，他偏要使『天下有情人都成了眷屬』，偏要美惡分明，報應昭彰。他閉著眼睛不肯看天下的悲劇慘劇，不肯老老實實寫天公的顛倒慘酷，他只圖說一個紙上的大快人心。這便是說謊的文學。更進一層說：團圓快樂的文字，讀完了，至多不過能使人覺得一種滿意的觀念，決不能叫人有深沈的感動，決不能引人到徹底的覺悟，決不能使人起根本上的思量反省。」〔註20〕1904 年，王國維第一次將悲劇作為一種美學範疇引進中國，並且用西方現代悲劇觀念來關照《紅樓夢》等古典文學，把悲劇看成是生命個體先天的生命欲望與客觀現實相衝突而產生的無法解脫的人生苦痛，壓抑、焦慮、憂愁、恐懼乃至絕望等。從《紅樓夢》的「白茫茫大地一片真乾淨」的色空的悲劇意識開始，蘇曼殊是近現代文學中第一個以明確的悲劇意識作為審美物件進行創作的作家。他艱難的改變了傳統中國文學中曲終奏雅、平和中庸

---

〔註20〕　胡適：〈文學進化觀念與戲劇改良〉，載《新青年》第五卷第四號（1918 年 10
　　　　　月十五號）。

的模式，顯示出一種對個體生命與客觀現實相衝突而產生的悲劇意識。

亞里士多德在《詩學》中指出悲劇是「模仿比我們今天的人好的人」，同時又「遭受厄運」與我們相似的人，通過他們的毀滅引起人們的「恐懼之情」和「憐憫之情」。這是從個體精神出發的悲劇觀，而馬克思、恩格斯則從社會發展的角度來看待悲劇，認為悲劇是新的社會制度代替舊的社會制度的信號，是社會中新舊力量衝突的必然產物，悲劇衝突的實質是「歷史的必然要求和這個要求實際上不可能實現之間的悲劇衝突」〔註21〕。在蘇曼殊的小說裏這兩種悲劇因素都不同程度的存在。曼殊五部小說中的主人公無不是在矛盾衝突中煎熬徬徨，在愛情與佛法、愛情與外在的社會壓力之間產生強烈的鬥爭，從而造成愛情的毀滅，美好情感的悲劇。1925 年魯迅在〈再論雷峰塔的倒掉〉一文中，從個體的生命價值出發，提出「悲劇將人生的有價值的東西毀滅給人看」的著名悲劇論題，而在曼殊的小說裏即可以看到男女主人公的美好愛情被毀滅的悲劇。

曼殊的五部小說都以悲劇結束，似乎是作者的有意安排，卻反映了曼殊內心深深的悲劇意識。情與佛的強烈衝突纏擾著他，最終顯現為情的幻滅和佛的昇華。在他的五部小說裏，都上演了愛情的悲劇，皈依佛門或死亡成為曼殊小說的必然結局。在《碎簪記》中，「余」的視角和思想似乎就是曼殊本人對愛情的歸宿和定論。《碎簪記》講述了莊湜在蓮佩與靈芳之間的痛苦抉擇最終三人鬱鬱而終的故事。莊湜中意於靈芳，而莊湜之叔嬸卻極力反對為之定下蓮佩，可是莊湜心已所屬，於是堅定不移地拒絕蓮佩，而蓮佩因不能獲得莊湜的愛情而割喉自刎，但是靈芳卻為了成全莊湜和蓮佩，托莊湜之叔毀掉自己送給莊湜的玉簪，並以一信說明自己的無奈「初心易矣」，莊湜見信氣絕身亡，而靈芳也於寫信後自縊。三人俱為情死，這似乎是情節的自然發展，而實際上小說中的另一人物「余」則已經處處預見到情的最終結局。「余」是小說的敘述者也是目睹整個愛情悲劇的旁觀者，很顯然有著曼殊的影子。「余」在西湖遊賞第一次見到靈芳來找莊湜時，就說：「天下女子，皆禍水也。」後來也並沒有及時告知莊湜此事，因為怕莊湜「恐一失足，萬事瓦解」。而後又宣稱「天下最難解決之事，惟情耳」，「蓋男女慕戀，憔悴哀痛而外無可言，吾何能於其間置一詞哉」。在「余」的眼中，愛情是憔悴哀痛的，並無幸福可言，即使莊湜讓他幫助勸說叔嬸，他也並不抱有希望。「余」以夢境表明看法，

---

〔註21〕《馬克思恩格斯選集》第四卷（人民出版社，1972 年），頁 346。

認爲「夢境之味，實長於眞境滋多」，而這夢境恰恰就是小說的結局。在夢中，余和莊湜、蓮佩、靈芳三人同遊裏湖。見荷葉殘破不堪，象徵著蓮佩的凋零，而小花也謝了，又預示了靈芳的不幸，眾芳衰敗，女子爲情而死，這樣的夢其實就是曼殊的一種內心悲劇感的外現，是曼殊小說鮮明的悲劇意識的自白。「余」對愛情的看法就是毀滅，而曼殊也恰恰是以情的幻滅佛的昇華表現出一種自覺的悲劇意識。

周作人認爲：現代人的生存悲劇在於「生的意志與現實之衝突，是這一切苦悶的基本：人不滿足於現實，而復不肯遁入空虛，仍就這堅冷的現實之中，尋求其不可得的快樂與幸福。」〔註22〕在曼殊的小說中，對情的渴求與對佛的皈依形成了激烈的矛盾，佛法時時提醒著主人公的心靈，當他稍近一點女性之情時，便在心理產生了徬徨和衝突，佛法時時牽制著他的情感，讓他在塵世中欲愛不得，痛苦昇華。在《斷鴻零雁記》中，三郎本身就是三戒具足之僧，因要尋找親生母親來到日本，而在這之前，他則是因不讓雪梅爲己違背父母之命而出家爲僧。來到日本見到靜子，雖然也時有欣賞和豔想，但每每他會告誡自己是皈依了佛門的僧侶，必須遵守佛法，力行正照，越此情關，離諸憂怖。強忍著母親的命令和自己內心的情感，三郎最後離開了日本回到中國，而雪梅的去世則讓他悲痛欲絕，終以歸省其師靜室爲結尾。《絳紗記》中情與佛的衝突則更加鮮明尖銳，夢珠雖然出家，可還帶著秋雲送給他的絳紗，可見對秋雲的念念不忘，但是秋雲去找他時，他則謹守佛法，對秋雲說：「吾今學了生死大事，安能復戀戀？」但即使是這樣皈依佛法的他，最後坐化時衣襟一角還是藏著秋雲送的絳紗。可見情與佛的衝突最終在夢珠離開人世的刹那達到頂峰。《非夢記》裏海琴因其嬸的阻擾，不能與薇香在一起，而薇香卻極力成全海琴與鳳嫻，終沈江而逝。而海琴也前往五指山，成爲一執役僧。可見在曼殊的小說中愛情最終幻滅，成佛或入死成爲最後的結局，或者說在佛法中情得到昇華。雖然最終的入佛似乎是一種從情感中的解脫，但其實都是在對情的依附中而入佛，主人公並沒有眞正的身心俱滅，無我忘我，了結了一切塵世悲歡而眞正進入寂靜之心，三郎最終是彌天幽恨未有艾也，夢珠最終藏著絳紗，而海琴首次出家則數十晨夕，憶薇香不已。可見對情的珍視和留戀是他們的一種人生理想，只不過因爲種種外在原因無法

---

〔註22〕仲密（周作人）：〈沈淪〉，載《晨報副鐫》（1922 年 3 月 26 日），見嚴家炎編：《二十世紀中國小說理論資料》（第二卷），頁 214。

實現而已，於是只能在另一種理想狀態即成佛的寄託中來試圖達到。正如黑格爾對悲劇的認識一樣：「悲劇所表現的正是兩種對立的理想或『普遍力量』的衝突和調解」，「某一理想的實現就要和它的對立理想發生衝突，破壞它或損害它」，「悲劇的解決就是使代表片面理想的人物遭受痛苦或毀滅」〔註23〕。在曼殊的小說裏愛情與成佛兩種理想發生衝突，最終一方遭受了痛苦或毀滅，而釀成悲劇。

　　這樣的小說安排，應該說是蘇曼殊的有意爲之，與曼殊本身的經歷密不可分。曼殊與他同時的另一位南社僧人李叔同的佛徒之路基本相反。前者雖然少年就已出家，但是那是一種生活所迫，不得已而爲之的選擇，曼殊對佛法沒有任何的理解，也沒有眞正的悟道，所以後來他又回到俗世，再次去出家也是因爲革命的失敗等等外部原因，而並非一己的眞心徹悟。曼殊是一個極重感情的人，他十分喜愛拜輪和師梨的作品並翻成中文，他認爲「師梨在戀愛中找著涅槃；拜輪爲著戀愛，並且在戀愛中找著動作。」兩人對愛的執著，其實正是曼殊的化影。因此曼殊的出家爲佛其實並沒有擺脫情感的糾纏，雖然佛教無邊的悲憫也使受到各種傷害的他感到溫暖，努力想領會佛教的深意，但是這個過程卻要以付出一切欲望爲代價，曼殊並不是在經歷了人間的悲歡離合之後看破紅塵而出家，因此他不可能達到心無塵埃的境地，因此總是在佛與情的糾纏中徘徊。而李叔同則是經歷了人間的苦痛情愛之後眞正的皈依佛法，所以不似曼殊，而能消除欲望，嚴守佛戒。

　　在曼殊的小說中，悲劇的形成除了主人公內心的矛盾掙扎，當然還有外在的社會因素，如封建制家長的阻擾，黑暗社會的欺騙等等，但是歸根結底，這與作者本人深深的悲劇意識密切相關，正是這樣的現實，讓蘇曼殊喊出：「吾誠不願居此汙濁惡世矣。」〔註24〕曼殊對人生的悲涼，對理想幻滅的深深況味，都體現在他的小說裏，形成強烈的悲劇意味，「悲劇中的主角是寧願毀滅生命以求『眞』，求『美』，求『權力』，求『神聖』，求『自由』，求人類的上升，求最高的善」〔註25〕，在這樣的悲劇中每一個讀者都能觸摸到作者那顆痛苦掙扎、敏感柔弱的心靈，同時感受到悲劇的同情與淨化的力量。

　　在中國現代小說史上，王國維以其悲劇理論開創了中國美學理論的新篇

〔註23〕朱光潛：《西方美學史》（北京：人民文學出版社，1963年），頁504。
〔註24〕蘇曼殊：〈致劉三〉，《蘇曼殊文集》（花城出版社，1991年），頁488。
〔註25〕宗白華：〈悲劇的與幽默的人生態度〉，見《藝境》（北京大學出版社，1986年），頁81。

章，而曼殊則以其悲劇意識和藝術創作實踐了這種美學的革命，打破了「天下有情人皆成眷屬」的傳統夢幻，在近代中國文學史上以作品的悲劇之美而獨樹一幟，啓發後人。

## 第五節　諷世之美

蘇曼殊的小說主要是一種抒發內心情感的浪漫感傷小說，他不以客觀反映社會現實爲基礎，不以批判黑暗的當世爲主要內容，但是在他的小說裏，我們還是能看到當時社會的一些景象，看到那個社會的陰暗、壓抑和混亂、蒙昧。

曼殊所處的時代，是一個無比動蕩、新舊交替、革舊維新的時代，封建的清朝統治搖搖欲墜，尤其是經過了辛亥革命的討伐，趕走了滿清的異族統治，但是袁世凱的篡奪革命成果，又使革命黨人陷入了痛苦和沈淪。二次革命遭到嚴重挫折，社會愈加腐朽，人民更加處於水深火熱之中。民主自由的思想非但沒有實現，封建獨裁與專制反而變本加厲。在這樣的狀態下，許多革命黨人都開始喪失革命鬥志，包括蘇曼殊的好朋友章太炎、柳亞子、劉師培等都有所消沈，在封建高壓下開始屈服，然而蘇曼殊並沒有被黑暗折服，他在袁世凱篡權時，寫下慷慨激昂的〈討袁宣言〉：「衲等雖托身世外，然宗國興亡，豈無責耶？今直告爾，甘爲元兇，不恤兵連禍結，塗炭生靈，即衲等雖以言善習靜爲懷，亦將起而褫爾之魄！」這樣的義正辭嚴，足見其愛國之深，革命之切。因此，他的小說雖以抒發心迹爲主，但並非毫無痛癢的趣味文學，而是以身世之感寄託家國之痛，表現了動蕩時代知識份子與革命黨人的心靈世界：動搖、徬徨與創傷。

在曼殊的小說中，體現最充分的便是封建家長對男女自由戀愛的阻撓，包辦婚姻的罪惡，以及對美好人性的戕害和對金錢的貪婪。在《斷鴻零雁記》中，三郎本與雪梅訂婚，但雪梅之父是個見利忘義的小人，看到三郎義父家運式微，乃生悔心，欲爽前約。在雪梅之父看來：「女子者，實貨物耳，吾固可擇其禮金高者而鬻之。」不把雪梅當作有血肉有情感的個人，子女的生命特權操諸父母，致使雪梅茹苦含辛，莫可告訴，最終被逼婚不成，絕食而夭。《絳紗記》中五姑的繼父同樣是趨利附勢，利字爲先。五姑本來與曇鸞訂婚，曇鸞的舅父是新加坡的糖商，並設酒肆，但是後來舅父破產，五姑之父便假冒五姑名義對曇鸞提出分手退婚。後來幸好通言五姑，遂解釋清楚，兩人私

下乘船回香港，但是船遇風浪，致使離散。而五姑也因病去世。以上兩篇都揭露了利益爲先不顧子女幸福的家長，在《焚劍記》中，阿蘭的姨媽爲了私利，將阿蘭許嫁給梁姓外孫，阿蘭不從逃離，後狠心的姨媽又把此事轉嫁給阿蘭的妹妹阿蕙，事前沒有告訴她，在阿蕙嫁前數日，梁氏子發瘵而卒，使得阿蕙嫁給木主，孤獨無依，可憐淒苦。

而《碎簪記》和《非夢記》的故事結構如出一轍，內容也很相似，便是在家長的嚴厲抵制和阻撓下，男女主人公愛情幻滅成佛或死亡。《碎簪記》中莊湜本與靈芳情投意合，可是莊湜叔嬸卻屢次阻止他們相見，刻意安排蓮佩與莊湜在一起，當看到莊湜對蓮佩無動於衷時便想出毒計，讓靈芳看到莊湜與蓮佩一起出遊，趁機勸說靈芳與莊湜絕交，並使靈芳授權碎了玉簪，以爲這樣可以讓莊湜回心轉意，但是莊湜看到玉簪破碎後，病症加重，其叔不但不同情莊湜，反而雪上加霜，怒斥他曰：「此人不聽吾言，狂悖已甚。煩汝語彼，吾已碎其玉簪矣。此人年少任情，不知『衒女不貞，衒士不信』，古有明訓耶？」結果三個善良的男女俱毀。《非夢記》中燕海琴之父與薇香之父爲兩人定下婚約，可是海琴之父母不幸早逝，海琴遂依其嬸劉氏，劉氏因薇香家寒，定讓他娶家有千金的鳳嫻，海琴無意於鳳嫻，劉氏遂從中作梗，百般破壞。故意安排薇香與一陌生男子見面讓海琴看到，此被揭穿，海琴離家出走，又以薇香誘生之罪訟於官，刑鞫薇香打入大牢，後海琴聞知此事回來請釋薇香，欲與薇香相好相從，但薇香爲了成全他和鳳嫻，寧可犧牲自己的幸福，最後沈江赴死。

可見，曼殊的小說雖然寫的是男女愛情故事，但是又在其中包含了對封建家長制的揭露，對包辦婚姻的控訴，他所寫的男女愛情糾葛並不是像鴛鴦蝴蝶派一樣，旨在宣揚「趣味主義」，更不是把小說創作當作得意時的遊戲，失意時的消遣。在他的小說中我們能感受到作者對當時黑暗制度的不滿，對男女個性解放的渴求，從字裏行間可以體味出作者對世情的憤懣與反擊。

除了對封建家長制的揭露外，曼殊的五部愛情小說中，很難發現那種空山無人、悠然見南山的佛道境界，而是依稀可見戰亂頻仍的累累傷痕和血雨腥風的掙扎呻吟。《焚劍記》裏，獨孤生與阿蘭阿蕙二女所居之處有流彈中屋，遂不得不遠離他鄉，在路途中，遇見一屍，屍被彈洞穿肩，卻是無辜遭難。其時暴兵以半日殺盡此村人口，這裏的百姓本來過著自給自足的平靜生活，現在卻死傷無數，村莊被焚掠一空。在《絳紗記》裏，曇鸞乘船遇難，漂流

到小島上，看到有汽船經過，便登船，卻不料此船乃爲海盜船，專搶錢矣。這些都是那個軍閥混戰、以人爲食的戰亂時代的縮影。除了這些大的段落描寫社會黑暗以外，在一些小的細節上也有對當時時局不安的描述。如《絳紗記》中秋雲敘述自己的家事時提到巨紳大族爲了得到秋雲，設計陷害其父，誣陷其父與鄺常肅（康有爲）通，以《新學僞經考》爲證據，使其父無以自明，吞金而歿。當時康有爲作《新學僞經考》引導人們懷疑經典推翻舊的統治，結果被清政府禁掉。小說中還寫到疊鸞來到吳淞，看到海內鼎沸，有維新黨、保皇黨、東學黨、短髮黨等，名目新奇，但大江南北，雞犬不寧。《焚劍記》裏，阿蘭一家爲避亂來到山上，老人的一句話揭露了當時暗無天日的社會現狀：「以某將軍淩其少弱，瀕死幸生。不圖季世險惡至於斯極也。」而阿蘭在流浪途中，看到軍將手舉一人腿並宣稱以之爲食，可見這一細節其實正象徵了那個人吃人的社會。

正是有這樣多的罪惡和黑暗，曼殊在小說中也描繪著一些美好的桃花源一樣的社會形態。在他未寫完的小說《天涯紅淚記》中對這個家園描寫最爲細緻，有山石泉流，有漁夫老人，路不拾遺，夜不閉戶，情極眞樸，遠離塵世。在《碎簪記》裏作者也寫了一個世外的小漁村，是先世避亂至此的。人們日出而作、日入而息，怡然自樂，不復知甲子矣。可以說這些描寫都是曼殊的美好願望，在那個革命者紛紛消沈的時代，曼殊並沒有放棄對未來和社會的希望，曼殊始終沒有背叛辛亥革命的精神，一直在追求自由民主的美好家園，在他的小說中，風雨如晦、生靈塗炭、哀鴻遍野的社會現實在他的筆下暗暗流露，作爲小說的背景或情節的一部分巧妙的穿插融入，雖然小說的主題是愛情糾葛，小說的主線往往靠人物的情感推動，但是在每一部小說中都彌漫著當時血雨腥風的社會氣氛，作爲一個灰暗的底色，在小說中全面的展露。因此曼殊的小說絕不是單純的愛情小說，而是包含了作者對當時社會和時局的不滿、憤懣與希望。

以上可見，曼殊在五四運動前夕，從包辦婚姻等角度舉起了反封建的大旗，反映了那個時代人們的覺醒，人們開始有了做人的尊嚴，雖然這種做人還不是「完全的人」，只是「人的萌芽」，但是畢竟在中國近現代小說的發展中，最早的發出了「人」的呼喊，具有重要的歷史意義。這種並不明顯的諷世藝術給人們長鏡頭一樣的場景感，讓人們唏噓感歎，頓生救國救民之情感，有一種希望的哀傷蘊含於心，給後來的小說以啓發。

　　以上從五個方面分析了蘇曼殊小說的藝術特色和藝術之美，謝冕在《輝煌而悲壯的歷程百年中國文學總系》一書中總結了中國文學歷來的審美特點是「尊群體而斥個性；重功利而輕審美；揚理念而抑性情」，但是在蘇曼殊的小說裏我們可以看出原有的審美特性被漸次的打破，曼殊以自己的經歷爲寫作基礎，以抒情性的語言和基調來結構故事情節，以飽滿眞摯的情感彌漫其中，從而達到具有悲劇之美的浪漫主義的審美效果，給人們帶來一個嶄新的藝術世界。

# 第四章　蘇曼殊的翻譯文學

　　在蘇曼殊的文學生涯中，翻譯文學是不可或缺的一部分。他自少年時代起便開始接觸與學習外國文學，並先後譯有法國、英國與印度等國的文學作品，雨果、拜輪、雪萊、彭斯是他譯筆的重點。對於翻譯作品，蘇曼殊是十分重視的，他曾感歎「譯事固難」〔註1〕、「甚矣譯事之難也」〔註2〕。正因為此，他在翻譯文學上傾注了很多的心血，在內容上審慎地進行作品選擇，又用傑出的藝術形式來加以呈現，從而使得他所翻譯的作品獲得了多種藝術美。

## 第一節　《慘世界》──幽默辛辣之美

　　蘇曼殊一直看重內容深刻、意義重大的外國文學作品，他希望能夠在這些作品中找到與中國現實的契合，希望這些作品譯成中文後能對中國的現實起到抨擊與警醒的作用。雨果的名作《悲慘世界》因為充滿了對現實黑暗的批判而進入到蘇曼殊的視野中。

　　1903 年，蘇曼殊任當時《國民日日報》社的編輯與英文翻譯。此時他便著手翻譯雨果的《悲慘世界》，起名為《慘社會》。自當年十月八日起，《慘社會》在《國民日日報上》連載，譯者署名為蘇子穀。連載至約十一回，報館被封。1904 年，上海的鏡今書局以《慘世界》為書名出版了這部譯作的單行本，共十四回，署「蘇子穀、陳由己同譯」。蘇曼殊死後，其友胡寄塵將鏡今

---

〔註1〕 蘇曼殊：〈拜輪詩選自序〉，《蘇曼殊全集》卷一（北京：當代中國出版社，2007年），頁86。

〔註2〕 蘇曼殊：〈與高天梅書〉，《蘇曼殊全集》卷一（北京：當代中國出版社，2007年），頁137。

書局出版的譯本交上海泰東書局翻印，文字未作改動。泰東書局 1921 年以《悲慘世界》爲名再版此書，署蘇曼殊譯，書中扉頁附有蘇曼殊的遺像。由此我們可以基本確認，《慘社會》是蘇曼殊一人翻譯而成，而陳獨秀可能是在其中做了一些文字上的潤色。

在內容上，蘇曼殊的譯作《慘世界》是對雨果《悲慘世界》的意譯。它的前七回與《悲慘世界》的原文相對應，但後面七回都是譯者自己的杜撰與發揮。蘇曼殊虛構了男德這樣一個具有俠義心腸的人物，描述其抱打不平、除惡安良、奔走革命的事迹。這一自我創造的情節完全是在表現蘇曼殊的個人理想，表現他對舊社會制度的憤恨，對民主共和理想的嚮往。可以說，《慘世界》既是一部翻譯作品，也是一部譯者的個人創作。

爲了使譯作更有效地抨擊現實、充分體現原作以及蘇曼殊本人的人道主義理想、革命理想，《慘世界》在藝術手法上提供了相應的配合，這其中最突出的就是它對雙關語的運用以及幽默辛辣的諷刺。譬如主人公的名字「華賤」，就同時意指當時中華民族的悲慘境遇。又有范財主的兒子名曰「范桶」，即「飯桶」，以此諷刺他的無知、幼稚與墮落。范桶只知花費自家的錢財，聽信朋友的花言巧語共同前往中國學習，結果只是和朋友日日吃花酒，最後散盡家財並被朋友謀殺；而「范桶」的這位朋友就叫做「吳齒」，字「小人」，從小說的情節來看，這正是一個不折不扣的「無恥小人」。俠義人物男德的名字是「明白」，這也是用雙關語來表明：眞正能想得明白又做得明白的人很「難得」。男德冒死營救因偷人麵包而被判入獄五年的華賤，結果卻差點被華賤謀害了性命；男德還爲一位夫人打抱不平殺死了貪財的政府官員，結果也差點被這位夫人告發；就算如此，男德從未放棄向善之心，最後以一己之犧牲刺殺拿破侖，欲救大眾脫離黑暗現實。這種明白眞理又敢於實踐的人，的確「難得」。書中其他雙關語還有地方官之名「滿周苟」，通「滿洲狗」，表達譯者對清廷政府的憤恨；還有地名「尙海」，是「上海」的諧音。

《慘世界》運用的雙關語有很多，並且都極具諷刺性和批判性，這使得譯作體現出一種幽默辛辣的風格。在幽默中引人發笑，又在發笑的同時，讓讀者看到人心的腐敗、社會的黑暗。這的確是《慘世界》的一個重要藝術特色。

《慘世界》的幽默辛辣風格還在於它對暗諷手法的使用。前面我們介紹過，蘇曼殊的這部譯作並不是對雨果《悲慘世界》的直譯，前七回中就有很多蘇曼殊個人的發揮，後面七回更主要是他自己創編的情節。總體看來，這

部創造性譯作正是蘇曼殊個人的一部自敘傳，他寫男德這個俠義人物正是在寫自己，他寫法國更是在影射中國。如果說蘇曼殊在男德這個人物身上直接表現著個人的理想，那麼對中國現實的批判他則主要使用暗諷的藝術手法。

暗諷，在《慘世界》中主要是通過人物間的心理活動和對話體現出來的。比如第八回中男德的朋友給他寫信說有一尚海（上海）的朋友來到法國，邀他一同相見，男德尋思道：「尚海那個地方，曾有許多出名的愛國志士。但是那班志士，我也都見過，不過嘴裏說得好，實在沒有用處。一天二十四點鐘，沒有一分鐘把亡國滅種的慘事放在心裏，只知道穿些很好看的衣服，坐馬車，吃花酒。還有一班，這些遊蕩的事倒不去做，外面卻裝著老成，開個什麼書局，什麼報館，口裏說的是藉此運動到了經濟，才好辦利群救國的事，其實也是孳孳為利，不過飽得自己的荷包；真是到了利群救國的事，他還是一毛不拔。哎，這種口是心非的愛國志士，實在比頑固人的罪惡還要大幾萬倍。這等賤種，我也不屑去見他。」〔註3〕

此段話在雨果原作中並不存在，乃是蘇曼殊自己添加到小說中去的。這段話雖是男德個人的心理活動，實際上卻是通過男德之口表現蘇曼殊本人對當時上海某些文人的不滿，諷刺他們空喊口號、不知行動。如果說這一暗諷顯得有些直接的話，《慘世界》下面幾回中的暗諷則更加隱晦辛辣。

譬如第十一回。男德殺了貪官之後逃遁到尚海，巧遇范桶，范桶回顧自己與吳齒來到尚海、又被吳齒騙得整日裏去逛妓院的經過。范桶的父親范財主被惡官侵吞財產而死，母親囑託范桶到尚海去學一技之長。到達尚海後，吳齒帶著范桶去妓院裏「學習」，范桶十分困惑，便問吳齒：「這學堂裏教書的先生，怎麼有女的呢？」吳齒答曰：「這是尚海的規矩，沒什麼奇怪。你不懂得此地的規矩，我前年就和一個富家公子來到尚海，所以無論什麼地方都認得，什麼規矩都懂得，你樣樣都聽著我的話做去就是了。」

吳齒的一番話，雖為欺騙范桶而發，也顯示出他奸詐狡猾的本性，但也在深層中揭示出當時尚海的墮落腐敗風氣，國家衰亡而人心不醒，內憂外患而淫逸之風尤甚。「尚海的規矩」，更是畫龍點睛地指出了尚海甚至是中國的悲哀，這規矩不懂得不遵守就寸步難行。可以說，這段對話既是在表現吳齒的卑劣，也是在暗諷中國的現實。

〔註3〕所引曼殊小說、詩歌等文字，如無特別說明，均出自馬以君編注、柳無忌校訂：《蘇曼殊文集》（廣州：花城出版社，1991年版）。

就在這同一回中，還有另一處暗諷。范桶向男德講訴完自己的遭遇後，兩人一日無話。到第二天晚上，男德閱讀報紙後針對法國的王黨勢力發表了議論，說：「范桶哥有所不知。你想我們法國人，從前被那鳥國王糟蹋得多般厲害，幸而現在革了命，改了民主的制度，你看還有這樣不愛臉的報館主筆，到了現在還要發些袒護王黨的議論。我看這些人，哪算的是我們法蘭西高尚的民種呢？」

此言雖是由法國青年男德針對法國現實所發，但從男德這一角色與蘇曼殊本人的契合程度來看，這正是蘇曼殊對中國保皇勢力的一種暗諷。我們知道，蘇曼殊對康有為的保皇態度一直十分憎恨，甚至意圖刺殺康有為。男德這個人物的所有經歷在雨果作品中都是不存在的，其所言、所行都是蘇曼殊自己的寄託。男德這一番話的作用，正是聲東擊西，中法對照，從側面諷刺中國的保皇勢力非「高尚的民種」。

至第十三回，男德已經回到巴黎四年有餘。他眼見拿破侖取消民主共和制度，恢復帝制，終於決定以炸彈行刺拿破侖。行動之前，男德的心情憤怒到了極點，他想到：「波旁朝廷的的虐政，至今想起，猶令人心驚肉跳。我法蘭西志士，送了多少頭顱，流了多少熱血，才能夠去了那野蠻的朝廷，殺了那暴虐的皇帝，改了民主共和制度，眾人們方才有些生機。不料拿破侖這廝，又想作威作福。我法蘭西國民，乃是義俠不服壓制的好漢子，不像那做慣了奴隸的支那人，怎麼就好聽這鳥大總統來做個生殺予奪、獨斷獨行的大皇帝呢？」

中法兩國相同的遭遇，但在男德看來，他絕不能像「支那人」那樣忍氣吞聲，繼續做奴隸。這依然是通過男德的心理活動來諷刺中國民眾遲滯於革命、木訥於民主，更有若干文人志士支援君主立憲、欲繼續保留皇帝制度。這些現實正是蘇曼殊所急於改變的。上述這些例證通過法國角色的語言、談話和心理，來間接地諷刺和批判當時的中國現實。蘇曼殊明處寫法國人物的法國故事，事實上是在寫身處其中的中國情狀。他用意極深，用筆靈活，暗諷這一藝術方式又為《慘世界》增添了一層意蘊深厚的幽默感。

除雙關語和暗諷的使用外，《慘世界》的幽默辛辣風格，還在於它對中國文學典故、文言警句的巧妙運用。蘇曼殊在小說的敘述和人物的語言中，將中國古代的名言警句突兀地應用於法國主人公們，這在一定程度上造成了文化上的不協調，因而引起幽默滑稽的效果。但同時，這種幽默滑稽的藝術處理，又總包含著蘇曼殊對社會人情的辛辣諷刺。對此，我們謹以蘇曼殊對莊

子和孔子的化用爲例。

　　第六節的結尾，華賤已在孟主教家中吃過晚飯，各人回房休息，小說此時寫道：「華賤見主教已去，即忙熄了火，並不脫衣，就和衣倒睡在床上，即刻鼻子裏呼聲好像打雷一般。這時，一屋的主客，個個都化作莊生蝴蝶了。」「莊生蝴蝶」一詞化自《莊子‧齊物論》，雨果文中並無此用法，蘇曼殊譯作用這一中國古代典故來與前面的白話敘述相搭配，顯得十分突兀和滑稽。但蘇曼殊使用這一典故，意在表現華賤歷經二十年苦難生涯後的極度疲憊，正如小說最後一回所交待的，「當時華賤已有二十年之久不得臥榻安睡，今忽得了這個舒服所在，所以和衣鼾睡了四點鐘，……」不難看出，此處的幽默滑稽中蘊含的是辛辣的批判。

　　再如第十二回，男德自尚海輾轉回到巴黎的家中，其父「明頑」（通冥頑）便厲聲對其呵斥曰：「古人道：『父母在，不遠遊，遊必有方。』你竟不辭而去，這等膽大妄爲。你到在那尚海一年做甚？」此處，《論語‧里仁》中的「父母在，不遠遊，遊必有方」居然一字不差地出於法國人物明頑之口，同樣顯得滑稽可笑。但這一句話，一方面體現出明頑食古不化的性格特點，一方面又能與他斂財買官、欺壓百姓的實際作爲形成對比，有助於揭示其假仁義、僞君子的眞實面目。

## 第二節　浪漫主義詩歌翻譯──古樸沈遠之美

　　如果說曼殊所譯的《慘世界》在藝術上體現出一種幽默辛辣的藝術風格，那麼他對英國浪漫主義詩歌的譯介則更多地體現出一種古樸沈遠之美。這種古樸沈遠，具體表現在三個方面。一是曼殊多用四言、五言體來翻譯詩歌，用筆非常簡省，以古風形式來表現英國詩人們的浪漫激情。二是他的譯詩使用了大量的生僻古字、異體字、通假字等，文字與意象都極其晦澀，造就出濃厚的遠古質樸氣息。當然，這並非出自曼殊一人之筆，而是帶有章太炎的潤色工作在內。第三，曼殊在譯詩中多採用疊字，一唱三歎，使詩作情感沈遠流轉，令人回味不絕。曼殊譯詩的這種古樸沈遠的藝術風格，給讀者的閱讀帶來了困難，但毋庸置疑，它也使詩作產生了更多令人想像、揣度、回味、沈思的空間，堪稱一絕。

　　下面我們就來分別詳加闡述。

　　古人云：「夫四言，文約意廣，取效《風》、《騷》，便可多得。每苦文繁

而意少，故世罕習焉。五言居文詞之要，是眾作之有滋味者也，故云會於流俗。」〔註4〕《詩品》又有云：「興寄深微，五言不如四言，七言又其靡也」。（〈本事詩〉）或曰：「五言詩不如四言詩，四言詩古，如七言又其次者，不古耳。」《藏海詩話》可見，四言、五言和七言詩體，因為其產生的先後順序、表達特點，而在中國文學傳統中有著古樸程度的不同劃分。相對來說，四言與五言體較七言體更加樸實、敦厚，文風簡約，而又興寄深遠。七言體詩，長於情狀的直接描寫與抒發，在文氣酣暢方面更具表現力。而蘇曼殊選擇的，大多是更具古韻特色的四言與五言體。

　　1909 年蘇曼殊出版了自己的《拜輪詩選》（「拜輪」係曼殊當時譯名，今譯為「拜倫」），書中收錄了他所譯拜倫詩作〈贊大海〉、〈去國行〉、〈哀希臘〉、〈答美人贈束髮氈帶詩〉、〈星耶峰耶俱無生〉等，並附有曼殊譯的雪萊、彭斯、歌德、豪易特等人的詩作。在這些詩歌作品中，他有六首譯詩用了五言體，兩首用了四言體，一首用了七言體。

　　本來，拜倫的詩作大多氣勢磅礴、景象萬千，用丹麥文學史論家勃蘭兌斯的話來說，「拜倫屬於這樣一種人，這種人往往聽憑自己的想像力和思考力任意馳騁而不加任何約束⋯⋯」〔註5〕。以我國七言詩的長度和容量來說，應該是更適合表現這樣的作品，更有利於表現拜倫的浪漫主義激情。但為何蘇曼殊不更多地採用此種詩體呢？這關係到曼殊的詩歌觀和翻譯觀。曼殊認為：「詩歌之美，在乎氣體；然其情思幽渺，抑亦十方同感」〔註6〕。也就是說，詩歌的美既在於它的氣勢（或慷慨激昂、或婉轉清麗等等），也在於詩歌本身情思的的微妙悠遠、層層疊疊。所以翻譯詩歌不能簡單地意譯，「慮非譯意所能盡也」〔註7〕，而是要尊重原作的豐富性，要將原作的美好與俳惻儘量保留下來。這就是他所說的「按文切理，語無增飾；陳義俳惻，事辭相稱。」〔註8〕即質樸地翻譯原作，不作個人的雕飾和附會，做到「詞氣湊泊，語無增

---

〔註4〕 鍾嶸：《詩品・序》（成都：成都古籍書店出版社，1983 年），頁 3。
〔註5〕 勃蘭兌斯：《十九世紀文學主流》卷四（北京：人民文學出版社，1984 年），頁 380。
〔註6〕 蘇曼殊：〈拜輪詩選自序〉，《蘇曼殊全集》卷一（北京：當代中國出版社，2007 年），頁 86。
〔註7〕 蘇曼殊：〈文學因緣自序〉，《蘇曼殊全集》卷一（北京：當代中國出版社，2007 年），頁 84。
〔註8〕 蘇曼殊：〈拜輪詩選自序〉，《蘇曼殊全集》卷一（北京：當代中國出版社，2007 年），頁 87。

減」，同時又保持原作情思的俳惻與豐富。到此不難看出，四言與五言體由於更具「文約意廣」的特點，而理所當然地成爲曼殊譯詩時的選擇。

讓我們來看看〈贊大海〉一詩在曼殊筆下是如何變得「文約意廣」的：

> 皇濤瀾瀚，靈海黝冥；萬艘鼓枻，泛若輕萍。
>
> 茫茫九圍，每有遺虛；曠哉天沼，匪人攸居。
>
> 大器自運，振蕩罕逢；豈伊人力，赫彼神工！
>
> 周象乍見，決舟沒人；狂謷未幾，遂爲波臣。
>
> 掩體無棺，歸骨無墳；喪鐘聲嘶，逖矣誰聞？（以上爲全詩首段）

英文原作爲：

**The Ocean**

> Roll on, thou deep and dark blue ocean -- roll!
>
> Ten thousand fleets sweep over thee in vain;
>
> Man marks the earth with ruin -- his control
>
> Stops with the shore;upon the watery plain
>
> The wrecks are all thy deed, nor doth remain
>
> A shadow of man's ravage, save his own,
>
> When, for a moment, like a drop of rain,
>
> He sinks into thy depths, with bubbling groan
>
> Without a grave, unknell'd, and unknown.

譯作不是將原作的意思簡單地直譯爲中文，而是採用四言體，以簡約的文字、重重的意象，將拜倫對大海的讚歎與感悟濃縮於詩中。而四言體短促而有力的節奏，也較好地呈現出拜倫原詩浪漫激情。

在曼殊的《拜輪詩選》中，只有一首採用了七言形式，那就是〈星耶峰耶俱無生〉，詩曰：

> 星耶峰耶俱無生？浪撼沙灘岩滴淚。
>
> 圍範茫茫寧有情？我將化泥溟海出。

英文原作云：

> Live Not The Stars And The Mountains
>
> Live not the stars and mountains? Are the waves
>
> Without a spirit? Are the dropping caves
>
> Without a feeling in their silent tears?

No, no; -- they woo and clasp us to their spheres,

Dissolve this clog and clod of clay before

Its hour, and merge our soul in the great shore.

拜倫的這首詩作是在讚美宇宙蒼生、自然萬物都具備靈性，都是有情之存在。詩人以此來表現自己對愛與情感的稱頌，而拒絕理性主義至上的世界觀。這是對宇宙、自然、靈性的直接讚美，是詩人自身心理的直接抒發，這的確需要中國的七言體詩來與之相呼應，以表現出原作直抒胸臆的特點。但其他拜倫的詩作包括雪萊等人詩作，蘇曼殊都採用四言與五言體以追求簡約質樸的文風效果。

除了文體形式的古樸外，曼殊譯詩在用字、用詞上也頗顯古樸之風，用字用詞都極其簡省古奧，甚至有些晦澀。比如我們上面所引〈贊大海〉就是一例。字詞上古樸風格，其實是章太炎和黃侃對曼殊譯詩潤色的結果。1909年春，曼殊在東京翻譯拜倫詩歌，有一段期間就住在章太炎的寓所中。故《拜輪詩選》中的其他譯詩也大都經過章太炎古色古香的潤色，又如：

### 答美人贈束髮氈帶詩

何以結綢繆？文紕持作絚；曾用繫捲髮，貴與仙蛻倫。

繫著羉衣裏，魂魄還相牽；共命到百歲，殉我歸重泉。

朱唇一相就，沴液皆芬香；相就不幾時，何如此意長！

以此俟偕老，見當念舊時。埶情如根荄，句萌無絕期。

彡髮乃如銑，波文映珍鬉。頗首一何佼，舉世無與易！

錦帶約鬆髻，郎若炎精敫。赤道醬無雲，光景何鮮暐！

詩中「文」通「紋」，「紕」指用作鑲邊的滾條，「倫」取「相同」義，「羉」通「暖」，「沴」通「酏」，「埶」通「摯」，「句」通「勾」，「彡」通「鬓」，「鬆髻」即為「盤桓髻」，「炎精」指「太陽」，「敫」是光閃耀的樣子，「醬」意為晴朗無雲。一首詩之中使用了如此之多生僻之字以及異體、通假之字，使整首詩呈現出遠古沈遠的意境，當然，這也的確造成了讀者閱讀上的困難，其艱澀生僻也引起了很多批評。

曼殊譯詩的古樸沈遠風格，還體現在疊字的大量使用中。疊字的使用增強了詩作的一唱三歎之感，為詩作平添纏綿之意，使詩作的情感愈發深遠、也更有力度。這類疊字的使用有：

### 拜倫〈贊大海〉

「茫茫九圍，每有遺虛；曠哉天沼，匪人攸居。」

「泱泱大風，立懦起罷；茲爲公功，人力何衰！」

「赫赫軍艘，亦有浮名；雄視海上，大漠與京。」

「蒼顏不皺，長壽自古。渺灑澶漫，滔滔不舍。」

「別風淮雨，上臨下監。扶搖羊角，溶溶澹澹。」

「蒼海蒼海，余念舊恩。兒時水嬉，在公膞前。」

「沸彼激岸，隨公轉旋。淋淋翔潮，媵余往還。」

拜倫〈去國行〉

「行行去故國，瀨遠蒼波來。鳴湍激夕風，沙鷗聲淒其！」

「悠悠滄浪天，舉世莫與忻。世既莫吾知，吾豈歎離群！」

「欣欣波濤起，波濤行盡時。欣欣荒野窟，故國從此辭。」

拜倫〈哀希臘〉

「巍巍希臘都，生長奢浮好。情文何斐亹，荼輻思靈寶。」

「征伐和親策，陵夷不自葆。長夏尚滔滔，頹陽照空島。」

「晨朝大點兵，至暮無復存。一爲亡國哀，淚下何紛紛！」

「冥冥蒿裏間，三百斯巴族。但令百餘一，堪造披麗轂！」

「萬籟一以寂，彷彿聞鬼喧。鬼聲紛颭颭，幽響如流泉。」

「注滿杯中酒，倏然懷故山。峨峨修里岩，湯湯巴加灣。」

「注滿杯中酒，樾下舞婆娑。國恥棄如遺，靚妝猶娥娥。」

拜倫〈星耶峰耶俱無生〉

「星耶峰耶俱無生？浪撼沙灘岩滴淚。」

「圍範茫茫寧有情？我將化泥溟海出。」

拜倫〈頲頲赤薔薇〉

「頲頲赤薔薇，首夏初發芭。惻惻清商曲，眇音何遠姚。」

雪萊〈冬日〉

「孤鳥棲寒枝，悲鳴爲其曹。河水初結冰，冷風何蕭蕭！」

前面我們從三個方面介紹了蘇曼殊詩歌翻譯的古樸沈遠之美。但如果我們能夠拿一首英詩的不同中文版本做一比較，這種古樸沈遠之美就會顯現得更加卓然了。這裏我們就以蘇格蘭著名詩人羅伯特・彭斯的名作《A Red Red Rose》的三個漢譯本做一藝術美的比較，以彰顯蘇曼殊詩歌翻譯的藝術特質：

**A Red Red Rose**

O my luve is like a red, red rose,

That's newly sprung in June;

O my luve is like the melodie,

That's sweetly played in tune.

As fair thou art, my bonie lass,

So deep in luve am I;

And I will luve thee still, my dear,

Till a' the seas gang dry.

Till a' the seas gang dry, my dear,

And the rocks melt wi' the sun;

And I will luve thee still, my dear,

While the sands o' life shall run.

And fare thee weel, my only luve,

And fare thee weel a while;

And I will come again, my luve,

Tho'it were ten thousand mile!

彭斯的這首詩作是在民間歌謠的基礎上加工改造而成。全詩描寫了真摯熱烈的愛情，從情感節奏上講，它是層層遞進，情感的力度逐漸彰顯出來。而音律上採用抑揚格，一輕一重，回環往復。字句之間也多有連環重複。所有這些，共同構成了詩歌意蘊的深遠、情感的纏綿。所以，這首愛情詩的濃厚底蘊在翻譯中必須得到應有的重視。在我看來，蘇曼殊譯的〈熲熲赤薔薇〉相較於郭沫若、袁可嘉、王佐良的譯本都更好地傳遞出了原作的這種詩美。我們把這幾種譯本並列於下來做一觀察：

熲熲赤薔薇（蘇曼殊譯）

　　熲熲赤薔薇，首夏初發苞。惻惻清商曲，眇音何遠姚！
　　予美諒天紹，幽情中自持。滄海會流枯，相愛無絕期。
　　滄海會流枯，頑石爛炎熹。微命屬如縷，相愛無絕期。
　　摻祛別予美，離隔在須臾。阿陽早日歸，萬里莫踟躕。

紅玫瑰（郭沫若譯）

　　吾愛吾愛玫瑰紅，六月初開韻曉風；
　　吾愛吾愛如管弦，其聲修揚而玲瓏。

　　吾愛吾愛美而殊，我心愛你永不渝，

　　我心愛你永不渝，直到四海海水枯：

　　直到四海海水枯，岩石融化變成泥，

　　只要我還有口氣，我心愛你永不渝。

　　暫時告別我心肝，請你不要把心耽！

　　縱使相隔十萬里，踏穿地皮也要還！

一朵紅紅的玫瑰（袁可嘉譯）

　　啊！我愛人像一朵紅紅的玫瑰，它在六月裏初開。

　　啊，我愛人像一支樂曲，它美妙地演奏起來。

　　你是那麼美，漂亮的姑娘，我愛你多麼深切。

　　我會愛你，親愛的，一直到四海枯竭。

　　一直到四海枯竭，親愛的，到太陽把岩石燒裂。

　　我會一直愛你，親愛的，只要是生命不絕。

　　再見吧，我惟一的愛人，我和你小別片刻。

　　我要回來的，親愛的，即使萬里相隔。

我的愛人像朵紅紅的玫瑰（王佐良譯）

　　呵，我的愛人像朵紅紅的玫瑰，六月裏迎風初開；

　　呵，我的愛人像隻甜甜的曲子，奏得和諧又合拍。

　　我的好姑娘，多麼美麗的人兒！

　　請看我，多麼深摯的愛情！

　　親愛的，我永遠愛你，縱使乾枯水流盡。

　　縱使大海乾枯水流盡，太陽將岩石燒作灰塵，

　　親愛的，我永遠愛你，只要我一息猶存。

　　珍重吧，我唯一的愛人，

　　珍重吧，讓我們暫時別離，

　　但我定要回來，哪怕千里萬里。

除蘇曼殊的譯文外，其餘幾家都是以白話文譯出了彭斯的原作。儘管白話形式更能直接而熱烈地表達出彭斯的浪漫主義情懷，但無法否認，曼殊的五言詩體，其字詞之精簡古奧，首先就更貼近原詩作爲民間歌謠的古風特點；其次又使得情感在字裏行間發而不放，源源不斷，最大程度地復現出彭斯原作

的情感特點。作爲中國現代文學中浪漫主義先驅人物的郭沫若，他的譯本有特色，但未免過於口語化，特別是後六句，這不免沖淡和稀釋了原作悠遠纏綿的情感。袁可嘉與王佐良的譯本則同樣顯得直白而無深蘊，這沒有充分傳遞出原作的情感深度與情感節奏。通過上面的比較中我們進一步證實，曼殊詩歌翻譯的核心藝術美就是古樸沈遠。

## 第三節　印度文學翻譯——簡約與瑰奇之美

　　除了歐洲文學之外，蘇曼殊還對印度文學有著濃厚的興趣。在他的翻譯文學中，就有印度的詩歌（陀露哆的〈樂苑〉）和小說（瞿沙的《娑羅海濱遁迹記》）。此外，他還翻譯過八卷本的佛學典籍《梵文典》。他不但直接從梵文進行翻譯，而且還將歌德對印度史詩《沙恭達羅》的讚揚之詩翻譯成了中文。英國人威林曾將《沙恭達羅》英譯，後傳至德國，歌德讀後對之驚歎不已，遂作《《沙恭達羅》頌》一詩。而曼殊則在 1907 年將歌德的這首詩作譯成了中文：

　　　　春華瑰麗，亦揚其芬；秋實盈衍，亦蘊其珍。

　　　　悠悠天隅，恢恢地輪，彼美一人，沙恭達羅。

在《潮音·序》中，蘇曼殊更是直接表達了對《沙恭達羅》的興趣：「此後我將竭我底能力，翻譯世界聞名的《沙恭達羅》詩劇，在我佛釋迦的聖地，印度詩哲迦梨陀娑所作的那首，以獻呈給諸位。」〔註9〕

　　曼殊之所以對印度文學和文化如此愛好，首先是出於他對印度語言的喜愛。在《梵文典·自序》中，他就大張旗鼓地讚頌過印度語言：「夫歐洲通行文字，皆原於拉丁，拉丁原於希臘，由此上溯，實本梵文。他日考古文學，唯有梵文、漢文二種耳；餘無足道也。」〔註10〕在這一段文字中，蘇曼殊賦予了梵文以至高無上的地位，認爲梵文是希臘文、拉丁文以及英語的起源，乃是真正的文化源頭。因此他說以後若考辨古代的文字和文學，也只有梵文和漢文值得下功夫，其他文字及其文學都不是根本、不值得深入探析。

　　當然，曼殊對梵語的喜愛是與他對佛教的皈依密切相關的。十六歲時，

---

〔註9〕 柳無忌：〈譯蘇曼殊潮音自序〉，《蘇曼殊全集》卷三（北京：當代中國出版社，2007 年），頁 24。

〔註10〕 蘇曼殊：《梵文典·自序》，《蘇曼殊全集》卷一（北京：當代中國出版社，2007 年），頁 83。

蘇曼殊就在廣州蒲澗寺皈依佛門，但因違反戒律，不久就離開廣州赴日本求學。1903 年，蘇曼殊在章士釗、陳獨秀等人創辦的《國民日日報》發表了一連串作品，既有讚揚無政府主義領袖愛瑪‧高德曼的文章〈女傑郭耳縵〉，又有他翻譯雨果《悲慘世界》而成的《慘社會》。這些作品都是宣傳民主與自由的文章，都具有對滿清政府與中國現實的強烈批判。但在這年十月，《國民日日報》內部發生意見上的分歧，令蘇曼殊失望至極，遂於兩個月後在惠州慧龍寺再次出家為僧。但不管怎樣，他終究不能忘懷於現實，他心中強烈的社會責任意識促使他再度離寺出走。

1904 年春，在親友們的資助下，蘇曼殊從上海出發，前往暹羅（今泰國）、緬甸、錫蘭（今斯里蘭卡）、南洋（今越南）等地遊歷學習。在暹羅期間，他遇到了鞠窣磨長老，師從其學習梵語與佛學。對此蘇曼殊在《梵文典‧自序》中曾經提及：「繼遊暹羅，逢鞠窣磨長老，長老意思深遠，殷殷以梵學相勉。」〔註 11〕此後，蘇曼殊一直堅持學習梵文、領悟佛學，並於 1907 年完成了八卷本《梵文典》的翻譯工作。談起自己的這項工作，曼殊念念不忘鞠窣磨長老的啟迪，「衲拜受長老之旨，於今三年，只以行腳勞勞，機緣未至。嗣見西人選述《梵文典》，條例彰明，與慈恩所述八轉六釋等法，默相符會。正在究心，適南方人來，說鞠窣磨長老已圓寂矣，爾時衲唯有望西三拜而已。今衲敬成鞠窣磨長老之志，而作此書。非謂佛刹圓音，盡於斯著，然溝通華梵，當自此始。」〔註 12〕可見，蘇曼殊正是要以佛家典籍《梵文典》來溝通梵語與漢語、梵語文化與漢語文化。所以說，正是在對佛教文化的學習中，蘇曼殊逐步締結了自己與梵語以及梵語文學之間的情緣。

那麼，梵語對於蘇曼殊來說，究竟有著什麼具體的美學魅力呢？蘇曼殊說，「衲謂文詞簡麗相俱者，莫若梵文，漢文次之，歐洲番書，瞠乎後矣。」〔註 13〕原來，梵文之美在於它的「文詞簡麗」，簡約而又瑰麗。在這一點上，他認為梵文和漢文有著相似的特點，不過梵文更高一籌。但語言之美，還不能構成印度文學的全部魅力。在蘇曼殊看來，印度文學的魅力還在於它想像的奇特、情節的變幻多彩、人物的美豔絕倫以及作品深厚的哲學內蘊。他正

---

〔註 11〕 蘇曼殊：《梵文典‧自序》，《蘇曼殊全集》卷一（北京：當代中國出版社，2007年），頁 83。

〔註 12〕 同上。

〔註 13〕 蘇曼殊：〈文學因緣自序〉，《蘇曼殊全集》卷一（北京：當代中國出版社，2007年），頁 84。

是這樣來向讀者介紹印度史詩《沙恭達羅》與《羅摩衍那》的，蘇曼殊說：「沙恭達羅者，印度先聖毘舍密多羅女，莊豔絕倫。後此詩聖迦梨陀娑作 Sakoontala 劇曲，紀無能勝王與沙恭達羅慕戀事，百靈光怪。……印度為哲學文物源淵，俯視希臘，誠後進耳。其《摩訶婆羅多》、《羅摩衍那》二章，衲謂中土名著，雖《孔雀東南飛》、《北征》、《南山》諸什，亦遜彼閎美。」〔註 14〕這兩部印度史詩的魅力如此豐富，以至於在蘇曼殊看來，中國古代文學中的一些經典名作都不能與之媲美。

於是，在他自己對印度文學的翻譯中，蘇曼殊也盡力使譯文體現出簡約瑰奇的意境。

詩歌〈樂苑〉譯於 1909 年的春天，這是印度女詩人陀露哆的作品。蘇曼殊在譯作中對為這位女詩人加了一段介紹，云：「梵土女詩人陀露哆為其宗國告哀，成此一首，詞旨華深，正言若反。嗟乎此才，不幸短命！譯為五言，以示諸友，且贈其妹氏于藍巴幹。藍巴幹者，其家族之園也。」「華深」二字，是蘇曼殊對這首詩的評價，即指文句華美，意蘊深刻。詩云：

> 萬卉市唐園，深黝乃如海。嘉實何青青，按部分班采。
> 鬱鬱曼皋林，並閭竦蒼柱。木綿揚朱唇，臨池歌嗙喻。
> 明月穿疏篁，眉憮無比倫。分光照菡萏，幻作一甌銀。
> 佳人勸醇醪，令我精魂奪。佇眙複佇眙，樂都長屑屑。

全詩意象眾多、連接緊密，「萬卉」、「嘉實」、「曼皋」、「並閭」、「木綿」、「明月」、「分光」、「菡萏」、「一甌銀」、「佳人」、「醇醪」等等交織一體，共同構成了花園景象的豐富。而「深黝」、「青青」、「分班采」、「朱唇」等等又給全詩意境增添了變幻多端的色彩。結尾兩句更用重複和疊字的方式，唱出對田園美景的讚歎！於是，整個花園多姿且婀娜，有全景有近景，畫面五彩繽紛，有客觀的景物描寫也有擬人化的比喻以及詩人的主觀讚美。譯作語言之簡約、意象之濃密、景色之瑰奇、意蘊之深厚，無疑是蘇曼殊精心譯介的結果，也正符合他對印度文學藝術特點的描述。

蘇曼殊翻譯的另一部印度文學作品是小說《娑羅海濱遁迹記》，其主要內容是印度人民抗擊英國殖民者的故事。據曼殊介紹，這部作品是印度南印度作家瞿沙的筆記小說，他是根據小說的英譯本將之翻譯為中文的。但蘇曼殊

---

〔註 14〕蘇曼殊：《梵文典·自序》，《蘇曼殊全集》卷一（北京：當代中國出版社，2007年），頁 85。

的這一說法也引起了一些疑問。比如柳亞子就認為，這部小說不一定是印度作家的作品，而是曼殊自己的創作，因為小說中夾雜著拜輪的一首詩〈星耶峰耶俱無生〉，而按照小說抗擊英國殖民的主題而言，文中正面引用英國詩人的詩句顯然是不大可能的。但也有很多學者指出，當時中國流傳著很多關於印度淪亡的故事，蘇曼殊沒有必要假託印度人之名來表現這一現實，而拜輪的詩歌〈星耶峰耶俱無生〉是蘇曼殊自己很喜歡的一首詩，他自行將這首詩放進《娑羅海濱遁迹記》中也是很有可能的。所以，這部小說應該就是蘇曼殊對印度作品的翻譯。

　　而在我們看來，還有一個特點可以說明這部小說正是蘇曼殊對印度文學的翻譯。那就是，這部譯作採用的是文言形式。我們記得蘇曼殊翻譯雨果而成的《慘世界》用的是白話文，而這部《娑羅海濱遁迹記》則採用文言來進行翻譯。我們剛才已經介紹了蘇曼殊對印度語言的讚美，他認為梵語之美就在於其「文詞簡麗」，而漢語中只有文言可以做到這一點。顯然，蘇曼殊正是要用我國的文言來最大程度地表現出這小說原文的語言之美。當然，曼殊在表現簡麗的語言美的同時，又盡力表現出原作的瑰麗意境與奇特想像。

　　小說的開頭就有一段景色描寫，極其優美，具有如夢如幻的特點。文曰：「時在伐薩（Varsna 此雲雨季），不慧失道荒榖，天忽陰暗，小雨溟溟，婆支迦華（Varchika 雲雨時生花）盛開，香漬心府。行漸前，三山犬牙，夾道皆美，池流清淨，材木蔚然。不慧拾椰殼掬池水止渴。復行一由延，遇巨樹作聲如獅吼，古人謂『巨木能言』，殆指此耶？既而涼生肩上，諦視左側，蓋洞口也。不慧坐石背少選，歌聲自洞出，如鼓箜篌。」這一段文字以四字文言居多，在簡約的筆法中描繪出一幅世外桃源的景象。而這幅景象極其超然美妙，讓人流連忘返。同時，這幅美景還保持著一份奇特，即那能夠發出獅吼聲的巨樹以及傳出歌聲的山洞。這些奇異的因素是中國文學中極其少見的。所以這一幅景色，美麗而又奇特，真可用「瑰奇」二字來形容，這正符合蘇曼殊本人對印度文學的特徵概括。

　　類似的描寫在還出現在下一段中：「策杖入洞，歌聲亦止，黑暗不辨路徑，足下柔草，如踐鵝絨。心知其異，但不生畏怖。默計步數，恐不能返。行且三千五武，始辨五指，復行十武，光如白晝。既出洞，迎面空寂，似無所有；但奄茲落日，殘照海濱，作黃金色。回顧有弄潮兒，衣芭蕉葉，僄臥灘旁。不慧心念小子必是超人。倚仗望洋，憮然若失。……俄而皎月東升，赤日西

墮。不慧繞海濱行約百武，板橋垂柳，半露蘆扉，風送蓮芬，通人鼻觀。遠見一舟，纖小如芥，一男一女，均以碧蕉蔽體，微聞歌聲。男云：『腕勝柔枝唇勝蕾，華光圓滿斯予美。』女云：『最好夜深潮水滿，伴郎搖月到柴門』。」曼殊雖用四言，但文氣酣暢，匆匆數行就將人物的心理、景色的多變、人物與景致的交織，統統充分描繪了出來，真正在簡約中顯出了麗質。在這美景中，曼殊又用兩句精彩的詩句將女主人公的特點表現了出來。這一特點就是「美豔」！因為曼殊在兩句詩行中，將人物體態的婉轉、身體的魅力、明亮的光彩都給作了展示，這顯然是在造就一個美豔絕倫的婦人形象，而非某種清雅的女性氣質。這一點，也正符合蘇曼殊在《文學因緣・自序》中對印度文學中女性形象的概括，他的翻譯在此還是顯示出一種瑰麗的美學效果。這部小說中處處充滿了這樣的書寫風格，正是蘇曼殊努力接近梵文特色及印度傳統文學特點的結果。

# 第五章 雅韻雅趣與悲慨激昂
## ——蘇曼殊雜文的藝術美

曼殊的雜文有著兩個處於極端對立的藝術風格，雅韻雅趣與悲慨激昂。這兩種對立的藝術風格，綜合顯示了這位猖狂書生豐富的心靈世界。

## 第一節 雅韻雅趣之美

曼殊的小說、詩歌及翻譯文學，或淒惻、或哀怨、或辛辣幽默。在這些作品中，我們看到的是一個憂國憂民、一身抱負、才華橫溢而又難圓其志的文人形象。但是，在他為數不多的雜文創作中，蘇曼殊則創造出了一種雅韻與雅趣的藝術美。

先看雅韻，在雜文中，蘇曼殊用語平和散淡，讓生活常情靜靜地流淌於文字之間，同時又灌注以悠遠的禪意。這種藝術美，是他在其他文類中所極少顯示的。在這樣的藝術風格中，我們看到的不再是哀怨的、暴戾的、憤慨的蘇曼殊，而是一位以平和心態體悟人情、追尋禪意的蘇曼殊。忽然間，我們似乎可以感覺到，蘇曼殊就是一個如此平易、平凡的普通人。除了這種幽深久遠的雅韻，曼殊還常以幽默的態度、閒雅的情致來表現自我和生活，使得文字輕鬆活潑，富有雅趣的風格。

雅韻風格的形成，在於曼殊用淡雅收縮的筆觸、舒緩節制的節奏描繪和傳遞日常人情，創造出悠遠綿長的意境。他筆下的日常人情，包括真摯的愛情、師友之情、主僕之情等等。以下我們就對這些描寫分別作出分析。

曼殊雖然出家，但不難發現，他塵緣未了。而《燕子龕隨筆》中的許多

篇短文，就記錄了曼殊心中那份愛的感動。當然，他又有意克制心中的愛情，
用筆平淡、以詩代言。隨筆第三則就正是這樣一段描寫：

> 廢寺無僧，時聽墮葉，參以寒蟲斷續之聲。乃憶十四歲時，奉母村
> 居。隔鄰女郎手書丹霞詩箋，以紅線繫蜻蜓背上，使徐徐飛入余窗，
> 意似憐余蹭蹬也者。詩曰：「青陽啓佳時，白日麗暘穀。新碧映郊坰，
> 芳蕤綴林木；輕露養筥榮，和風送芬馥。密葉結重陰，繁華繞四屋。
> 萬彙皆專與，嗟我守煢獨。故居久不歸，庭草爲誰綠？覽物歎離群，
> 何以慰心曲！」斯人和婉有儀，余曾於月下一握其手。

這段文字用語平淡簡省，情感內斂，只是客觀地回憶了自己與隔鄰女郎的一
段交往。但不難發現，一縷淡淡的溫情還是在這段文字中緩緩升起。隔鄰女
郎給曼殊紅線傳書，以窗外的大好春光呼喚曼殊打開幽閉的情懷，走出煢煢
獨立的狀態，投身到萬物的盛開和繁華中。根據這段回憶，曼殊也對這位女
郎熱烈的情感作出了回應。他讚歎了女郎「和婉有儀」，並與其牽手月下。雖
然沒有過多地直抒胸臆，但他的描述卻給我們留下了暢想的空間：二人如何
相識、如何相知、如何最後道別，這其中的曲折與經過，曼殊都留給讀者自
己去想像了。但有一點是明確的，這段感情存留在了曼殊的心中。文字的平
淡、想像的空間、哀而不傷的情感基調，使文字散發出別致的雅韻風采。

此類書寫，又有《燕子龕隨筆》第六：「寄劉三白門二絕句：『玉徹孤行
夜有聲，美人淚眼尚分明。莫愁此夕情何限，指點荒煙鎖石城。』、『升天成
佛我何能，幽夢無憑恨不勝。多謝劉三問消息，尚留微命作詩僧。』」所謂言
有盡而意無窮，曼殊在這段文字中依然惜墨如金，不肯流露出過多的消息，
只用寫給好友劉三的兩段詩句來闡發心迹。但字裏行間，人們分別已經見出
曼殊的一段深情。曼殊與昔日的「美人」痛心地告別分手，這讓曼殊念念不
忘，甚至，曼殊還在詩中放棄了升天成佛的宗教信仰，寧願承認自己不能寂
滅世間情緣，袒露自己對情之懷念與痛惜。「詩僧」是曼殊最終給自己的定位，
人間的情思註定與他的出世修行相伴相隨。這一段深情的描寫，顯然是比上
一例證要更加動情，詩人的哀怨十分明顯。但曼殊依然用簡約的筆法，以詩
歌來代替直白的抒寫；在詩行的具體描寫當中，詩人的情感又在出世爲僧與
不忘世間舊情之間做出了折中處理。這就從形式和內容上共同造就出節制而
又綿長的藝術美，依然傳遞出悠長的雅韻風味。

《燕子龕隨筆》第十四則通過與上海某妓女的對話，表現對愛情的肯定。

「張娟娟偶于席上書絕句云：『維摩居士太倡狂，天女何來散妙香！自笑神心如枯木。花枝相伴也無妨。』娟娟語余：『是敬安和尚作。』余曰：『和尚一時興致之語，非學吞針羅什。』敬安和尚即寄禪，有《八指頭陀集》。」此段對話輕鬆幽默，文字機智譏誚，以妓女之口諷刺修行過程中心靈的枯寂狀態，點出愛情與修行可以並行不悖。關於佛教先賢是否有這樣的觀點，曼殊未作明確交待，只留待後人評說去了。但顯然，曼殊對妓女之言持寬容態度，已悄悄流露出一種大隱隱於世的佛學立場、一種靈活灑然的修行態度。意殊別致，耐人尋味。

除了愛情上的抒發，曼殊也在師徒之情、兄弟之情上創造出悠遠的意境，讓人品味良久。《燕子龕隨筆》第八寫道：「余年十七，住虎山法雲寺。小樓三楹，朝雲推窗，暮雨卷簾，有泉，有茶，有筍，有芋。師傅客居羊城，頻遣師兄饋余糖果、糕餅甚豐。囑余端居靜攝，毋事參方。後辭師東行，五載，師傅圓寂，師兄不審行腳何方，剩餘東飄西蕩，匆匆八年矣。偶與燕君言之，不覺淚下。」這裏雖然是寫佛學上的師父和師兄，但曼殊回憶的不是佛學信仰上的問題，而是師徒之間、兄弟之間曾經有過的真摯情感，是生活中的平實經歷。往日的閒散超脫、真心相聚，對比於今日的人去樓空、杳無音信，怎能不讓人唏噓感歎？然而，雅致的生活場景、濃厚的人情、深深的懷念均寄託于克制平實的語句之中，使文字意蘊深厚而又平易綿長。

《燕子龕隨筆》對主僕之情的描寫同樣如此：

> 昔人賣子句云：「生汝如雛鳳，年荒值幾錢？此行須珍重，不比阿娘邊。」又女致母詩云：「挑燈含淚疊雲箋，萬里緘封寄可憐。為問生身親阿母，賣兒還剩幾朵錢？」二詩音節哀亮，不忍卒讀。昔陶淵明遣一僕與其子，兼作書誡其子曰：「此亦人子，須善遇之。」所謂「不獨親其親，不獨子其子」也。記朱九江先生絕句云：「新茶煮就手親擎，小婢酣眠未忍驚。記否去年扶病夜，淚痕和藥可憐生？」風致灑然。

通過對古代民間與文人詩句的引用，曼殊表達了對主僕之情的重視。他舉陶淵明之例，告訴人們，僕人也應得到禮遇和尊重，因為他們同樣是年輕的人子，同樣需要得到愛的關懷。結尾幾句則用詩歌將此主題塗抹上溫暖的色調。女僕對主人忠誠不二、關心備至，主人對此心存感激，默默以愛護之心相待。主僕之間暖暖的愛意，加上「新茶煮就」時的清新香氣，突顯了曼殊對人間

真情的歌頌與讚揚。這一篇雜記，雖無幾句曼殊自己的話語，但他的三次引用（民間詩、陶淵明語、朱九江詩）分明有一種內在的節奏：陶淵明對僕人的態度與古人賣女的行為形成鮮明對比，而朱九江的詩歌又通過藝術方式複述了陶淵明的一席話，情韻漸深，愈雅愈醇。

由上可見，曼殊在雜文中對日常人情頗為尊重，常以瀟灑之態度、含蓄之筆調，展示出人間真情的可貴。他常以詩入文，使自己的情感寄託在藝術化的表達中，讓濃濃的溫情平淡清雅地緩緩流淌出來。這正是曼殊雜文雅韻之美的真諦。

曼殊的雜文還體現出一種雅趣的風格。除了情韻綿長、真情至性之外，曼殊還時常以輕鬆、幽默的胸懷來悟道參禪，經常使用詩作、禪語以及逸聞趣事來表現描繪自己的佛學追求。這就使其雜文中的相關文字，既充滿禪機哲理又充滿世俗人情，既隱晦曲折又活潑靈動，展現出種種雅致與雅趣。

《燕子龕隨筆》第七篇就用兩句詩歌來表現禪機禪趣，曼殊云：「『山齋飯罷渾無事，滿缽擎來盡落花。』此境不足為外人道矣。」短短兩行文字，意境優美且又保持在朦朧未明之中，因為在曼殊看來，禪理是不能被明確言說的。而這兩行文字時，既表現出那種禪意的幽深，又流露出曼殊悟道時自我滿足、搖頭感歎的模樣，實在是意趣盎然！同書第十三篇雜文也是如此，它是用玄妙的逸事來表現禪境，文曰：

> 十二日望日行抵摩梨山，古寺黃梅，歲雲暮矣。翌晨遇智周禪師於榤下，相對無言，但笑耳。師與余同受海雲大戒，工近體，但幽憶怨斷之音。寺壁有迦留陀夷尊者畫相。是章侯真蹟。

在曼殊筆下，他與智周禪師都是佛門中人，且均愛好近體詩歌，都擅長於幽怨之文，可謂是興趣相近、秉性相投。但二人見面，並無熱絡寒暄或熱烈討論，他們只是相視一笑，似乎二者的心靈已經做了最深切的溝通。一切外在的表達形式，對於他們來說都不再是必須的。這既表現了二者作為佛門中人已修持到一定境界，能夠與對方心領神會，又表現出禪機禪理不可言說、但求心解。兩個人物、一次相遇，就如此在曼殊筆下成為一段佳話，引人琢磨，留下深長的意蘊。《燕子龕隨筆》第四十二則雜文則體現出更濃厚的雅趣，它講的是曼殊在印度吃「仙果」而「便秘」的故事：「余至中印度時，偕二三法侶居芒碣山寺。山中多果樹，余每日摘鮮果五六十枚啖之。將及一月，私心竊喜，謂今後吾可不食人間煙火矣。惟是六日一方便，便時極苦，

後得痢疾。乃知去道尚遠，機緣未至耳。」曼殊不隱晦自己的私心雜念，講述了自己吃鮮果想成仙的故事。這實際上顯示出曼殊的幽默心態，他敢於寫自己急於得道，樂於寫自己的可笑。這種大度的情懷、從容的敘述、真性情的表達，不但未減損曼殊的人格形象，反而更見其人雅量，也使整段文字更具一種雅趣。又如《燕子龕隨筆》第三十七則，云：「草堂寺維那，一日叩余曰：『披剃以來，奚爲多憂生之歎耶？』曰：『雖今出家，以情求道，是以憂耳。』」曼殊坦言，自己雖然出家，但心繫紅塵、情緣未了，所以經常會生感歎之辭。如此真誠地展露自己的心，的確能引人同情、發人深省，讓人瞭解到這真是一位多情僧人，讓人去想像他的如煙往事。故其語雖悵惘，其真趣不減。

　　曼殊雜文的雅趣亦在於他對各國語言的興趣。他常常在中外語言之間細細考辨，意在溝通中外語言，顯示出學識的淵博與閒雅的情致。例如《燕子龕隨筆》第二十五云：「日人稱人曰『某樣』，猶『某君』也。此音本西藏語，日人不知也。」第三十一篇：「梵語『比多』雲『父』，『莽多』雲『母』，『婆羅多』雲『兄弟』，『先諦羅』雲『石女』，『末陀』雲『蒲桃酒』，『摩利迦』雲『次第花』，以及東印度人呼『水』曰『鬱特』，與英吉利音義並同之語甚多。拉丁出自希臘，希臘導源於『散斯克烈多』，非虛語也。」第三十三篇也是討論語言問題，羅列漢語與英語中的趣同之處，更顯詼諧：「英吉利語與華言音義並同者甚眾，康奈爾大學教授某君欲彙而成書，余亦記得數言以獻，例如『費』曰『Fee』，『訴』曰『Sue』，『拖』曰『Tow』，『理性』曰『Reason』，『路』曰『road』，『時辰』曰『Season』，『絲』曰『silk』，『爸爸』曰『Papa』，『爹爹』曰『Daddy』，『媽媽』曰『Mamma』，『簿』曰『Book』，『香』曰『Scent』，『聖』曰『Saint』，『君』曰『King』，『蜜』曰『Meed』，『麥』曰『Malt』，『芒果』曰『Mango』，『禍』曰『Woe』，『先時』曰『Since』，『皮』曰『Peel』，『鹿』曰『Roe』，『誇』曰『Quack』，『諾』曰『Nod』，『禮』曰『Rite』，『賠』曰『Pay』，而外，雞鳴犬吠，均屬諧聲，無論矣。」又如第四十七篇，討論語言使用的訛誤：「土人稱荷蘭人曰『敦』，猶言『主』也。華人亦妄效呼之，且習土人劣俗。華人土生者曰『嘩嘩』，來自中土者曰『新客』。」

　　當然，曼殊的雅趣也貫穿到他對文學的關注中。他在中外文學、各國文學之間同樣尋找著「同」與「異」。在他的文學比較中，很多角度都十分具有雅趣，使人能夠在輕鬆的閱讀中獲得知識上的拓展與提高。比如《燕子龕隨

筆》第五十七篇，就比較了印度和波斯文學對「意中人」的不同比喻。他說：
「印度古代詩人好以蓮花喻所歡，猶蘇格蘭詩人之『Red Red Rose』，余譯爲
〈潁潁赤薔薇〉五古一首，載《潮音集》。波斯昔時才子盛以薔薇代意中人雲。」
不同民族用以讚美意中人的意象是各不相同的，印度文人多用「蓮花」，波斯
騷客多用「薔薇」。這樣的話題不但很有生趣，而且實際上也是一種文學上的
母題比較。曼殊三言兩語指出的這種差別，其實可以補充以很多具體的比較
分析，因爲這涉及到不同民族的文化和宗教。因此曼殊的這則雜文長度雖短，
但其角度很貼近於生活，又能啓發人們進一步思考。其趣之雅、其意之遠，
絕不局限在這兩三行文字之間。

　　曼殊又常在不同國家的文學之間尋找共通之處。《燕子龕隨筆》第二十三
云：

> 春序將謝，細雨簾纖，展誦《拜輪集》（原譯《裴輪集》）："What is
> wealth to me? -- it may pass in an hour"，即少陵「富貴於我如浮雲」
> 句也。"Comprehend, for without transformation, Men become wolves
> on any slight occasion"，即靖節「多謝諸少年，相知不忠厚，意氣傾
> 人命，離隔復何有」句也。"As those who dote on odours pluck the
> flowers, and place them on their breast, but place to die"，即李嘉佑「花
> 間昔日黃鸝囀，妾向青樓已生怨，花落黃鸝不復來，妾老君心亦應
> 變」句也。末二截詞直怨深，十方同感。

這是將拜輪的詩歌和杜甫、陶淵明、李嘉佑等人的詩歌放在一起做了一個相
似性上的比較。曼殊相信，不同文化與不同國別的人們，可以有相通或相似
的生活感悟。曼殊的這一傾向又可見於《燕子龕隨筆》第六十則：「梵土古
代詩人恒言：『手熱證癡情中沸。』沙士比亦有句云：『Give me your hand : this
hand is moist, my lady-hot, hot, and moist.』」原來，梵語詩人和英語詩人也擁
有著相同的情感經歷。可見，曼殊基本上選取情感主題來展開各國文學之間
的比較，涉及的內容又縱橫捭闔、不拘一格。曼殊的這類雜文，能夠引人走
入到廣闊的文學世界中，帶人發現人類情感在各民族間的共鳴與變奏。其語
雖不多，但頗見文學功力，更顯豐富情趣，實爲其雅趣風格的重要成分之一。

　　山川風物、地俗人情，也是構成曼殊雜文雅趣風格的一個方面。他以好
奇之心、考辨之意仔細地觀察各種風土人情；而在這些觀察，事實上都融入
了曼殊對外國文化的感悟與心得。同樣是一種文化上的關懷，體現出深深的

雅趣。如《燕子龕隨筆》第十九記載西方人的日常禮儀：

蘇格蘭雪特君爲余言：「歐人有禮儀之接吻（Conventional Kiss），有情愛之接吻（Emotional Kiss）。」

又如第四十六則描寫印度尼西亞爪哇島上的佛龕與佛窟：

末裏洞有人造石山高數十丈，千餘年物耳。其中千龕萬洞，洞有石佛，迂回曲折，層出無窮。細瞻所刻石像較靈隱寺飛來峰猶爲精美。詢之土人，雲此石山系華人所造。日惹水城爲南洲奇跡，亦中土人所建。黃子肅芳約余往遊，以病未果也。

再如第五十二則介紹印度的季節劃分：

印度氣候本分三季：熱季、雨季、涼季。昔者文人好事，更分二閱月爲一季，歲共六季：曰「伐散多」爲春季，曰「佉離斯磨」爲夏季，曰「縛舍」爲雨季，曰「薩羅陀」爲秋季，曰「訶伊漫多」爲冬季，曰「嘶嘶邏」爲露季。

第五十九則比較中國與印度的蓮花：

中土蓮花僅紅、白二色，產印度者，金、黃、藍、紫諸色俱備，唯粉白者晝開夜合，花瓣可餐。諸花較中土產大數倍，有異香，《經》雲「芬陀利花」是已。

梵語，人間紅蓮花之上者曰「波曇」。

## 第二節　悲慨激昂之美

唐代司空圖的《二十四詩品》論「悲慨」有云：「大風卷水，林木爲摧。適苦欲死，招憩不來。百歲如流，富貴冷灰。大道日喪，若爲雄才。壯士拂劍，浩然彌哀。蕭蕭落葉，漏雨蒼苔。」〔註1〕蘇曼殊雜文在雅韻雅趣之外，正有著這樣一種悲慨激昂的藝術風格。這可見於〈嶺海幽光錄〉以及〈女傑郭耳縵〉等作品。曼殊的悲慨激昂在於他對前人貞節品格的讚頌，也在於他對現實社會的極度失望。但他的悲慨激昂，不是憑空展現出來的，而是通過直抒胸臆、夾敘夾議、排比、對比、詠唱、雄辯等各種藝術手法來加以傳達的。這些藝術手法強化了曼殊的「悲慨激昂」之情，也使「悲慨激昂」之情與各種表現方式結合在一起，形成爲一種藝術上的表現特徵。

〔註1〕郭紹虞：《詩品集解》（北京：人民文學出版社，1963年），頁35。

　　〈嶺海幽光錄〉是曼殊 1908 年創作並刊登在東京《民報》上的作品。在這部作品中，曼殊複述了很多明代遺民忠於明朝、終於本族的堅貞故事，在故事中曼殊寄託了自己的對古人的欽佩與尊重、對當下現實的諷刺與批判。在這部作品的開頭，曼殊就通過排比、對比、熱烈的讚揚和尖銳的批判來襯托出自己的悲慨。他寫道：「吾粵濱海之南，亡國之際，人心尚已；苦節堅貞，發揚馨烈，雄才瑰意，智勇過人。余每於殘籍見之，隨即抄錄。古德幽光，甯容沈晦？奈何今也有志之士，門戶齗齗，狺狺嗷嗷。長婦妊女，皆競侈邪。思之能勿涔涔墮淚哉？船山有言：末俗相率而為偽者，蓋有習氣而無性氣也。吾亦與古人可誦之詩，可讀之書，相為浹洽而潛移其氣，自有見其本心之日昧者，是亦可以悔矣。」曼殊告訴讀者，他所記載的都是明末南國堅貞人士，他們的事迹言行值得後人瞻仰、學習。他首先以四字形式進行大段排比，在對前人的高度讚揚中，顯現出自己慷慨愛國之情。隨即又用排比，描繪現實社會令人失望痛心之處。前後之間遂形成尖銳對比，使文章的悲慨之情得到強調和彰顯。這正預示出了下文的基本風格。

　　在〈嶺海幽光錄〉正文的描寫中，悲慨風格主要通過四個方面加以表現：一是客觀描述事迹的慘烈，二是以強烈的戲劇性來描寫人物之貞烈，三是以排比手法彰顯人物之志和曼殊自己心中的憂痛，四是引用詩歌來詠歎傳奇人物並抒發曼殊一己之情。各篇採用手法各有側重，但都造就了悲慨激昂的意境與風格。譬如第一段：

> 僧祖心，博羅人，禮部尚書韓文恪公長子。少為名諸生，才高氣盛，有康濟天下之志。年二十六，忽棄家為僧，禪寂于羅浮匡廬者久之。乙酉，至南京，會國再變，親見諸士大夫死事狀，紀為私史。城邏發焉，被拷治，慘甚。所與遊者忍死不一言。法當誅死，會得減，充戍瀋陽。痛家而哦，或歌或哭，為詩數十百篇，命曰《剩詩》。其痛傷人倫之變，感慨家國之亡，至性絕人，有士大夫之所不能及者。讀其詩而種族之愛，油然以生焉。蓋其人雖居世外，而自喪亂以來，每以洟忍苟全，不得死於家國，以見諸公於地下為憾。

這是客觀描述祖心和尚本人的悲慘遭遇：祖心和尚出身名門，但出家為僧。然其塵緣未了，有感於國家變故、明朝衰亡，將現實慘景記錄下來，但是卻被清兵捉拿、拷打。祖心和尚不向官府認罪求饒，最後雖留得性命但已被折磨不堪。他被發配到瀋陽，極度痛苦絕望，只能以書寫《剩詩》抒發悲痛。

此一出家人遭遇如此經歷，已屬慘烈，而曼殊更進一步敘述祖心和尚全家的命運：

> 而其弟麟、駯、驪以抗節，叔父日欽，從兄如琰，從子子見，子亢以戰敗，寡姊以城陷，妹以救母，駯婦以不食，驪婦以飲刃，皆死。
>
> 即僕從婢媵，亦多有視死如歸者。一家忠義，皆有以慰夫師之心。

原來，祖心和尚一家上下均是忠義之士，男丁戰死沙場、女子守貞盡孝而亡，幾乎都在戰亂中喪失了性命。然他們忠義之心慷慨激昂，事迹悲壯慘烈。在描繪出如此慘烈的堅貞事迹之後，曼殊則用幾個並列的排比句來揭示這則故事當中蘊含的道理，以迴圈反複之勢來表述自己對明末清初世道人心的批判，讚頌祖心和尚及其一家的忠烈，也以此來諷刺曼殊自己所處的清末社會。

> 嗟夫！聖人不作，大道失而求諸禪；忠臣孝子無多，大義失而求諸僧；《春秋》已亡，褒貶失而求諸詩。以禪為道，道之不幸也；以僧為忠臣孝子，士大夫之不幸也；以詩為春秋，史之不幸也。

這是一個倒錯的社會。而並列式的排比句群使這其中的意義得到強化，使情感的激烈程度得到表達，使悲慨之風得以展現。緊接著，曼殊又引用祖心和尚的詩作來進一步詠歎世道人心、強化悲慨效果：

> 人鬼不容發，安能復遲遲。
>
> 努力事前路，勿為兒女悲。
>
> ……
>
> 地上反淹淹，地下多生氣。

〈嶺海幽光錄〉中，這樣的例子很多。曼殊採用各種表現方式，綜合呈現悲慨之情，賦予文字慷慨之風。又如第三段寫一名烈女的故事，這一段的戲劇性更強，詠歎的成分更突出。文曰：

> 女以烈見，不幸也；而烈以魂見，使人得傳其名氏，則猶為大幸。
>
> 初廣州有周生者，於市買得一衣，丹縠鮮好，置之於床。夜將寢，簾帷忽見少女，驚而問之。女曰：「毋近，我非人也。」生懼趨出。
>
> 比曉，閭里爭來觀之，聞其聲，若近若遠；久之而形漸見，姿容綽約，有陰氣籠之，若在輕塵。謂觀者曰：「妾博羅韓氏處女也，城破，被清兵所執，見犯不從，觸刃而死。衣平日所著，故附而來耳。」

這段文字雖然並不激烈，也無排比、對比等表現手法，但是人物故事通過戲

劇化的情節與語言展現出來，更顯得異常慘烈與不平，傳遞出揮之不去、百轉千回的悲情。這其中當然也寄寓著曼殊對主人公的強烈同情、對清寇的憎恨。段落末尾，再附上明末著名文人屈翁山的悼詩，以表詠歎，哀意無邊：

> 彼綃者衣兮，水之不能濡。
>
> 美人之血紅如茶兮。
>
> 彼衣者綃兮，火之不能爇。
>
> 美人之心皎如雪兮。
>
> 毋留我綃兮，吾魄與之而東飄兮。
>
> 毋留我衣兮，吾魄與之而西飛兮。
>
> 嘻嘻烈兮，不自言之而誰之知兮。

詩作具有強烈的古風色彩，其語氣助詞以及反複手法的運用增強了整段文字的抒情性。而最後三句，描寫烈女之魂魄將「東飄」、將「西飛」，更是將整個段落的悲情氛圍推至極端。且此悲情，若非烈女道出，居然會被世人遺忘，又怎不讓人氣憤慨歎呢？戲劇化的故事情節與詩作的詠歎，不僅恰如其分地表達出曼殊的悲慨，也使文字本身呈現出淒涼悲傷、激昂憤慨的美學效果。

以同樣方式呈現悲慨之藝術效果的還有最後一段：

> 麥氏，香山小欖鄉人，諸生黃肇揚之妻。癸巳冬，被掠，憤罵赴水，
> 兵捉其髮，繫船間。麥氏乘間斷髮，又赴水。既沒，復湧出，作憤
> 罵狀，如是者三。清兵競射之，乃沒。屈翁山吊之云：
>
>> 如水不肯沈，罵奴猶未畢。身輕乘文魚，三躍江中出。
>>
>> 佳人一赫怒，波濤為羨溢。鏑箭雖紛紛，難損芝蘭質。
>>
>> 去為湘妃姊，魂烈知無匹。

和〈嶺海幽光錄〉一樣，〈女傑郭耳縵〉也是講述歷史故事，也同樣具有悲慨激昂的藝術風格。這種悲慨激昂，〈女傑郭耳縵〉主要是通過雄辯性的語言展現出來的。

據柳無忌介紹，郭耳縵出生於俄國立陶宛，在彼得堡長大，十七歲時到美國。這位女士一直信仰無政府主義，多次參加相關宣傳活動，也多次被捕入獄。其經歷相當傳奇。在曼殊的雜文中，郭耳縵的傳奇經歷也得到了集中表現。他寫到：在 1901 年有人刺殺了美國的大統領麥金萊（美國第二十五屆總統），刺客被捕後將責任推卸給郭耳縵，說自己是受到了郭耳縵的蠱惑。於是當局捉拿郭耳縵歸案，但女傑以強有力的說辭為自己辯護，最終被釋放、重獲自由。郭

耳縵爲自己辯護的這一段說辭極具雄辯性，充分展現了人物的崇高、勇敢、堅毅，也展現了對資本社會現實的強烈批判，悲慨而激昂。文曰：

> 無政府黨員，非必須唆使枲高士加凶行於大統領也。大統領何人？自無政府黨之眼視之，不過一最無學無用之長物耳！有何所尊崇？然則無政府黨亦何爲而必加刃於此無用之長物也耶？當世之人，於大統領之被殺也，亦非常驚擾，此誠妾所不解者。妾無政府黨員也，社會學者也。無政府黨之主義，在破壞社會現在之惡組織，在教育個人，斷非持利用暴力之主義者。妾之對於該犯人之所爲，毫不負其責任，因該犯人依自己之見解而加害於大統領。若直以妾爲其教唆者，則未免過當也。該犯人久苦逆境，深惡資本家之壓抑貧民，失望之極，又大受刺擊，由萬種悲憤中，大發其拯救同胞之志願者耳。

這一段話說得有理有節，既是爲自己強烈辯護，又保持人格的尊嚴與立場的獨立，抨擊資本主義社會的腐朽，宣揚個人的主張。從內在節奏上看，郭耳縵先明自己主張，再駁對方之控告，又引民意，復又爲刺殺統領者稍作辯護。可謂邏輯清晰、氣勢昂揚、敵我分明，於理性思辨中漸漸顯露出對社會現狀的憤慨，激昂有力。

除了〈女傑郭耳縵〉，曼殊雜文顯現悲慨激昂風格的還有很多，〈嗚呼廣東人〉、〈討袁宣言〉等均是如此。此處不再一一說明。

綜合以上兩部分，從整體上看，曼殊雜文情眞意切，或富雅韻雅趣，或悲慨激昂，都是內心豐富情感的眞實流露。這裏面包含著他對佛學、塵緣、文學、藝術、歷史、現實的種種體悟。或許，雅韻雅趣與悲慨激昂這兩種藝術風格之間的距離很遠，可謂是對立的兩極，但這恰恰符合蘇曼殊的孤傲不羈的狷狂性格。他那躁動不安、眞誠高尚的靈魂決定了，他不但能夠在現實世界而且能夠在藝術世界中馳騁於各種極端境界。

# 第六章　蘇曼殊的繪畫之美

　　蘇曼殊是個多才多藝的僧人，在繪畫方面尤其顯示了他的天分。他曾在《潮音·跋》中記敘自己「四歲，伏地繪獅子頻伸狀，栩栩欲活」，七八歲在村塾繪鳥獸蟲魚，「卷卷筆生」，十五六歲在日本大同學校間作小品，還爲教科書繪插圖，兼教美術，當時與其同學的馮自由先生在給柳亞子的信中說他：「在大同學校，對於文學，資質頗鈍，獨於畫學，則具有天才，在童年即以繪事爲戲，絕無師承，而下筆似老畫家，同學莫不奇之。」可以說蘇曼殊對於繪畫似乎有著天生的才能，他從不隨意爲之，因此現存畫作約一百幅，雖並不多，但是從這些畫裏，我們可以看到曼殊的心迹和他以禪證道的審美表現。

　　曼殊曾在日本學畫，因此也相應地受到當時西洋畫法的影響，但是曼殊自己是有一番關於繪畫的理論思想的。他在〈曼殊畫譜序〉一文中，談到中國畫的歷史和特點：「昔人謂山水畫自唐始變，蓋有兩宗，李思訓、王維是也。又分勾勒、皴擦二法……馬遠、夏圭，皆屬李派；……范寬、董元、巨然，及燕肅、趙令穰、元四大家，皆屬王派。李派板細乏士氣，王派虛和蕭散，此又惠能之禪，非神秀所及也。至鄭虔……倪瓚輩，又如不食煙火人，另具一骨相者。」曼殊非常欣賞倪瓚，在其小說裏也多次提到倪瓚，如《絳紗記》中：「明日，天朗無雲，余出廬獨行，疏柳微汀，儼然倪迂畫本也」，《非夢記》中燕海琴「其父與玄度世交，因遣之從玄度學。即三年，頗得雲林之致」等等。實際上，曼殊對倪瓚是相當推崇的。他認爲北宗畫是硬板繁瑣的，缺乏文人虛和沖淡之氣，即沒有士氣，而王派山水輕煙淡嵐，平淡天眞，蘊含了文人所推賞的虛和蕭散之美。曼殊既推崇南派代表人物倪瓚的作品，其自身也是傾向南宗重在寫意的畫風，具有筆墨柔、潤、淡、靜的風格。總體來看，曼殊的畫作是遠山寒水、孤僧獨行、寂寥荒寞而禪意濃厚的。以下我們從三個方面分析曼殊的繪畫之美。

## 第一節　禪意之美

　　蘇曼殊的繪畫與其小說、詩歌一樣都有很強的自敘性，在他的繪畫裏，
行雲流水一孤僧的形象貫穿其中，伴隨著孤僧形象的則是寺廟、衰柳、孤松、
淡水、橫舟等意象。這些畫似乎是他四海漂泊的寫照，也是他孤寂求禪的內
心獨白。曼殊的畫幾乎都有題詩或跋語，來交代作畫的時間、地點、緣起、
心境等。在他的跋語中，也可看出他自己出家爲僧、求禪證道的艱苦孤獨。
如《參拜衡山圖》跋語爲：

> 癸卯，參拜衡山，登祝融峰，俯視湘流明滅。昔黃龍大師登峨眉絕
> 頂，仰天長歎曰：「身處此間，無言可說，惟有放聲慟哭，足以酬之
> 耳。」今衲亦作如是觀。入夜，宿雨華庵，老僧索畫，忽憶天然和
> 尚詩云：「悵望湖州未敢歸，故園楊柳欲依依。忍看國破先離俗，但
> 道親存便返扉。萬里飄蓬雙步履，十年回首一僧衣。悲歡話盡寒山
> 在，殘雪孤峰望晚暉。」即寫此贈之。

此題跋很長，交代了作畫的時間、心境，可以看出這是曼殊早期的作品，1904
年，曼殊任教於長沙實業學校，「日閉居小樓，少與人接見，喃喃石達開『揚
鞭慷慨蒞中原』之句，並時作畫而焚之。」「忽一日，手筇杖，著僧裝，雲將
遊衡山，則飄然去矣」〔註1〕，其時曼殊的思想還是相當激進的，曾於上一年
刺殺康有爲未成，又遠赴印度等國研習佛學，而在題跋裏，他則借唐宋高僧
的詩語表達了自己的心情。黃龍大師乃宋代臨濟宗黃龍派的創始人，天然乃
明末僧人澹歸和尚，他們的無言之慟此時正與曼殊異代同感，觸動了曼殊既
爲積貧積弱的祖國悲歡哀傷，同時又爲自己的孤僧求禪之漂泊而傷感，因此
畫面上的孤僧正像自己的寫影，在一條絕壁的羊腸山道上背負行囊踽踽而
行，腳步是堅定的，可是那來無蹤去無迹的崇山之崖則是空而寂的，讓人敬
畏，更讓人感覺佛法的崇高與無邊。而有學者則看出它更深的禪意：「若聯繫
蘇曼殊曹洞弟子的身份，此條獨徑又正與曹洞宗風『鳥道玄路』譬喻相吻合，
一條獨徑從無處來，又通向無處去，『路』其實乃非路，它是曹洞宗風所謂『無
法之法』的心法，是通向自性和自證的法路。」〔註2〕能否從畫中得出其曹洞
心法的深意這裏並不深究，但是這幅畫的題跋和畫面本身都顯示了曼殊在求

---

〔註1〕　張繼：〈題李昭文所藏曼殊畫「遠山孤塔圖」〉，見《蘇曼殊年譜》，《佛山師專
　　　　學報》（1987年第三期），頁96。
〔註2〕　黃永健：《蘇曼殊詩畫論》（北京：中國社會科學出版社，2001年），頁49。

禪道路上的孤寂苦澀。

　　還有《白馬投荒圖》則更直白的表現了曼殊去東南亞各國求佛問道的行迹。其跋語也很長，第一幅跋云：

> 甲辰，從暹羅之錫蘭，見崦嵫落日，因憶法顯、玄奘諸公，跋涉艱
> 險，以臨斯土。而遊迹所經，都成往迹。今將西入印度。佩珊與子
> 最親愛者，囑余作圖，以留紀念。曼殊並志。

此跋語告訴我們 1907 年，曼殊將去印度「西謁梵土，審求梵學」，而此畫則描述了他三年前去錫蘭等地取經的經歷，曼殊此次西行印度理想很大，希望把梵文佛經的錯誤翻譯都糾正過來，並翻譯所有的佛學著作。而第二幅《白馬投荒圖》的跋語上則記下了其好友劉三寫給他的詩：「早歲耽禪見性真，江山故宅獨愴神，擔經忽作圖南計，白馬投荒第二人。」可以說劉三對曼殊是非常瞭解且爲知己的，他對曼殊的求禪問道和愛國救亡之心都深切體會，讚譽他是白馬投荒的第二人，而曼殊也以劉三爲知己，在畫跋的結尾處寫到「噫，異日同赴靈山會耳」，靈山是釋迦當時集眾弟子說法之處，曼殊把第一幅中的戴笠者改爲第二幅中的剃髮僧人，也更加突顯了作品的禪佛意味。畫中在滔滔江水邊的水渚上，僧人牽著白馬面向浩淼水面，岸邊只有一排高峭的松樹挺拔而立，整個畫面絕大部分是白茫茫的煙水，僧人立在水前給人無限遐思。

　　另外，1907 年曼殊客居東京時畫的《孤山圖》的題跋也顯示了他對佛學的理解：

> 「聞道孤山遠，孤山卻在斯。萬方多難日，一塢獨棲時。世遠心無
> 礙，雲馳意未移。歸途指鄧尉，且喜夕陽遲。」孤山非自，鄧尉非
> 他：遍此法界，達摩羯遷。曼殊。

這幅畫畫的是杭州西湖的孤山，孤山的景色雖美，但在曼殊的眼中都是佛法的再現，跋中之詩是明代進士楊廷樞所作，詩中也含有禪的意味，「世遠心無礙，雲馳意未移」等句，都表現了心無二法，意定不移的境界，而曼殊更是以法眼觀物，一切景象在他的眼中都是參禪的物件，曼殊在畫中所描摹的孤山也自然是他參禪悟道的體現。

　　除了畫的題跋外，曼殊的畫裏有很多就是以孤僧爲主要形象的，抑或以寺院佛塔或禪相入畫，他畫中的這些意象是其心迹的影射，如何震在《曼殊畫譜·後序》中說：「境由心而生，心之用無窮，則所造之境亦無極。……吾師於惟心之旨，既窺其深，析理之餘，兼精繪事；而所作之畫，則大抵以心

造境，於神韻爲尤長。……彼畫中之景，特意識所構之境，見之縑素者耳。」
〔註3〕曼殊把自己對禪的體悟和修行用繪畫的形式表現出來，如今人所論：「以心造境特意識所構成，乃重視主觀唯心主義者較多。故其畫主題鮮明，詩情畫意盎然，文思之外還交織著一層禪味，超凡入聖，含蓄不盡，可謂得禪中三昧。」〔註4〕曼殊繪畫中出現孤僧形象的有以下這些：

　　（一）《參拜衡山圖》（又名《登祝融峰圖》，見《妙墨冊子》九）

　　（二）《長松老衲圖》（又名《贈君默圖》，見《妙墨冊子》七）

　　（三）《白馬投荒圖》二（見《妙墨冊子》二十一）

　　（四）《吳門聞笛圖》（見《妙墨冊子》十九）。此圖繪於 1903 年，畫跋曰：「癸卯入吳門，道中聞笛，陰深悽楚，因製斯圖。」畫上有一年輕僧人頭戴寬邊帽，騎著毛驢默默行走，前面的茅草亭裏一位女子正在吹笛，四周都是垂柳，遠處是一座佛塔，也許這正是僧人要去的地方吧。蘇州是曼殊多次呆過的地方，曾作詩〈吳門〉十一首，其中有：「江南花草盡愁根，惹得吳娃笑語頻。獨有傷心驢背客，暮煙疏雨過闔門。」正與此畫意境相符。

　　（五）《白門秋柳圖》（見《蘇曼殊全集》插圖）。此圖爲 1905 年所畫。畫上有劉三的跋語，又根據《河合氏曼殊畫譜序》中劉三詩句：「享君黃酒胡麻飯，貽我白門秋柳圖」，可知這幅圖是曼殊在南京時贈與劉三的。畫面右下角是僧人騎在小毛驢上在水波環繞的小道上前行，水波蕩漾的遠處山勢起伏，一座高塔聳立在山腳。這幅畫和上一幅構圖相似，都顯示了曼殊赴遠方求佛的意境。

　　（六）《渡湘水寄懷金鳳》（見《妙墨冊子》十八）。此爲 1906 年蘇曼殊任教長沙明德學堂時所畫，據圖上他自題的畫跋知此圖因行腳秣陵，金鳳（秦淮歌妓）索畫未成，而於此時畫成寄之。畫上大片空白，只有一葉孤舟上面坐著一位僧人，漂浮在無邊的水面上，疾風吹柳，水草起伏，整個畫面讓人產生人生如寂的空無感。

　　（七）《須磨海岸送水野氏南歸》（見《妙墨冊子》二十二）。1906 年，曼殊與陳獨秀東渡日本，嘗於處暑回國前送日本友人水野氏南歸，繪此圖。整個畫面也多是虛無縹緲的水面，一僧人站在水邊望著水中心的小船，身後身

---

〔註3〕柳亞子：《蘇曼殊全集》卷三，頁 17。

〔註4〕覃月文著：《禪月詩魂——中國詩僧縱橫談》（北京：三聯書店，1994 年），頁183。

前各有松樹一棵，樹和人縈縈獨立，形影相弔。

（八）《丙午重過莫愁湖》（見《妙墨冊子》二十）。此圖畫於 1906 年，時曼殊和鄧繩侯、江彤侯同遊南京，懷念劉師培而作。此時劉師培遠在日本，而曼殊則欲於來年到上海留雲寺出家，情緒低落，想起鼓吹革命的劉師培遂寄之。畫面上也是一孤僧凝立於湖邊，面對蒼茫煙水和水邊的小船，遺世獨立，像是在思索著自己的歸路。

（九）《夕陽掃葉圖》（見《曼殊遺迹》）。1907 年，曼殊住上海國學保存會藏書樓，應黃節之屬繪製此圖，畫面上一僧人手拿竹帚，望著一顆孤零零的枯樹，若有所思。

（十）《松下聽琴圖》（見《妙墨冊子》六）。「1907 年，曼殊自上海東渡日本東京，偶憶年前在皖江中學任教時，從鄧繩侯的藏畫中見到明末僧人成回的一首題畫詩，於是以詩意繪成此圖。」圖上是一僧人在高高的絕壁上臨坐鼓琴，有孤鶴盤桓其中。而題畫詩則顯示了曼殊的心境與畫境：「海天空闊九皐深，飛下松陰聽鼓琴。明日飄然又何處？白雲與爾共無心。」此詩中的鶴似乎就是曼殊的寫照，皈依何處，最終無心於世間法而已。

（十一）《寄缽邏罕圖》（見《妙墨冊子》十一）。1907 年夏，曼殊擬將《江干蕭寺圖》轉贈周柏年後，又於秋冬之間再繪此圖，欲寄缽邏罕。此圖與《松下聽琴圖》大致相似，也是孤僧獨坐峭壁之上臨瀑撫琴，這是曼殊思念遠在印度的缽邏罕，欲赴印度學習梵文，研習佛法，畫面上的僧人似乎就是曼殊自己臨風而立，思念友人與梵土。

（十二）《登峰造極圖》（見《蘇曼殊全集插圖》）。1907 年曼殊住在上海國學保存會藏書樓，一天他與國學保存會創始人的弟弟鄧秋馬秉燭夜談，談到高興處，主動要作畫，於是即興繪成此作。畫面上的山和松都很有力度，尤其是松樹，好像張牙舞爪，使用皴擦法筆墨濃重。而山頂的僧人似乎看不清楚，與山和松反差極大，這不禁讓人想起達摩教導弟子的「凝住壁觀，無自無他，凡聖等一」（《續高僧傳》十六〈菩提達摩傳〉）。後來很多人為此畫題詩，張根仁題詩曰：「登峰立雲頂，造道求其極。客問世間人，舉頭看明月。」〔註 5〕指出此畫求禪之道要求得極致的效果。

（十三）《天津橋聽鵑圖》二（見《妙墨冊子》五）。「1908 年，曼殊自白雲庵轉住韜光庵，夜聞鵑聲，憶及義士劉三，於是在《聽鵑圖》（一）的基礎

〔註 5〕柳亞子：《蘇曼殊全集》（四），頁 239。

上，繪成此畫。」《聽鵑圖》從第一幅畫上一位束髮的文人，變爲第二幅中剃髮的僧人，作者憂國傷時的心情沒變，同樣引了姜夔的詩句「最可惜，一片江山，總付與啼鴂」，表達曼殊對國家的憂情，可是畫中人物形象的變化，說明曼殊對佛學的認同與皈依，在韜光庵修行的曼殊在亂世危亡的時代裏，以禪學給以自己精神的安慰，從佛學中解脫世事的悲淒。

（十四）《華羅勝景圖》（見《妙墨冊子》二）。1909 年初春，曼殊在東京住在陳獨秀的清壽館，兩人談到了華嚴瀑布和羅浮山，並以之作詩，而曼殊據此繪畫。畫上一根結實參天的古松蚪根旁斜臥著一位僧人，面對遠處的瀑布陷入沈思。這幅畫的畫面完整流暢，筆法很多，皴擦勾染等技巧都有使用，而畫面的效果則給人思接千載的寥遠浩然。

（十五）《爲劉三繪摺扇》（見《曼殊全集插圖》）。此畫作於 1909 年。畫面上一僧人正在面壁題詩，前面依然是水面遠山。

（十六）《拏舟金牛湖圖》（又名《西湖泛舟圖》，見《妙墨冊子》四）。1905 年，曼殊在杭州西湖白雲禪院暫修，念及遠方摯友陳獨秀而繪圖寄意。畫面上一條小船橫在水面，船尾的小和尚躬身用力撐船，眉頭緊蹙，而船頭的稍大的和尚則直立吹簫，也許是他吹出的音樂是悲淒的吧，才使得小和尚面容愁苦。

另外還有兩幅畫《過馬關圖》和《南浦送別圖》，都是僧人和普通人共爲畫面的主角，前者爲 1917 年曼殊和劉師培夫婦赴日本辦《民報》時所作，後者是1907 年曼殊離開上海前往南昌所作。這些僧人形象的畫作在其整體的繪畫作品中比例很大，且多有曼殊自己的影子，在《曼殊遺迹》上的二十四幅畫中也有五幅有孤僧形象。曼殊這些以僧人形象爲主的畫都深刻體現了曼殊以畫表現佛法，以僧人表達對自我的身份認同，以畫跋揭示自己的參禪心迹，充分體現出禪意畫的特點。曼殊還有一些畫雖然沒有僧人形象，但是以寺廟佛塔等爲主題的畫也不少。最典型的是《洛陽白馬寺圖》。1907 年，同盟會河南分會辦《河南》雜誌，劉師培爲編輯，其夫人何震從曼殊學畫。雜誌向曼殊約請四幅與河南有關的畫作，曼殊當即繪了《洛陽白馬寺圖》、《嵩山雪月圖》、《天津橋聽鵑圖》、《潼關圖》。他在《洛陽白馬寺圖》上詳細敘述了東漢秦景、王遵等人西尋佛法，於永平十年回到洛陽，帝大悅建造白馬寺的由來。另外，《江幹蕭寺圖》《古寺蟬聲圖》、《登雞鳴寺觀台城後湖》等畫也是以寺廟爲主題。

從曼殊畫作之畫跋所顯示的禪意，以及畫中人物形象和寺廟主題所直接表

露出的對僧人身份和求佛參禪的經歷，都可以看出曼殊以畫證禪的禪意和禪心。而從其畫的總體意象上看，水波浩淼、懸崖峭壁、孤松弱柳或一葉橫舟，這總總遠離人間的意象都讓人作出塵之想，那些殘柳的衰敗又讓人徒增悲淒。王蘊章《乙未九月題曼殊畫冊》云：「狼籍蓮池墨一丸，畫禪參得十分寒。南宗已去維摩老，風雨秋堂忍淚看。」〔註6〕也指出曼殊之畫中有禪卻又畫中含悲的意蘊。不僅如此，曼殊之畫在畫風上也與禪理暗合，秦錫圭先生就其畫題詩說：「畫理禪機悉性情，就論六法亦雙清。涅槃滅度無餘未，成佛雲何先眾生。」這裏，秦錫圭指出曼殊的畫理和禪機是相通的，達到了謝赫提出的六法的高度。謝赫六法之首便是氣韻生動，所以曼殊之畫有禪機也有氣韻。不管怎樣，「曼殊天才清逸，又深習內典，出其餘事爲詩與畫，故自超曠絕俗，非必若塵土下士，勞勞於楮墨間也。」〔註7〕他的畫是充滿禪意的畫作，他的殘柳孤松，是他悟禪證道的精神寄託，是超凡脫俗的禪宗境界，觀其畫，想其人，正如沈尹默的題詩云：「何堪重把詩僧眼，來認江湖畫裏人」。〔註8〕

## 第二節　蕭寥之美

　　楊滄白《題蕭紉秋所藏曼殊畫稿》云：「繪事妙天下……皆天機盎然，其山水乃超軼絕塵，蕭寥有世外致。」〔註9〕這裏，蕭寥二字可以說是對曼殊繪畫藝術風格的準確把握。曼殊的畫，多截取山水之一角，又加入孤柳抑或枯枝，或者一葉小舟漂在水中，沒有方向，野渡無人舟自橫。除了僧人形象，這些簡單的筆墨山水，一般都是空無一人，只是一片荒山遠水，因此，畫面給人一種蕭寥之美。寥，在《辭源》中解釋爲：「空虛寂靜」和「稀疏」義。蘇曼殊的畫正是在山水寥遠中給人沈寂虛空之感，而這種畫法也正是得中國傳統畫的神髓。中國山水畫由來已久，其開創者可以推到漢魏六朝的宗炳與王微。宗炳在他的《畫山水序》裏說：「今張綃素以遠映，則昆閬之形可圍於方寸之內，豎劃三寸，當千仞之高，橫墨數尺，體百里之遠。」指出中國的山水畫不受紙張大小和所畫物體的限制，在三寸之山數尺之水中就能夠體會

---

〔註6〕柳亞子：《蘇曼殊全集》（四），頁237。
〔註7〕柳亞子：《蘇曼殊全集》（三），頁56。
〔註8〕柳亞子：《蘇曼殊全集》（四），頁194。
〔註9〕轉引自王永福：〈海雲深處著吟聲〉，《廣東社會科學》，1991年第五期，頁86。

到千仞之高百里之遠，能想像出無窮的空間意境。王微在《敍畫》裏也說：「古人之作畫也，非以案城域，辨方州，標鎮阜，劃浸流，本乎形者融，靈而變動者心也。靈無所見，故所托不動，目有所極，故所見不周。於是乎以一管之筆，擬太虛之體，以判驅之狀，盡寸眸之明。」可見王微是反對繪畫的寫實的，而主張用自己的筆表達出太虛的空間，即以有限的形式或景物表達出無限的境界和空間。曼殊的畫則在一定程度上達到了這樣的藝術境界。正如沈尹默《乙酉題曼殊畫冊》所云：「賣酒爐邊春已歸，春歸無奈酒人稀。剩看一卷蕭疏畫，合化荒江煙雨飛。」〔註10〕

　　古人作畫，不求形似而求神似意趣，至元代猶爲明顯。曼殊作畫最推崇倪瓚，即爲元代畫家。元代趙孟頫、高克恭之後「思想益趨解放，筆墨益形簡逸，至元季諸家，至用乾筆擦皴，淺絳烘染。蓋當時諸家所作，無論山水、人物、草蟲、鳥獸，不必有其物件，憑意虛構；用筆傳神，非但不重形似，不尙眞實，乃至不講物理，純於筆墨上求神趣，與宋代盛時，崇眞理而兼求神氣之畫風大異。」〔註11〕曼殊對倪瓚的推崇，某種程度上也是對此畫風的認同。「（倪）雲林嘗自謂：『僕之所謂畫者，不過逸筆草草，不求形似，聊以自娛耳。』」〔註12〕曼殊在小說《斷鴻零雁記》中借靜子姑娘之語表達自己對形似的看法：「試思今之畫者，但貴形似，取悅市儈，實則甯達畫之理趣哉？昔人謂畫水能終夜有聲，余今觀三郎此畫，果證得其言不謬。」靜子對時人重形似的審美趣味加以批評，從而提出畫水能終夜有聲的理論，其實這就是曼殊本人的畫學觀點，從畫面上能感受到水流的聲音，從有形的東西感受到無形的意蘊，以形寫神，通過形象表現出形象之外的不盡之意。這也是曼殊的畫讓人感到蕭遠寂寥之美的理論因由。

　　曼殊繪畫的蕭寥之美具體來說從兩個方面表現出來：第一，曼殊的畫經常採用平遠式的構圖方法，取山水之一角，除了有些畫作有孤僧形象外，多數都是沒有人物的簡逸的畫面。第二，曼殊的畫中很多採用留白或者空白的畫法，也讓人存有遐想，含蓄不盡。以下試舉他的一些畫作具體說明：

　　（一）《清秋弦月圖》（又名《寫王船山詩意》，見《曼殊遺畫集》三十二）。1907 年，曼殊住在天義報社，繪下此圖，請劉師培代爲題跋於其上。畫面採

〔註10〕柳亞子：《蘇曼殊全集》（四），頁 194。

〔註11〕許午昌：《中國畫學全史》（上海古籍出版社，2001 年），頁 254。

〔註12〕許午昌：《中國畫學全史》（上海古籍出版社，2001 年），頁 257。

用平遠式的構圖方法，以衰柳、遠山、殘水爲主體，畫面上方還有一輪明月孤光冷照。畫的意境恰是題跋上王船山的詩所描寫：「始夜楓林初下葉，清秋弦月欲生華。涼凝露草流螢緩，雲斷西峰大火斜。藏壑余生驚逝水，迷津天上惘星槎。興亡聚散經心地，商柳蕭森隱荻花。」

（二）《江山無主圖》（見《妙墨冊子》十六）。此圖也是作於 1907 年，時曼殊在上海國學保存會藏書樓，時閱宋元遺民著述，而這幅圖正是在南宋遺民鄭思肖的詩意下繪成的。此圖也是平遠式的構圖方法，和上述《清秋弦月圖》的主體構成相似，也是弱柳、遠山、殘水，上面一輪冷月照著這方山水。遠處連綿的山峰只以淡淡的筆墨皴擦而出起伏的形態，陂邊一葉小舟無人問津。整幅畫面體現出鄭思肖的詩句「花柳有愁春正苦，江山無主月空圓」的蕭寥苦寂的詩意，也隱含了作者對國家時局的無限悲愁和對當局的否定。後來很多人都看出了曼殊畫中的家國之情懷，如蔡守《題曼殊畫——荷葉杯》曰：「剩水殘山一角，寥落，何處辨華夷。有人憑檻淚交垂。知麼知？知麼知？」〔註13〕

（三）《萬梅圖》（見《妙墨冊子》十五）。1908 年，曼殊在東京，應前年高天梅在上海之囑，繪下此圖。1909 年帶回上海，請張傾城代題其詩句於畫上。這幅畫也是典型的平遠式構圖方法，畫面中部的梅花以淡筆勾出，在樹冠上以或濃或淡的點簇，遠處的梅花只見點點簇簇而不見樹冠，茅屋、長橋、陂頭也淡淡的用墨，穿插其中。整個畫面都是淡墨，氤氳的渲染裏帶著冷清的氣氛，雖然萬樹梅花盛開於野水陂頭，但是這樣的一種平遠式構圖，加上空無一人的野山剩水，還是有著「遠渚寒汀、虛曠蕭散」的意境。曼殊的好友黃侃在《憶曼殊》一詩中指出，曼殊的畫是「早梅飛瀑師齊己，遠渚寒汀仿惠崇」〔註14〕，北宋禪師惠崇的畫即爲寒汀遠渚、蕭瑟虛曠的風格，且也多用平遠式的構圖法，而我們在上文所說曼殊最爲推崇的倪瓚的畫也多是此種風格，且有許多平遠式畫法的畫作，可見曼殊的畫自有師承，溝通古今。

（四）《江湖滿地一漁翁圖》（見《蘇曼殊全集插圖》十四）。此圖與《萬梅圖》的構圖非常相似，景物在畫的中央，以寥寥數筆勾出幾株枯枝，水的中心是一座茅亭，茅亭邊有一細小的人影垂綸而釣，遠處是一痕遠山。畫的上部也和《萬梅圖》一樣是大量的留白，用筆簡淡，留白處理都使其畫作充

---

〔註13〕柳亞子：《蘇曼殊全集》（四），頁 190。
〔註14〕柳亞子：《蘇曼殊全集》（四），頁 204。

滿寥遠虛空之感。

（五）《汾堤吊夢圖》（見《蘇曼殊全集插圖》七）。關於這幅圖的來歷還很有意思。1912 年，曼殊自日本回到上海，葉楚傖時任《太平洋報》主編，曼殊經柳亞子介紹加入南社並到《太平洋報》作編輯，報社三樓有李叔同工作室，內有顏料、毛筆、宣紙等等畫具。葉楚傖邀曼殊至此室，和他共同進餐之中，突然出去鎖上房門，讓曼殊作畫，否則不給出門，於是這幅畫就是這樣完成的。它取材於晚明高士葉紹袁的《午夢堂景》，葉紹袁是楚傖的先世祖，而給曼殊以靈感。這幅畫也是平遠構圖，畫上一輪圓月破雲而出，三株湖柳分列於畫面的前中後，中間湖堤上是一椽茅屋，乃午夢堂，畫的前部是一葉小舟，一人在上即為來此吊夢的葉楚傖。畫面的留白甚多，更增加了圖畫的寥遠空寂之感。用筆精練，寓繁於簡，用虛於實，寥寥數筆便勾畫出一種幽淒的意境。

除了以上所舉的畫作外，曼殊以平遠式構圖或留白的畫作還有很多，像《夢謁母墳圖》、《黃葉樓圖》、《蒹葭第二圖》、《茅庵偕隱圖》、《古寺蟬聲圖》、《鄧太妙秋思圖》、《一顧樓圖》等等，特別是他為友人繪製的扇面小品，如1912年為柳亞子的夫人鄭佩宜和1913年為鄭佩宜的父親鄭式如繪的兩幅紈扇圖，以及 1912 年的《為陸靈素繪摺扇》、《為高吹萬繪摺扇》等等都是寒汀遠渚式的構圖，風格大致一樣。達到了「惲南田評畫所說：『諦視斯境，一草一樹，一邱一壑，皆潔庵靈想所獨辟，總非人間所有。其意象在六合之表，榮落在四時之外。』這一種永恆的靈的空間，是中畫的造境。」〔註15〕

## 第三節　豪宕之美

薛慧山在〈蘇曼殊畫如其人〉文中說：「曼殊的畫如其人，自有其一片活潑的天機。他作畫自我作古，不隨流俗，而又深得畫之理趣，這在他也有些自信自知。他的弟子何震女士形容他的『心能造境，欲神韻為尤長』，是不錯的。但無論如何，曼殊的一切作品，都可說『高逸有餘，雄厚不足』，說他是東洋情趣，也不為過。」〔註16〕以上的分析中，曼殊的作品多是蕭散寥遠，高逸簡淡，充滿禪趣，確是少有雄厚之作。但是無論在曼殊的詩歌、雜文還

〔註15〕宗白華：《藝境》（北京大學出版社，1986 年），頁 112。
〔註16〕薛慧山：〈蘇曼殊畫如其人〉，見《大人》第二十六期，頁 53。

－122－

是翻譯文學中都可以見到曼殊雄豪激宕的作品，像其詩中的〈以詩並畫留別湯國頓二首〉，雜文中的〈女傑郭耳縵〉、〈討袁宣言〉、〈嗚呼廣東人〉等等，都是慷慨激昂的雄渾之作。而在他的畫中，同樣也有一些充滿豪宕之氣的作品，表現出了曼殊繪畫的另一面。

在近人詩中，曼殊非常欣賞譚嗣同作於 1878 年的〈潼關〉，在他所繪的四幅畫上都題有該詩：《為劉三繪摺扇》、《終古高雲圖》、《潼關圖一》、《潼關圖二》。後兩幅的畫跋相似：「潼關界河南、陝西兩省，形式雄偉，自古多題詠，有『馬後桃花馬前雪，教人哪得不回頭』句，然稍陷柔弱。嗣同〈仁者〉詩云：『終古高雲簇此城，秋風吹散馬蹄聲。河流大野猶嫌束，山入潼關不解平。』余常誦之。今奉母移居村舍，殘冬短暑，朔風號林，泚筆作《潼關圖》，不值方家一粲耳。」曼殊不喜歡前面的詩句，認為它稍陷柔弱，可見他對柔弱的詩風也並不持肯定態度，卻是對雄豪之氣的譚詩念念不忘，加以稱賞。譚詩之大氣正與潼關之氣勢相合，且詩中那「河流大野尤嫌束」的衝破一切束縛、悲亢高昂的基調正是曼殊仰慕的審美風範。他的這兩幅繪畫作品也一改往日的寒汀遠渚的枯寂簡逸之風，以剛勁的線條作為遠山的輪廓，近景則為粗黑的大地的紋路，及畫面最中心的高峻的潼關，都顯示出一種雄渾豪壯之美。

除了《潼關圖》，曼殊在 1907～1908 年之間為《天討》報所畫的五幅以英雄為主題的圖畫。1905 年十一月，同盟會的機關報《民報》在東京創刊。1907 年，《民報》發行臨時增刊《天討》。章太炎在上面發表〈討滿洲檄〉「數虜之罪十四條」。並誓約：「自盟之後，當掃除韃虜，恢復中華，建立民國，平均地權。有渝此盟，四萬萬人共擊之。」這樣激昂的文字，催生了曼殊繪畫的雄渾蒼涼的風格，發表在此報上的五幅畫均是如此，即《獵狐圖》、《岳鄂王遊池翠微亭》、《徐中山王泛舟莫愁湖》、《陳元孝題崖山石壁圖》、《太平天國翼王夜嘯圖》。

這五幅畫和他此前寒山遠汀的畫在用筆畫法上都有變化。如筆墨上從清淡變為枯縱，畫面物象從不重形似變為形象、具象，因此風格也從冷靜蕭寥變為縱放豪宕。畫面以五位元英雄人物為中心，《獵狐圖》中一勇士正橫越馬背，飛速前行，手拉弓矢朝著一隻倉皇逃遁的狐貉發箭。狐的諧音是胡，象徵滿清，章太炎以跋明題意：「東方炙種，為貉為胡。射夫既同，載鬼一車。」取《詩經‧小雅‧車攻》與《易經》句，希望中國民眾眾志成城，消滅滿清異族統治。《陳元孝題崖山石壁圖》畫的是明末抗清志士陳邦彥之子陳元孝，

避清兵過崖山，因崖山是宋末愛國將士陸秀夫負帝蹈海之地而觸景生情，痛苦題壁的情形。章太炎也錄陳元孝詩一首〈崖門謁三忠祠〉於畫上，激勵人們的愛國熱情。《岳鄂王遊池翠微亭》和《徐中山王泛舟莫愁湖》兩圖取材於民族英雄岳飛與徐達抗擊胡虜之事。岳飛出兵前曾屯兵池州（今安徽貴池），月夜策馬登城東齊山翠微亭遠望而浩歌，詩作〈岳鄂王遊池州翠微亭〉即爲此畫之境。而元末徐達加入朱元璋部隊，攻克大都後被封爲中山王，泛舟南京莫愁湖。圖上徐達倚舟湖上，戰馬立於湖畔的情景，頗有大丈夫功成身退的豪放疏宕。而《太平天國翼王夜嘯圖》爲五幅圖中最爲壯懷激烈之作。翼王石達開從天京（今南京）出走，帥天國將士走上抗清的道路，雖勇猛無前，但最後全軍覆沒於大渡河畔。這種境遇不禁讓人聯想起項羽的遭際，因此章太炎在畫上題項羽的詩句「力拔山兮氣蓋世，時不利兮騅不逝」。畫面上城牆堅固，高及千仞，翼王腰胯長劍，立於座騎之側，仰天長嘯，十分悲壯豪宕。充分體現出曼殊畫作的另一種風格特色，和前面的畫作相比，真是「大用外腓，真體內充。反虛入渾，積健爲雄」。〔註17〕

蘇曼殊作爲僧人，實則充滿了愛國熱情，反清救國的理想充斥著他的心胸，他一直爲此努力，就算是革命失敗，一些革命黨人紛紛變節，曼殊依然滿懷著革命的豪情，正如他在詩中所寫的「海天龍戰血玄黃，批髮長歌覽大荒」，以上畫作中人物形象的慷慨激昂，氣吞萬里，都讓人感覺到曼殊內心的那股不平之氣，那股欲衝破一切舊有體制的豪宕之氣。

應該說，除了以上所介紹的豪宕畫作外，曼殊還有一些作品是具有豪宕之氣的，像《河南》四畫中的《嵩山雪月圖》、1907 年繪贈鄧天馬的《登峰造極圖》等等，和他蕭寥的畫作形成對比，而給人另一種審美感受。

以上，我們從曼殊繪畫的禪意之美、蕭寥之美及豪宕之美三個方面對他的繪畫作了分析，他在《潮音・跋》中自稱「苦瓜和尚去後，衣缽塵土，自創新宗，不傍前人門戶」，可見他對自己畫作的自信和看重，而實際上他的畫作也正體現了他繪畫的藝術追求，在二十世紀初的時代承前啓後，獨樹一幟。

---

〔註17〕郭紹虞：《詩品集解》（北京：人民文學出版社，1963 年），頁 3。

# 餘 論

　　蘇曼殊是一個文壇神秘怪傑，惟其文章，隨心所欲，任意是個妄為。其人才華橫溢，工於詩，善於文，能書能畫，多才多藝。他在脫俗與入世間徬徨反復掙扎，其思想矛盾複雜，終其一生，仍是個難解之謎。其性格孤芳自賞，是非分明。他亦深悟禪理，雖陷情海，仍恪守戒律，這或是他選擇半僧半俗之理由所在。他的文藝出眾，與之交友者甚眾，其中不乏當時文壇翹楚。

　　蘇曼殊的詩歌風格獨特，蘊含中西藝術，婉轉迴旋、情真意真。他的詩情文並舉，意境深遠，情景交融，詩中有畫。禪學對曼殊詩作影響甚大，其詩往往反映禪的空靈，故其詩受評價頗高，王德鍾在〈燕子龕詩序〉說：「曠觀海內，清豔明儁之才，若曼殊者，殊未有匹焉。」郭沫若說：「蘇曼殊的詩歌很清新」。柳亞子言：「曼殊的思想是沒有系統的……在文學和藝術上，卻都有相當的天才，不可磨滅……。」

　　曼殊的小說在藝術上的最大特色就是自敘傳的創作手法和浪漫主義的感傷色彩。他以自己的身世經歷為構造故事的基礎，在作品中傾注了自身的生命體驗和沈痛感情，以古雅的文言娓娓道來，用情景交融的詩一般的意境，創作出帶有強烈悲劇意味的作品。

　　曼殊的翻譯文學作品頗具本土特色。為了使雨果的《悲慘世界》更加貼近中國當時的現實，曼殊在譯介過程中大量使用雙關語、暗諷與中國本土典故，從各個側面展開對晚清社會的諷刺與批判，在藝術上造就出一種幽默辛辣之美。而拜倫詩歌的中譯，則體現為一種古樸沈遠之美，具體體現在四言體、古僻字與疊字的採用中。這種古樸沈遠之美，雖然包含著章太炎的潤色

作用，但也是曼殊本人的審美傾向。他曾說過，漢語在「文詞簡麗」方面是僅次於梵語的。四言體的簡約、古僻字與疊字的使用恰恰能在有限的文字空間中創造出豐富的意義空間與情感世界，這與曼殊對「文詞簡麗」文風的推崇是完全對應的。至於曼殊對印度文學的翻譯則更是遵循著這一美學標準。

曼殊雜文藝術美則體現爲兩個極端：雅韻雅趣與悲慨激昂。這前一種美學風格在曼殊作品中是極爲少見的。《燕子龕隨筆》珍貴地記錄下了曼殊閒雅、恬淡的一面，它讓我們看到，在曼殊的心底始終潛藏著對人間眞情的感悟。而這種感悟又是哀而不傷的，總是以收束的筆調、淡雅的意境呈現出來，其情綿長、其境且幽，故爲雅韻。而其悟禪悟道之時，又不忘幽默自諷，其意空靈、其筆滑稽，又現一種雅趣。在這一種難得的安靜自觀的藝術境界之外，曼殊雜文則充滿著現實戰鬥力，用先人事迹、古今對比、詩歌詠歎與雄辯話語將一腔之悲憤貫注筆尖，令人讚歎。

曼殊的繪畫所表現出的禪意之美是曼殊作爲僧人求佛參禪的藝術體現。曼殊的畫中多是僧人形象，取景或爲殘山剩水，或爲一葉扁舟，或爲孤松弱柳，都讓人感到寂寥的禪意和蕭寥的悲凄，因此蕭寥之美也可以在他的畫中感受出來，但是在這樣的藝術風格之外，還有少數一些作品表現出雄渾豪宕的作風，像《獵狐圖》、《岳鄂王遊池翠微亭》、《徐中山王泛舟莫愁湖》、《陳元孝題崖山石壁圖》、《太平天國翼王夜嘯圖》等等又展示了曼殊畫作的另一面。

蘇曼殊之文藝不僅顯示廣闊私人個性主義思潮，而且體現了中國式現代性向度，對中國現代文化貢獻殊大。遺憾的是，研究者多從某一題材進行考察，未能作較全面之角度審視其豐富內涵之蘊藉，故難以完整勾勒蘇曼殊之整體文藝輪廓。相對地，作爲革命和尚的眞面目，他生命本體之終極思考歷程、發展軌迹，亦較難捉摸。新文學領域的革命高峰，王國維開創了美學，而蘇曼殊則可算是實踐了美學之革命。

曼殊是個全方位之才，震撼世人之心靈深處。郁達夫評曰：「他的氣質浪漫，由這一種浪漫氣質而來的行動風度，比他一切都要好。」鄭桐蓀言：「他的行爲雖是落拓，卻並非不羈；意志雖極冷，而心腸卻是極熱。」整體而言，曼殊作品所表現出的自我形象皆具實感眞情、思想解放，留給讀者深刻的印象，其獨特的藝術風格，對封建社會、中國文學現代化產生積極而深遠的影響。

　　蘇曼殊一生創作甚多，除以上所述之範疇可作深入研究外，其餘尚有他的思想、人格、書箚、與近現代禪僧之比較等都是值得研究之題材，唯因時間所限，故未有將其納入本文範圍，此為本文之短也！若學者能夠進一步深入研究上述範疇，我相信蘇曼殊的整個文藝特色更能清楚地、全面地顯現在讀者眼前。

# 參考文獻

## 一、書　目

1. 日‧河合氏：〈曼殊畫譜序〉,《蘇曼殊全集》（第四冊）〔M〕。上海：北新書局,1933 年。

2. 印‧瞿沙：《娑羅海濱遁迹記》,《蘇曼殊譯作集》〔M〕。上海：中央書店,1936 年。

3. 英‧渥德爾：《印度佛教史》〔M〕。北京：商務印書館,2000 年。

4. 英‧羅素：《西方哲學史》（下卷）〔M〕。北京：商務印書館,2001 年。

5. 德‧叔本華：《生存空虛說》〔M〕。北京：作家出版社,1988 年。

6. 蘇‧葉利斯特拉托娃：《拜倫》〔M〕。上海：上海譯文出版社,1985 年。

7. 丁丁：《詩僧曼殊》,《中國近代文學論文集》（概論、詩文卷,1919～1949）。中國社會科學出版社,1988 年。

8. 丁富生：《悲苦身世的藝術再現》〔J〕,《前沿》,2003 年第十一期。

9. 文直公：《曼殊大師全集序》〔J〕,《燕子龕詩箋注》。四川：人民出版社,1983 年。

10. 王玉祥：《詩僧蘇曼殊》,〈人物〉。出自王雷泉編：《中國大陸宗教文章索引》,1981 年。

11. 王富仁：《歷史的沈思》〔M〕。西安：陝西人民教育出版社,1996 年。

12. 王德鍾：《燕子龕詩序》〔J〕,馬以君箋注。四川：人民出版社,1983 年。

13. 王國維：《人間詞話》〔M〕,滕咸惠校注本。

14. 王廣西：《佛學與中國近代詩壇》〔M〕。開封：河南大學出版社,1995

年。

15. 王悅眞：《蘇曼殊小說研究》。台中：私立東海大學中國文學研究所，1992年。

16. 佛洛德：《論文學與藝術》〔M〕。北京：國際文化出版公司，2001年。

17. 伍蠡甫主編：《西方文論選·意志和表像的世界》（下卷）〔M〕。上海：上海譯文出版社，1979年。

18. 任繼愈：〈佛教與中國思想文化〉〔J〕，《世界宗教研究》，1981年第一期。

19. 任訪秋：〈蘇曼殊論〉〔J〕。《河南師大學報》，1980年第二期。

20. 朱少璋：《蘇曼殊詩研究》。香港：新亞研究所文學組，1990年。《徐州師院學報》。

21. 朱立元：《美學》〔M〕。北京：高等教育出版社，2001年。

22. 朱光潛：《悲劇心理學》〔M〕。北京：人民文學出版社，1983年。

23. 朱傳譽：《蘇曼殊傳記資料》（影印本）。臺北：天一出版社，六冊。

24. 朱壽桐：《孤絕的旗幟——論魯迅傳統及其資源意義》。文化藝術出版社，2005年。

25. 米克·巴爾：《敘述學：敘事理論導論》〔M〕。北京：中國社會科學出版社，1996年。

26. 米蘭·昆德拉：《被背叛的遺囑》。牛津大學出版社，上海人民出版社，1995年版。

27. 艾布拉姆斯（Abrams, M. H.），酈稚牛等譯：《鏡與燈·浪漫主義文論及批評傳統》〔M〕。北京：北京大學出版社，1989年。

28. 艾青：《艾青創作論》〔M〕。上海文藝出版社，1985年。

29. 李蔚：《蘇曼殊評傳》〔M〕。北京：社會科學文獻出版社，1990年。

30. 李繼凱、史志謹：《中國近代詩歌史論》〔M〕。長春：吉林教育出版社，1995年。

31. 李詮林：〈論蘇曼殊對中國二十世紀通俗小說發展的影響〉〔J〕。《甘肅教育學院學報》（社科版），2001年第四期。

32. 沈奇選編、容格：〈論分析心理學與詩歌的關係〉〔J〕，《西方文論精華》。花城出版社，1991年。

33. 汪樹東、龍紅蓮：《蘇曼殊作品精選》〔Z〕。武漢：長江文藝出版社，2003年。

34. 周作人：〈人的文學〉〔J〕，《小說月報》，1918年。

35. 周作人：〈聖書與中國文學〉〔A〕，《周作人批評文集》〔M〕。珠海：珠海出版社，1998年。

36. 周作人：《曼殊與百助》，《蘇曼殊全集》（第四冊）〔M〕。上海：北新書局，1933 年。

37. 周作人：《答雲深先生》，《蘇曼殊全集》（第五冊）〔M〕。上海：北新書局，1933 年。

38. 周錫山編校：《王國維文學美學論著集》〔M〕。太原：北嶽文藝出版社，1987 年。

39. 邵迎武：《蘇曼殊新論》〔M〕。北京：百花文藝出版社，1992 年。

40. 邱盈幹：《蘇曼殊傳》（中國文化巨人叢書／陳來勝主編），團結出版社，1998 年 5 月，一冊。

41. 姜義華：《章太炎思想研究》〔M〕。上海：上海人民出版社，1985 年。

42. 拜倫著、查良錚譯：《唐璜》〔M〕。北京：人民文學出版社，1980 年。

43. 柳亞子：《和曼殊本事詩十章次韻·之五》〔A〕，《曼殊全集》（第五冊）〔C〕。北京：中國書店，1985 年，據上海北新書局 1928 年版影印。

44. 柳亞子：《柳亞子文集·蘇曼殊研究》〔M〕。上海：上海人民出版社，1987 年。

45. 柳亞子：《曼殊寄視近作占此報之並訊到漢閣主時己酉四有》（1909 年）〔Z〕。《蘇曼殊全集》（第五冊）〔M〕。北京：北京書店，1984 年。

46. 柳亞子：《燕子龕遺詩序》〔A〕，《曼殊全集》（第四冊）〔C〕。北京：中國書店，1985 年，據上海北新書局 1928 年版影印。

47. 柳亞子：《蘇玄英新傳》〔A〕，《蘇曼殊全集》（第一冊）〔M〕。北京：北京書店，1984 年。

48. 柳亞子：《蘇曼殊全集》（第五冊）。中國書店，1985 年 9 月。

49. 柳亞子：《蘇曼殊全集》〔M〕。北京：中國書店，1985 年。

50. 柳亞子：《蘇曼殊年譜及其它》（第一冊）。上海：北新書局，1928 年。

51. 柳無忌，王晶譯：《蘇曼殊傳》〔M〕。北京：北京三聯書店，1992 年。

52. 柳無忌：《曼殊大師紀念集》〔M〕。重慶：重慶正風出版社，1944 年。

53. 柳無忌：《蘇曼殊及其友人》，《蘇曼殊全集》（第四冊）〔M〕。上海：北新書局，1933 年。

54. 柳無忌：〈蘇曼殊與拜倫「哀希臘」詩──兼論各家中文譯本〉〔J〕。《佛山師專學報》，1985 年。

55. 柳無忌：《蘇曼殊年譜》〔A〕，《蘇曼殊全集》（第四冊）〔M〕。北京：北京書店，1984 年。

56. 柳無忌：《蘇曼殊研究》。上海：上海人民出版社，1987 年。

57. 柳無忌：〈蘇曼殊研究的三個階段〉〔J〕。《華南師範大學學報》（社科版），1984 年。

58. 柳無忌編:《曼殊大師紀念集》〔M〕。上海:正風出版社,1949年。

59. 胡丙勳:《蘇曼殊詩研究》。香港:新亞研究所文學組,1982年。

60. 胡適:胡適文存〔M〕。安徽:黃山出版社,1984年。

61. 胡韞玉:《曼殊文選序》〔A〕,《曼殊全集》(第四冊)〔C〕。北京:中國書店,1985年,據上海北新書局1928年版影印。

62. 郁達夫,《藝文私見》〔M〕。長沙:湖南文藝出版社,1996年。

64. 郁達夫:《五七年來創作生活的回顧》,上海:開明書店初版,1927年。

65. 郁達夫:《五六年來創作生活的回顧》〔A〕,陳子善、王自立:《郁達夫研究資料》〔C〕。北京:三聯書店,1982年。

66. 郁達夫:《郁達夫文論集》〔C〕。杭州:浙江文藝出版社,1985年。

67. 郁達夫:《雜評曼殊的作品》,《郁達夫文集第五卷》〔M〕。廣州:花城出版社,1982年。

68. 唐潤鈿:《革命詩僧——蘇曼殊傳》。臺北:近代中國,1980年。

69. 徐重慶:〈詩僧蘇曼殊〉,《書林》。

70. 桑塔耶納:《詩歌的基礎和使命》〔J〕,《西方現代詩論》。中國社會科學出版社,1989年。

71. 浦安迪:《中國敘事學》〔M〕。北京:北京大學出版社,1995年。

72. 袁進:《中國文學觀念的近代變革》。上海:社會科學院出版社,1996年。

73. 高開梅:《願無盡廬詩話》〔J〕,馬以君箋注。四川:人民出版社,1983年。

74. 曼昭、胡樸安:《南社詩話兩種》。北京:中國人民大學出版社,1997年。

75. 屠隆、李觀察、黃卓越:《佛教與晚明文學思潮》〔M〕。上海:東方出版社,1997年。

76. 康得:《判斷力批判》〔M〕。北京:商務印書館,1990年。

77. 康得:《美的分析論》〔A〕,《文藝理論譯叢》(第一期)〔C〕。北京:人民文學出版社,1987年。

78. 曹聚仁:《新南社·柳亞子·南社紀略》〔M〕。上海:上海人民出版社,1983年。

79. 梁啟超:《中國佛教研究史》〔M〕。上海:三聯書店,1988年。

80. 梁啟超:《新民說論自由》〔A〕。陳平原:《二十世紀中國小說理論資料》〔C〕。北京:北京大學出版社,1997年。

81. 郭沫若:《論郁達夫》〔A〕,陳子善、王自立:《郁達夫研究資料》〔C〕。北京:三聯書店,1982年。

82. 郭烙:〈愛國詩僧蘇曼殊評傳〉,《法音》。

83. 章太炎：《初步梵文典序》〔A〕，《蘇曼殊全集》（第四冊）〔M〕。北京：北京書店，1984 年。

84. 章太炎：〈曼殊遺畫弁言〉，《蘇曼殊全集》（第四冊）〔M〕。上海：北新書局，1933 年。

85. 章太炎：〈書蘇元瑛事〉，《蘇曼殊全集》（第四冊）〔M〕。上海：北新書局，1933 年。

86. 章太炎：〈書蘇玄瑛事〉，《章太炎全集》（第四冊）。上海人民出版社，1985 年。

87. 曾德珪：《蘇曼殊詩文選注》。陝西：人民出版社，1986 年 1 月。

88. 程文超：《百年追尋》〔M〕。廣州：人民出版社，1999 年。

89. 菊屏：《說苑珍聞》，《蘇曼殊全集》（第五冊）〔M〕。上海：北新書局，1933 年。

90. 葛兆光：《難得捨棄，也難得歸依》〔J〕。廣州：東方文化，1997 年。

91. 裘小龍、王人力譯：《安莫洛亞拜倫傳》〔M〕。杭州：浙江文藝出版社，1985 年。

92. 裴效維：《蘇曼殊小說詩歌集・前言》〔A〕。北京：中國社會科學出版社，1982 年。

93. 瞿秋白：《瞿秋白詩文選》〔M〕。北京：人民文學出版社，1985 年。

94. 劉小楓：《現代性社會理論緒論》〔M〕。上海：三聯書店，1998 年。

95. 劉心皇：《蘇曼殊大師新傳》。臺北：東大圖書，1984 年。

96. 劉半農：〈中國之下等小說〉，《中國近代文學大系・文學理論集》（二）〔M〕。上海：上海書店，1995 年。

97. 劉斯奮箋注：《蘇曼殊箋注》，1981 年。

98. 吳中傑：《中國古代審美文化論》（第一卷）〔M〕。上海：上海古籍出版社，2000 年。

99. 吳中傑：《中國現代文藝思潮史》。上海：復旦大學出版社，1996 年第一版。

100. 圓明編、石在中：《索性做了和尚──弘一大師演講格言集》。上海三聯書店，1995 年版。

101. 張定璜：《蘇曼殊與拜倫與雪萊》，見柳亞子編：《曼殊全集》（四）。上海北新書局，1928 年 1929 年。

102. 張韌：《小說世界探索錄》〔M〕。工人出版社，1988 年。

103. 曠新年：《現代文學與現代性》〔M〕。上海：上海遠東出版社，1998 年。

104. 楊乃喬：《比較文學概論》〔M〕。北京：北京大學出版社，2002 年。

105. 楊義：《小說衝突與審美選擇》。北京：人民文學出版社，1988 年版。

106. 楊鴻烈：《蘇曼殊傳》，《蘇曼殊全集》（第四冊）〔M〕。上海：北新書局，1933 年。

107. 楊鴻烈：《蘇曼殊傳》〔A〕，《蘇曼殊全集》（第四冊）。北京：北京書店，1984 年。

108. 歐陽周、顧建華、宗凡聖：《美學新編》〔M〕。杭州：浙江大學出版社，1993 年。

109. 約翰·希克、王志成譯：《宗教之解釋》〔M〕。成都：四川人民出版社，1998 年。

110. 蘇玄瑛：《蘇曼殊全集》（襟霞閣普及本）。上海：中央書店，1936 年，四冊。

111. 蘇曼殊、查振科選編：《蘇曼殊集禪悟五人書》。中國：瀋陽出版社，1998 年 6 月

112. 蘇曼殊：《小說叢話》〔J〕，《新小說》，1905 年第十三期

113. 蘇曼殊：《本事詩》，《蘇曼殊小說詩歌集》。中國社會科學出版社，1982 年版。

114. 蘇曼殊：〈告宰官白衣啟〉〔A〕，《蘇曼殊文集》（上冊）〔C〕。廣州：花城出版社，1991 年。

115. 蘇曼殊：〈非夢記〉，《蘇曼殊文集》〔A〕。廣州：花城出版社，1991 年。

116. 蘇曼殊：〈致柳亞子〉，《蘇曼殊文集》〔A〕。廣州：花城出版社，1991 年。

117. 蘇曼殊：〈致劉三〉，《蘇曼殊文集》〔A〕。廣州：花城出版社，1991 年。

118. 蘇曼殊：〈致楊滄白〉，《蘇曼殊文集》〔A〕。廣州：花城出版社，1991 年。

119. 蘇曼殊：〈焚劍記〉，《蘇曼殊文集》〔A〕。廣州：花城出版社，1991 年。

120. 蘇曼殊：〈碎替記〉，《蘇曼殊文集》〔A〕。廣州：花城出版社，1991 年。

121. 蘇曼殊：《燕子龕詩箋注》。四川：人民出版社，1983 年 1 月。

122. 蘇曼殊：〈絳紗記〉，《蘇曼殊文集》〔A〕。廣州：花城出版社，1991 年。

123. 蘇曼殊：《蘇曼殊小說集》〔M〕。杭州：浙江人民出版社，1981 年。

124. 蘇曼殊：《蘇曼殊小說詩歌集》〔M〕。北京：中國社會科學出版社，1992 年。

125. 蘇曼殊：《蘇曼殊文集》〔M〕。廣州：花城出版社，1991 年。

126. 蘇曼殊：《蘇曼殊集》。中國：瀋陽出版社，1998 年。

127. 蘇惠珊：〈亡兄蘇曼殊的身世——致羅孝明先生長函〉〔J〕，《傳記文學》，1978 年。

128. 蘇淵雷：《袁中郎全集·序言》〔M〕。圖書整理社，民國 25 年。

129. 榮格：《心理學與文字》〔M〕。濟南：三聯書店，1988 年。

130. 蔣述卓：《佛教與中國文藝美學》。

131. 蔣述卓：《宗教藝術論》。北京：文化藝術出版社，2005 年第一版。

132. 蔣述卓：《在文化的觀照下》。廣東：人民出版，1997 年。

133. 謝天振，查明建：《中國現代翻譯文學史》〔M〕。上海：上海外語教育出版社，2004 年。

134. 譚桂林：《宗教文化與二十世紀中國文學研究》〔J〕。《求索》，1991 年第一期。

135. 費振鍾：《江南士風與江蘇文學》〔M〕。長沙：湖南教育出版社，1995 年。

136. 趙園：《明清之際士大夫研究》〔M〕。北京：北京大學出版社，1999 年。

137. 鄒容：《革命軍》〔A〕，《中國近代史資料叢刊：辛亥革命》（一）〔Z〕。上海：上海人民出版社，1957 年。

138. 鄭逸梅：《南社叢談》〔M〕。上海：上海人民出版社，1981 年。

139. 陳子展：《中國近代文學之變遷，最近三十年中國文學史》〔M〕。上海：上海古籍出版社，2000 年。

140. 陳子善：《王自立，賣文買書》〔M〕。北京：三聯書店，1995 年。

141. 陳去病：〈為曼殊大師建塔院疏〉〔A〕，《蘇曼殊全集》（第四冊）。北京：北京書店，1984 年。

142. 陳平原：《二十世紀中國小說史》〔M〕。北京：北京大學出版社，1989 年。

143. 陳平原：〈蘇曼殊小說全編·前言〉，《學者的人間情懷》。珠海出版社，1995 年版。

144. 陳平原：《二十世紀中國小說史》（一）〔M〕。北京：北京大學出版社，1989 年。

145. 陳平原：〈論蘇曼殊、許地山小說的宗教色彩〉，《在東西方文化碰撞中》。浙江：文藝出版社，1987 年。

146. 陳星：《孤雲野鶴蘇曼殊》〔M〕。濟南：山東畫報出版社，1995 年。

147. 陳獨秀：〈碎記後序〉，《蘇曼殊全集》（第四冊）〔M〕。上海：北新書局，1933 年。

148. 陳獨秀：〈絳紗記序〉，《二十世紀小說理論資料》（第一卷）。

149. 陳鴻祥：《王國維傳》〔M〕。北京：團結出版社，1998 年。

150. 顧蕙倩：《蘇曼殊詩析論》。臺北：淡江大學中國文學研究所，1991 年。

151. 飛錫：〈潮音跋〉〔A〕。《蘇曼殊全集》（第四冊）〔M〕。北京：北京書店，1984 年。

152. 饒芃子：《中國世界華文文學學會籌備經過及學科建設概況》〔A〕。上海：復旦大學出版社，2002 年。

153. 饒芃子等：《中西比較文藝學》。中國社會科學出版社，1999 年。

154. 馬以君：《論蘇曼殊文藝理論與批評》〔J〕，1997 年第五期。

155. 馬仲殊：〈曼殊大師軼事〉，《蘇曼殊全集》（第四冊）〔M〕。上海：北新書局，1933 年。

156. 馬仲殊：〈曼殊大師軼事〉〔A〕，《曼殊全集》（第四冊）〔C〕。北京：中國書店，1985 年，據上海北新書局 1928 年版影印。

157. 魯迅：魯迅全集（第十卷）〔M〕。北京：人民文學出版社，1981 年。

158. 黃功：〈燕子龕詩序〉〔A〕，《近代文學史料》〔M〕。北京：中國社會科學出版社，1985 年。

159. 黃永建：《蘇曼殊詩畫論》〔M〕。北京：社會科學出版社，2001 年。

160. 黃沛功：〈燕子龕詩序〉〔A〕，《曼殊全集》（第四冊）〔C〕。北京：中國書店，1985 年，據上海北新書局 1928 年版影印。

161. 黃偉宗：《當代中國文藝思潮論》。廣東：旅遊出版社，1998 年第一版。

## 二、參考論文及期刊

### （一）港、台

1. 大鵬：〈譯學先驅蘇曼殊──為紀念先生百週年寫〉，《海潮音》第六十五期。臺北：上海潮音雜誌社，1984 年，頁 21～23。

2. 王孝廉：〈行雲流水·孤僧──蘇曼殊的感情世界〉，《海潮音》第六十二期。臺北：海潮音雜誌社，1981 年，頁 26～34。

3. 沈寂：〈蘇曼殊與陳仲甫〉（上），《香港佛教》第三五一期。香港：正覺蓮社，1989 年，頁 21～23。

4. 沈寂：〈蘇曼殊與陳仲甫〉（中），《香港佛教》第三五二期。香港：正覺蓮社，1989 年，頁 19～21。

5. 沈寂：〈蘇曼殊與陳仲甫〉（下），《香港佛教》第三五四期。香港：正覺蓮社，1989 年，頁 22～24。

6. 陸愛玲：〈蘇曼殊的浪漫〉（精美叢刊）。臺北：精美出版社，1985 年 6 月，頁 260。

7. 章士嚴：〈蘇曼殊的身世〉，《古今談》第一期。1996 年，頁 36～39。

8. 華夫：〈也談蘇曼殊〉，《香港佛教》第四三九期。香港：正覺蓮社，1996

年，頁 17。

9. 黃公偉：〈蘇曼殊與佛法考據〉，《內明》第一二五期。香港：內明雜誌社，1982 年，頁 24。

## （二）中國大陸

1. poems of tow *southern society friends: liu ya-tzu and su man-shu*，上海外語教育出版社，1993 年。

2. 白堅：〈文中有我‧筆底含情——讀柳無忌的散文〉，《南京理工大學學報》（社會科學版），1998 年第六期。

3. 白忠懋：〈吃相雜談〉（外一篇），《四川烹飪》，2001 年第十期。

4. 濱田麻失：〈文化的「混血兒」——陶晶孫與日本〉，《中國現代文學研究叢刊》，1996 年第三期。

5. 陳國恩：〈二十世紀中國浪漫主義文學思潮概觀〉（上），《四川外語學院學報》，2004 年第三期。

6. 陳建中：〈也談英詩漢譯中的模仿和超模仿〉，《外語教學與研究》，1995 年第一期。

7. 陳捷：《接受與過濾：審視蘇曼殊與拜倫之間的傳承關係》，《龍岩師專學報》，2005 年第二期。

8. 陳九安：〈試論珠海近代名人思想之原因〉，《廣東史志》，1996 年第三期。

9. 陳平原：〈關於蘇曼殊小說〉，《杭州師範學院學報》（社會科學版），1995 年第二期。

10. 陳奇：〈信仰支撐的崩坍——劉師培墮落原來再探〉，《史學月刊》，2002 年第六期。

11. 陳世強：〈論蘇曼殊的繪畫〉，《南京理工大學學報》（社會科學版），2000 年第三期。

12. 陳世強：〈蘇曼殊與南京〉，《紫金歲月》，1997 年第五期。

13. 陳世強：〈末世異才‧恨海悲歌——論蘇曼殊的繪畫〉，《美術研究》，2001 年第二期。

14. 陳世強：〈行無愧作心常坦，身處艱難氣若虹——陳獨秀與美術家的肝膽交往〉，《美術研究》，2004 年第四期。

15. 陳世強：〈葉楚傖與《汾堤吊夢圖》〉，《南京理工大學學報》（社會科學版），1999 年第一期。

16. 陳思和：〈雨果及其作品在中國〉，《中國比較文學》，1997 年第四期。

17. 陳星：〈弘一大師交遊四題〉，《杭州師範學院學報》，2001 年第一期。

18. 陳星：〈蘇曼殊圖畫〉（二），《散文百家》，2006 年第三期。

19. 陳星：〈蘇曼殊圖話〉（一），《榮寶齋》，2005 年第六期。

20. 陳星：〈弘一大師圖話〉（二），《榮寶齋》，2003 年第四期。

21. 陳志強：〈葉楚傖故居〉，《鍾山風雨》，2006 年第一期。

22. 程師美：〈養生楹聯集錦〉，《老年人》，2000 年第六期。

23. 程文超：〈《慘世界》的「亂添亂造」──蘇曼殊漫談之一〉，《南方文壇》，1998 年第二期。

24. 程翔章：〈拜倫「贊大海」「去國行」「哀希臘」三詩究竟爲誰譯？〉，《黃岡師範學院學報》，1998 年第三期。

25. 程翔章：〈近代翻譯詩歌論略〉，《外國文學研究》，1994 年第二期。

26. 楚楚：〈弄花香滿衣〉（外二章），《福建文學》，2001 年第三期。

27. 達亮：〈解讀曼殊五部曲〉（續），《五臺山研究》，2004 年第三期。

28. 達亮：〈解讀曼殊五部曲〉，《五臺山研究》，2004 年第二期。

29. 戴亞松：〈蘇曼殊與無政府主義〉，《台聲‧新視角》，2006 年第一期。

30. 戴從容：〈拜倫在五四時期的中國〉，《蘇州大學學報》（哲學社會科學版），2003 年第一期。

31. 刁朝焰：〈黃泉小釋〉，《語文世界》，2000 年第五期。

32. 丁富生，蘇曼殊：〈慘世界的譯作者〉，《南通大學學報》（社會科學版），2006 年第三期。

33. 丁富生：〈悲苦身世的藝術再現──論蘇曼殊小說人物形象的主觀色彩〉，《前沿》，2003 年第十一期。

34. 丁富生：〈論蘇曼殊的「難言之恫」〉，《齊齊哈爾大學學報》（哲學社會科學版），1998 年第四期。

35. 丁富生：〈蘇曼殊「難言之恫」新解〉，《南通大學學報》（哲學社會科學版），2004 年第四期。

36. 丁富生：〈《潮音‧跋》的作者就是蘇曼殊〉，《南通師範學院學報》（哲學社會科學版），2002 年第三期。

37. 丁富生：〈《斷鴻零雁記》：佛教文學中的一朵奇葩〉，《南通師範學院學報》（哲學社會科學版），1999 年第一期。

38. 丁富生：〈陳獨秀對蘇曼殊文學創作的貢獻〉，《南通師範學院學報》（哲學社會科學版），1995 年第二期。

39. 丁富生：〈蘇曼殊小說中的少女形象〉，《南通師範學院學報》（哲學社會科學版），1997 年第三期。

40. 丁富生：〈蘇曼殊與外國文學〉，《齊齊哈爾大學學報》（哲學社會科學版），2001 年第一期。

41. 丁磊：〈邊緣世界的呻吟──蘇曼殊詩歌淺論〉，《重慶工學院學報》，2004

年第五期。

42. 丁磊：〈矛盾的獨行者——蘇曼殊思想管見〉，《成都教育學院學報》，2005年第四期。

43. 丁新華，洪文翰：〈淺說譯詩的幾個問題〉，《邵陽師範高等專科學校學報》，2000年第六期。

44. 董豔：〈論蘇曼殊愛情小說的佛性〉，《韶關學院學報》，2004年第十一期。

45. 非文：〈佛家的級別〉，《領導文萃》，1996年第五期。

46. 封常曦：〈《火與冰》，差錯破譯〉，《咬文嚼字》，1999年第一期。

47. 馮坤：〈多才多藝的南社作家——蘇曼殊〉，《百科知識》，1994年第五期。

48. 符家欽：〈拜倫詩最早譯者〉，《譯林》，1996年第二期。

49. 符家欽：〈曼殊月旦英詩壇〉，《譯林》，1996年第二期。

50. 符家欽：〈譯詩之妙在傳神〉，《譯林》，1996年第二期。

51. 高力夫：〈名園與古剎〉，《散文百家》，2006年第三期。

52. 高珊：〈論蘇曼殊小說的悲劇性〉，《青海師專學報》，2004年第二期。

53. 高志林：〈蘇曼殊與李叔同的玄妙人生〉，《文史精華》，2003年第四期。

54. 戈春源：〈「勞燕」豈能「雙飛」〉，《咬文嚼字》，2003年第四期。

55. 龔喜平：〈南社詩人與中國詩歌近代化〉，《蘭州大學學報》（社會科學版），2002年第二期。

56. 龔喜平：〈南社譯詩與中國詩歌近代化簡論〉，《外國文學研究》，2003年第一期。

57. 郭長海：〈試論中國近代的譯詩〉，《社會科學戰線》，1996年第三期。

58. 郭延禮：〈中國近代文學翻譯理論初探〉，《文史哲》，1996年第二期。

59. 郭毅生：〈學風三昧〉，《炎黃春秋》，2002年第六期。

60. 韓雪濤：〈透過精神分析的鏡片解讀蘇曼殊人格之謎〉（二），《醫學心理指導》（校園心理），2005年第三期。

61. 韓雪濤：〈透過精神分析的鏡片解讀蘇曼殊人格之謎（一），《醫學心理指導》（校園心理），2005年第二期。

62. 何建明：〈清末蘇曼殊的振興佛教思想簡論〉，《華中師範大學學報》（哲學社會科學版），1994年第五期。

63. 賀祥麟：〈跑馬看花：文學翻譯今昔談〉，《南方文壇》，1996年第五期。

64. 胡明：〈試論陳獨秀的舊詩〉，《文學評論》，2001年第六期。

65. 胡青善：〈論蘇曼殊的悲劇精神〉，《嶺南文史》，2001年第五期。

66. 黃軼：〈現代文學轉型初期之蘇曼殊小說〉，《南都學壇》，2004年第四期。

67. 黃永健：〈蘇曼殊詩畫的禪佛色彩〉，《深圳大學學報》（人文社會科學版），

2003 年第六期。

68. 冀明俊：〈欲爲諸佛龍象，先做眾生牛馬——論林清玄及其散文的世俗性〉，《世界華文文學論壇》，2005 年第四期。

69. 金建陵，張末梅：〈「南社」小說的勃興和創作成就〉，《南京理工大學學報》（社會科學版），1999 年第二期。

70. 金建陵，張末梅：〈南社與五四運動〉，《南京理工大學學報》（社會科學版），2000 年第五期。

71. 金建陵：〈南社中的民族教育家伍仲文〉，《檔案與建設》，2006 年第二期。

72. 金克木：〈自撰火化銘〉，《民主與科學》，2000 年第五期。

73. 金梅：〈柳亞子詩中的李叔同〉，《文學自由談》，2000 年第四期。

74. 金梅：〈文壇隨感錄〉（續），《文學自由談》，1999 年第二期。

75. 金勇：〈情與佛：走不出的生存困境——蘇曼殊小說新論〉，《河南大學學報》（社會科學版），1994 年第一期。

76. 靳樹鵬，李嶽山：〈詩人陳獨秀和他的詩〉，《新文學史料》，1994 年第一期。

77. 寇加：〈彭斯《紅紅的玫瑰》漢譯評述〉，《湖州師範學院學報》，2000 年第五期。

78. 樂黛云：〈眞情‧眞思‧眞美——我讀季羨林先生的散文〉，《中國文化研究》，2001 年第三期。

79. 李長林、杜平：〈中國對莎士比亞的瞭解與研究——《中國莎學簡史》補遺〉，《中國比較文學》，1997 年第四期。

80. 李帆：〈陳獨秀與劉師培〉，《安徽史學》，2001 年第一期。

81. 李河新：〈與時俱進精益求精——評彭斯詩《一朵紅紅的玫瑰》不同時期的幾個譯本〉，《大同職業技術學院學報》，1996 年第一期。

82. 李繼凱：〈趨向主動接受的文化姿態——略論清末民初的翻譯文學〉，《鹹陽師範專科學校學報》，1999 年第五期。

83. 李堅：〈柳亞子——與南社廣東社友〉，《嶺南文史》，1994 年第二期。

84. 李金濤，李志生：〈蘇曼殊詩歌的現代特徵〉，《河北學刊》，2002 年第一期。

85. 李金濤：〈蘇曼殊詩歌的藝術創新〉，《河北師範大學學報》（哲學社會科學版），2005 年第一期。

86. 李康化：〈荒野孤魂——論蘇曼殊對生命價值實眞的追求〉，《棗莊師範專科學校學報》，1994 年第三期。

87. 李麗：〈從意識形態的視角看蘇曼殊翻譯的《悲慘世界》〉，《外國語語文學》，2005 年第四期。

88. 李詮林：〈論蘇曼殊對中國二十世紀通俗小說發展的影響〉，《甘肅教育學院學報》（社會科學版），2001 年第四期。

89. 李詮林：〈談蘇曼殊作爲世界華文文學學科研究物件的可行性——兼論該學科的研究範疇〉，《華文文學》，2004 年第四期。

90. 李盛仙：〈「半」字詩趣〉，《語文天地》，2005 年第十五期。

91. 李特夫：〈詩歌翻譯的社會屬性〉，《雲南師範大學學報》（哲學社會科學版），2003 年第一期。

92. 李威：〈王國維、蘇曼殊的文本創作與中國文化現代性轉向之初的個性化思潮〉，《河北師範大學學報》（哲學社會科學版），2005 年第六期。

93. 李怡：〈《甲寅》月刊：五四新文學運動的思想先聲〉，《中國現代文學研究叢刊》，2003 年第四期。

94. 梁濤：〈煙雨人生：迷芒在探尋之後——蘇曼殊情感歷程探析〉，《呂梁高等專科學校學報》，2004 年第一期。

95. 廖楚燕：〈從創作及翻譯作品對比看蘇曼殊翻譯思想〉，《韶關學院學報》，2005 年第十一期。

96. 林威：〈蘇曼殊：一個失落精神家園的漂泊者〉，《江西教育學院學報》，2003 年第五期。

97. 林威：〈蘇曼殊作品的感傷之因〉，《南通師範學院學報》（哲學社會科學版），2003 年第四期。

98. 林薇：〈只是有情拋不了，袈裟贏得淚痕粗——記蘇曼殊〉，《百科知識》，1998 年第十一期。

99. 劉紀新：〈以小說抒情——評蘇曼殊小說的抒情化追求〉，《哈爾濱學院學報》，2005 年第十一期。

100. 劉立、張德讓：〈權力話語理論和晚清外國詩歌翻譯〉，《山東師範大學外國語學院學報》（基礎英語教育），2002 年第四期。

101. 劉納：〈說說《新青年》的關係稿〉，《書屋》，1998 年第四期。

102. 劉納：〈研究的根據〉，《學習與探索》，2004 年第一期。

103. 劉勇：〈對現實人生與終極人生的雙重關注——試論中國現代文學的一個重要特徵〉，《北京師範大學學報》（社會科學版），1996 年第五期。

104. 劉運峰：〈蘇曼殊全集爲魯迅所擬考〉，《魯迅研究月刊》，2006 年第一期。

105. 柳無忌：《磨劍鳴箏集》，南社二友柳亞子與蘇曼殊詩選。

106. 柳亞子：《蘇曼殊研究》（柳亞子文集）。上海人民出版社，1987 年 12 月。

107. 龍應台：〈詩人剛走，馬上回來〉，《福建論壇》（社科教育版），2004 年第四期。

108. 盧晶晶、張德讓：〈從審美活動的自律性和他律性看蘇曼殊對拜倫詩的譯

介〉,《天津外國語學院學報》,2006 年第一期。

109. 盧天玉:〈走不出的情與佛——從《絳紗記》看蘇曼殊的思想矛盾〉,《廣東工業大學學報》(社會科學版),2004 年第三期。

110. 盧文芸:〈愛情、死亡與革命——論蘇曼殊小說及其它〉,《南京理工大學學報》(社會科學版),2002 年第一期。

111. 魯德俊:〈論舊格律的新影響〉,《常熟高專學報》,1995 年第二期。

112. 呂曉明:〈試論蘇曼殊詩畫中的禪佛色彩〉,《平原大學學報》,2004 年第四期。

113. 羅嘉慧:〈悲哀之美的歷史投影——重讀民初哀情小說〉,《中山大學學報》(社會科學版),2004 年第一期。

114. 駱寒超:〈論中國詩歌向現代轉型前夕的格局〉,《浙江學刊》,1994 年第五期。

115. 馬以君:《蘇曼殊詩集》。珠海:市政協文史料委員會,1991 年。

116. 馬以君:〈關於劉三與蘇曼殊的兩組唱和詩〉,《華南師範大學學報》(社會科學版),1996 年第三期。

117. 馬以君:〈論蘇曼殊〉,《文藝理論與批評》,1997 年第五期。

118. 馬以君:〈詮詩反疑〉,《廣東廣播電視大學學報》,2002 年第一期。

119. 毛策:《蘇曼殊傳論》。中國人民大學出版社,1995 年 3 月。

120. 倪正芳、唐湘從:〈《哀希臘》在中國的百年接受〉,《湖南工程學院學報》(社會科學版),2003 年第二期。

121. 倪正芳:〈國內近二十年來拜倫研究述評〉,《婁底師專學報》,2002 年第三期。

122. 潘東曙:〈也說養生聯〉,《家庭醫學》,2000 年第六期。

123. 彭海、陳書鵬:〈蘇曼殊與華夏國名學〉,《西安電子科技大學學報》(社會科學版),2000 年第三期。

124. 彭壽輝:〈奮勇「爬坡」不回頭——走近姚志強〉,《廣東藝術》,1998 年第一期。

125. 彭壽輝:〈走近桃志強〉,《中國戲劇》,1998 年第四期。

126. 蒲昭和:〈詩僧蘇曼殊英年早逝的教訓〉,《醫藥與保健》,2001 年第七期。

127. 棲云:〈心碎的聲音〉,《中國健康月刊》,2002 年第二期。

128. 欽鴻:〈新馬華文文壇關於中國現代文學研究的資料索引(1929～1995)〉(三),《文教資料》,1996 年第六期。

129. 邱冠、佘愛春:〈蛻變、逆轉中的現代曙光——論蘇曼殊小說的現代性品格〉,《玉林師範學院學報》,2004 年第二期。

130. 區鉷:〈敞開歷史的襟懷——評《嶺南文學史》〉,《學術研究》,1995 年

第一期。

131. 任廣田：〈論蘇曼殊的思想〉，《西北大學學報》（哲學社會科學版），1996年第一期。

132. 任建樹評注，靳樹鵬、李嶽山：〈陳獨秀詩〉，《炎黃春秋》，1994年第六期。

133. 任競澤：〈從尤二姐與李瓶兒之死的同異看《紅樓夢》之「深得金瓶壺奧」〉，《陰山學刊》，2004年第五期。

134. 尚向明、楊林夕：〈論郁達夫文藝觀對傳統詩學的認同及轉化〉，《廣東社會科學》，1999年第一期。

135. 佘定玲：〈書畫名家佘雪曼教授〉，《文史雜誌》，1994年第三期。

136. 沈大力：〈二十一世紀「雨果年」〉，《中外文化交流》，2002年第六期。

137. 沈潛：〈鳥目山僧黃宗仰與南社〉，《常熟高專學報》，1996年第三期。

138. 沈慶利：〈徬徨于文化血統與生理血統之間——從《斷鴻零雁記》看蘇曼殊獨特的文化心理衝突〉，《中國現代文學研究叢刊》，2000年第四期。

139. 盛快：〈春雨樓頭尺八簫——尺八源流辯〉，《藝術科技》，1999年第四期。

140. 盛巽昌：〈許地山治學二三事〉，《文史雜誌》，1994年第三期。

141. 石英：〈真切樸厚與文氣濃鬱的成功契合——有感于王本道散文新著《感悟蒼茫》〉，《鴨綠江》（上半月版），2005年第七期。

142. 石在中：〈論拜倫對蘇曼殊的影響〉，《培訓與研究——湖北教育學院學報》，1998年第三期。

143. 石在中：〈論蘇曼殊與佛教——兼與弘一大師（李叔同）比較〉，《華中師範大學學報》（人文社會科學版），1998年第四期。

144. 石在中：〈日本私小說對蘇曼殊的影響〉，《語文教學與研究》，1998年第十一期。

145. 石在中：〈試論日本私小說對蘇曼殊的影響〉，《外國文學研究》，1998年第二期。

146. 實藤惠秀、苑利：〈魯迅與日本歌人——論《集外集》中的詩〉，《魯訊研究月刊》，2001年第九期。

147. 史雯：〈一代詩僧蘇曼殊的愛情足迹〉，《中國電視戲曲》，1996年第三期。

148. 宋益喬：《蘇曼殊傳：情僧長恨》（作家藝術家文學傳記叢書）。北嶽文藝出版社，1985年第五期。

149. 蘇曼殊：《蘇曼殊代表作》。上海：亞西亞書局，1928年。

150. 蘇曼殊：《蘇曼殊六記集》（文學研究叢書）。上海：中央書店，1947年第八期。

151. 蘇曼殊：《蘇曼殊詩文集》（文學研究叢書）。上海：中央書店，1948年

第十一期。

152. 蘇曼殊：《蘇曼殊書信集》（文學研究叢書）。上海：中央書店，1948 年
第十一期。

153. 蘇曼殊：《蘇曼殊小說集》（文學研究叢書）。上海：中央書店，1948 年
第十一期。

154. 蘇曼殊：《蘇曼殊譯作集》（文學研究叢書）。上海：中央書店，1948 年
第十一期。

155. 蘇錫珊、陳樹仁：〈一衣帶水，義厚情深——學習粵曲《夢斷櫻花二十四
橋》的體會〉，《南國紅豆》，2005 年第二期。

156. 蘇玄瑛：《蘇曼殊遺著》。上海：亞西亞書局，1932 年。

157. 孫聆波：〈蘇曼殊的絕筆畫〉，《鍾山風雨》，2005 年第四期。

158. 孫文光：〈陳獨秀遺詩續輯〉，《文教資料》，2001 年第一期。

159. 孫緒敏：〈蘇曼殊詩中的佛教意識〉，《南京師大學報》（社會科學版），2002
年第二期。

160. 孫宜學：〈拜倫與中華英雄夢〉，《書屋》，2005 年第十二期。

161. 孫宜學：〈斷鴻零雁——蘇曼殊的感傷之旅〉，《中國文學研究》，1999 年
第二期。

162. 孫玉石：〈讀林庚的《秋之色》〉，《名作欣賞》，1997 年第三期。

163. 孫玉祥：〈老師〉，《廣東教育》，2003 年第四期。

164. 台益燕：〈杖藜原為文字交——陳獨秀與台靜農〉，《江淮文史》，1995 年
第二期。

165. 譚桂林：〈陳獨秀與佛教文化〉，《青海師範大學學報》（哲學社會科學版），
1994 年第二期。

166. 譚桂林：〈郁達夫與佛教文化〉，《東嶽論叢》，1994 年第二期。

167. 唐月琴：〈蘇曼殊塑造女性形象及他的女性觀〉，《閱讀與寫作》，2001 年
第五期。

168. 唐月琴：〈論蘇曼殊的小說創作〉，《湖南社會科學》，2003 年第三期。

169. 唐月琴：〈期盼、失望與批判——論蘇曼殊小說的人物設置〉，《閱讀與寫
作》，2003 年第十一期。

170. 唐月琴：〈特立獨行始終如一——論蘇曼殊小說的人物設置〉，《廣東青年
幹部學院學報》，2003 年第三期。

171. 陶爾夫：〈中國古典詩歌的自我審視序〉，《北方論叢》，1997 年第四期。

172. 滕學訓：〈在娘家的「婆婆」〉，《咬文嚼字》，1998 年第二期。

173. 童然星：〈詩僧‧畫僧‧情僧‧革命僧——記蘇曼殊〉，《檔案與史學》，
2004 年第四期。

174. 塗宗濤:〈我是怎樣學詩詞〉,《津圖學刊》,1995 年第四期。

175. 汪方挺:〈陳獨秀翻譯活動述略〉,《安慶師範學院學報》(社會科學版),2006 年第二期。

176. 汪義生,丘峰:〈余秋雨散文賞讀〉,《作文世界》(高中),2005 年第九期。

177. 王寶童:〈也談英詩的方向〉,《外國語》(上海外國語學院學報),1995 年第五期。

178. 王本道:〈辜負韶光二月天——漫說蘇曼殊〉,《鴨綠江》(上半月版),2005 年第七期。

179. 王長元:《蘇曼殊全傳:沈淪的菩提》(中國歷代才子傳叢書)。長春出版社,1998 年,頁 323。

180. 王爾齡:〈柳亞子「孤島」詩五首考述——因校讀而鈎稽史事〉,《天津師大學報》(社會科學版),1995 年第一期。

181. 王建平:〈《斷鴻零雁記》藝術得失談〉,《閱讀與寫作》,1996 年第五期。

182. 王開林:〈洞庭波送一僧來——我讀季羨林先生的散文〉,《中國文化研究》,2001 年第三期。

183. 王開林:〈尚留微命做詩僧〉,《畫屋》,2005 年第二期。

184. 王珂:〈論新詩詩人誤讀西方浪浪主義詩歌的原因及後果〉,《首都師範大學學報》(社會科學版),2003 年第六期。

185. 王萌:〈無法超越的自卑——淺析蘇曼殊小說的創作心理〉,《中州學刊》,1999 年第一期。

186. 王平:〈論古今「自敘傳」小說的演變〉,《文學評論》,2004 年第五期。

187. 王瓊:〈雨果作品在舊中國的譯介和研究〉,《同濟大學學報》(社會科學版),2005 年第二期。

188. 王少傑:〈城市旅居與留學生作家的精神個性〉,《蘇州鐵道師範學院學報》(社會科學版),2001 年第一期。

189. 王少傑:〈斷鴻零雁,佛光學影裏的彌天幽恨〉,《新疆大學學報》(社會科學版),2001 年第一期。

190. 王世家:〈林辰先生書信箋釋——讀箋憶往之一〉,《魯迅研究月刊》,2003 年第八期。

191. 王衛民:〈古代戲曲考辨三題〉,《戲曲藝術》,2004 年第四期。

192. 王向陽、易前良:〈轉型期的小說故事——蘇曼殊《絳紗記》細讀〉,《婁底師專學報》,2000 年第三期。

193. 王向陽:〈獨獨·頹廢·愛情世——蘇曼殊、郁達夫情愛小說比較論〉,《吉林大學學報》(社會科學版),2005 年第二期。

194. 王向陽：〈個性主義與情愛世界——蘇曼殊、郁達夫情愛小說比較論〉（三），《廣西社會科學》，2005 年第四期。

195. 王向陽：〈文化價值取向・個性主義・愛情世界——蘇曼殊、郁達夫情愛小說比較論〉（四），《淮北煤礦師範學院學報》（哲學社會科學版），2005 年第二期。

196. 王向遠：〈近百年來我國對印度古典文學的翻譯與研究〉，《北京師範大學學報》（人文社會科學版），2001 年第三期。

197. 王曉初：〈中西悲劇藝術之比較與中國悲劇藝術的發展〉，《重慶大學學報》（社會科學版），2000 年第二期。

198. 王志沖：〈書齋漫談〉，《當代礦工》，1998 年第三期。

199. 王中朝：〈西湖故人〉（詩四首），《傳媒》，2001 年第一期。

200. 文軍：〈比較翻譯論〉，《北京第二外國語學院學報》，2001 年第二期。

201. 吳福輝：〈「五四」白話之前的多元準備〉，《中國現代文學研究叢刊》，2006 年第一期。

202. 吳京：〈詩僧蘇曼殊還畫債〉，《文史精華》，1999 年第四期。

203. 吳清波：〈亦詩亦畫亦情的蘇曼殊〉，《民國春秋》，2001 年第五期。

204. 吳松山：〈論蘇曼殊小說的悲劇意識〉，《廣州大學學報》（社會科學版），2005 年第六期。

205. 吳松山：〈論蘇曼殊小說的悲劇意識及其形成原因〉，《廣東行政學院學報》，2005 年第三期。

206. 吳穎：〈無端狂笑無端哭——蘇曼殊與魏晉風度〉，《成都教育學院學報》，2005 年第六期。

207. 伍立楊：〈參盡情禪空色相〉，《時代潮》，1994 年第十二期。

208. 伍立楊：〈愁如大海酒邊生——論郁達夫的舊體詩〉，《海南師範學院學報》（社會科學版），2003 年第四期。

209. 伍立楊：〈風簷展書讀〉，《當代文壇》，1995 年第四期。

210. 武華：〈綠柳深處佛子歸〉，《佛教文化》，1995 年第五期。

211. 武潤婷：〈論蘇曼殊的哀情小說〉，《河北師範大學學報》（哲學社會科學版），2000 年第二期。

212. 武延康：〈深柳大師與深柳黨〉，《法立》，2001 年第二期。

213. 武延康：〈太虛大師與祇洹精舍〉，《法音》，2005 年第二期。

214. 武在平：〈柳亞子與毛澤東、魯迅、蘇曼殊〉，《黨史博采》，1996 年第三期。

215. 夏新宇：〈英國浪漫主義詩歌對五四時期中國新詩的影響〉，《重慶工學院

學報〉，2003 年第一期。

216. 夏雨清：〈詩僧西湖〉，《風景名勝》，2005 年第三期。

217. 刑博：〈解讀蘇曼殊的人格之謎〉，《臨沂師範學院學報》，2005 年第一期。

218. 熊羅生：〈守護心靈〉，《書屋》，2002 年第一期。

219. 徐劍：〈初期英詩漢譯述評〉，《中國翻譯》，1995 年第四期。

220. 徐金龍：〈蘇曼殊的出家經過及學佛生涯〉，《廣東佛教》第一期。

221. 徐斯年：〈仰之彌高近之彌親──我心中的林辰先生〉，《魯迅研究月刊》，2003 年第八期。

222. 許海燕：〈論《巴黎茶花女遺事》對清末民初小說創作的影響〉，《明清小說研究》，2001 年第二期。

223. 許淇：〈淇竹齋隨筆三題〉，《朔方》，1994 年第十一期。

224. 許淇：〈弘一和曼殊〉，《文學自由談》，1997 年第一期。

225. 嚴家炎：〈論二十世紀中國文學的現代性──兼《晚清至五四：中國文學現代性的發展》序〉，《東方論壇》，2004 年第三期。

226. 晏立豪：〈「南方才子」何諏與《碎琴樓》〉，《文史春秋》，1996 年第一期。

227. 晏立豪：〈《碎琴樓》作者何諏考評〉，《明清小說研究》，1997 年第三期。

228. 楊洪承，〈傳統與現代的抉擇──中國現代文學文化資源的精神尋蹤之一〉，《內蒙古師範大學學報》（哲學社會科學版），2005 年第三期。

229. 楊麗芳：〈論蘇曼殊在中西文化衝撞中的心靈眩暈〉，《晉東南師範專科學校學報》，2001 年第二期。

230. 楊聯芬：〈蘇曼殊與五四浪漫文學〉，《陝西師範大學學報》（哲學社會科學版），2004 年第三期。

231. 楊聯芬：〈逃禪與脫俗：也談蘇曼殊的「宗教信仰」〉，《中國文化研究》，2004 年第一期。

232. 楊天石：〈蘇、陳譯本《慘世界》與近代中國早期的社會主義思潮〉，《中國社會科學院研究生院學報》，1995 年第六期。

233. 一勺：〈蘇曼殊・章太炎・陳獨秀〉，《瞭望》，1998 年第一期。

234. 易可情：〈也談「CHINA」的詞源〉，《文史雜誌》，1999 年第一期。

235. 遊友基：〈超越鴛鴦派走向浪漫抒情──蘇曼殊小說論〉，《漳州師範學院學報》（哲學社會科學版），2001 年第四期。

236. 遊友基：〈古典向現代的轉型──蘇曼殊小說論〉，《福州師專學報》，2002 年第三期。

237. 余傑：〈尷尬的敘述者──蘇曼殊《碎簪記》細讀〉，《中國現代文學研究叢刊》，1998 年第一期。

238. 余傑：〈皇帝戰爭〉，《黃河》，1999 年第一期。

239. 余傑：〈狂飆中的拜倫之歌——以梁啓超、蘇曼殊、魯迅爲中心探討清末民初文人的拜倫觀〉，《魯迅研究月刊》，1999 年第九期。

240. 余傑：〈論蘇曼殊小説《碎簪記》中尷尬的敘述者〉，《海南大學學報》（社會科學版），1997 年第四期。

241. 余開偉：〈假魯迅事件真相〉，《書屋》，2000 年第二期。

242. 余秋雨：〈哀希臘〉，《作文世界》（高中），2005 年第九期。

243. 袁荻湧：〈蘇曼殊——翻譯外國詩歌的先驅〉，《中國翻譯》，1997 年第二期。

244. 袁荻湧：〈蘇曼殊的比較文學研究及其特點〉，《貴州師範大學學報》（社會科學版），2005 年第四期。

245. 袁荻湧：〈蘇曼殊研究三題〉，《貴州師範大學學報》（社會科學版），2001 年第二期。

246. 袁荻湧：〈蘇曼殊與日本私小説〉，《奉節師範高等專科學校學報》，2000 年第二期。

247. 袁荻湧：〈蘇曼殊與外國文學〉，《青海社會科學》，2001 年第五期。

248. 袁荻湧：〈蘇曼殊與印度文學〉，《貴州文史叢刊》，1998 年第六期。

249. 袁荻湧：〈蘇曼殊與英國浪漫主義文學〉，《嶺南文史》，1995 年第一期。

250. 袁荻湧：〈蘇曼殊與中外文心交流〉，《嶺南文史》，1997 年第一期。

251. 袁荻湧：〈雨果作品在近現代中國的譯介〉，《貴州師範大學學報》（社會科學版），2003 年第二期。

252. 袁凱聲：〈文化衝突·二元人格·感傷主義——蘇曼殊與郁達夫比較片論〉，《江海學刊》，1994 年第一期。

253. 袁小倫：〈葉劍英和南社詩人〉，《黨史縱覽》，2002 年第三期。

254. 曾遠鴻：〈蘇曼殊詩歌的「情」和「佛」衝突及意義〉，《淮北煤礦師院學報》（哲學社會科學版），2002 年第二期。

255. 張恩和：〈林辰《跋涉集》書後〉，《魯迅研究月刊》，2005 年第一期。

256. 張家康：〈陳獨秀的五次日本之行〉，《黨史縱覽》，1997 年第一期。

257. 張家康：〈陳獨秀的日本之行〉，《文史精華》，1998 年第一期。

258. 張家康：〈陳獨秀五次東渡日本〉，《廣東黨史》，2002 年第三期。

259. 張家康：〈陳獨秀與蘇曼殊〉，《黨史文苑》，2005 年第十七期。

260. 張家康：〈陳獨秀與蘇曼殊〉，《黨史縱覽》，2002 年第二期。

261. 張家康：〈陳獨秀與蘇曼殊〉，《文史天地》，2006 年第三期。

262. 張家康：〈陳獨秀與蘇曼殊的眞摯友情〉，《黨史博采》，2003 年第十一

期。

263. 張家康：〈陳獨秀與蘇曼珠〉，《出版參考》，2005 年第三十五期。

264. 張靜：〈自西至東的雲雀──中國文學界（1908～1937）對雪萊的譯介與接受〉，《中國現代文學研究叢刊》，2006 年第三期。

265. 張琴鳳：〈個性‧矛盾‧悲鳴──論蘇曼珠的感傷之旅〉，《江西教育學院學報》，2005 年第五期。

266. 張琴鳳：〈論蘇曼珠的感傷之旅〉，《青海師專學報》，2006 年第二期。

267. 張文舉：〈江淮〉，《笑對人生》，2006 年第四期。

268. 張哲華：〈A Red, Red Rose 譯文賞析〉，《安康師專學報》，2003 年第三期。

269. 張征聯：〈蘇曼珠審美心理與創作〉，《廣西師範大學學報》（自然科學版），1997 年第一期。

271. 鄭波光：〈二十世紀中國小說敘事之流變〉，《廈門大學學報》（哲學社會科學版），2003 年第四期。

272. 鄭歡：〈關於翻譯的對話性思考──從巴赫金的超語言學看翻譯〉，《樂山師範學院學報》，2003 年第三期。

273. 鄭逸海：〈我所知道的劉三〉，《民國春秋》，1994 年第三期。

274. 鍾翔、蘇暉：〈讀黃侃文《孅秋華說室說詩》──〈贊大海〉等三譯詩的辨析〉，《外國文學研究》，1994 年第三期。

275. 鍾揚：〈從《慘世界》到《黑天國》──論陳獨秀的小說創作〉，《安鹿師範學院學報》（社會科學版），1996 年第四期。

276. 周劍：〈婉曲說「不」例談〉，《公關世界》，2003 年第三期。

277. 周同賓：〈我的文學路──往事八章〉，《新聞愛好者》，1998 年第一期。

278. 朱徽：〈二十世紀初葉英詩在中國的傳播與影響〉，《外國語》（上海外國語學院學報），1996 年第三期。

279. 朱廷波：〈英詩文言體翻譯方法的可行性〉，《河南師範大學學報》（哲學社會科學版），2001 年第四期。

280. 朱曦：〈達夫情結與新文學浪漫主義的流變〉，《雲南師範大學學報》（哲學社會科學版），2000 年第三期。

281. 宗仰上人：〈頻伽大藏自序〉，《佛教文化》，1999 年第二期。

282. 左文畢：〈蘇曼珠：無法救贖的自我──兼與李叔同比較〉，《湖南文理學院學報》（社會科學版），2004 年第四期。

# 三、網　頁

1. 黃永健：《蘇曼珠詩畫的禪佛色彩》，《深圳大學學報》（人文社會科學版）。（http://szds.chinajournal.net.cn/），中國期刊網──文史哲輯專欄目錄，2003 年六期，編號 18。（http://jhxk.chinajournal.net.cn/），南京‧中國：

江海學刊雜誌社，1994 年一期，編號 48，頁 179～185。（http://zwhy.chinajournal.net.cn/），2004 年一期，編號 25。（htttp://hbms.chinajournal.net.cn/），中國期刊網——文史哲輯專欄目錄，2002 年二期。

2. 李金濤、李志生：《蘇曼殊詩歌的現代特徵》，《河北學刊》。（http://hear.chinajournal.net.cn/），中國期刊網——文史哲輯專欄目錄，2002 年一期，編號 23。

3. 石在中：《論蘇曼殊與佛教——兼與弘一大師（李叔同）比較》，《華中師範大學學報》（人文社會科學版）。（http：//hzsd.chinajournal.net.cn/），中國期刊網——文史哲輯專欄目錄，1998 年四期，編號 10。

4. 楊麗芳：《論蘇曼殊在中西文化衝撞中的心靈眩暈》，《晉東南師範專科學校學報》。（http：//jdns.chinajournal.net.cn/），中國期刊網——文史哲輯專欄目錄，2001 年二期，編號 21。

5. 張海元：《蘇曼殊學佛論釋》，《學術研究》。（http://xsyj.chinajournal.net.cn/），廣州·中國：廣東省社會科學聯合會，1993 年，頁 54～60。

# 附　錄

## 一、蘇曼殊年譜

**1884 年（一歲）**

九月二十八日，生於日本橫濱。姓蘇名戩，字子穀，小名三郎，後改名元（玄）瑛。原籍廣東省香山縣恭常都瀝溪鄉蘇家巷。（今珠海市前山公社南溪大隊瀝溪生產隊）

祖父蘇瑞林〔註1〕，祖母林氏，生有二子〔註2〕；庶祖母容氏，生有三子一女〔註3〕。父親蘇賈森，名勝，一名仁章，又名朝英，時年四十。橫濱英商萬隆茶行買辦。生有三子六女。嫡母黃氏，中山人，時年三十七。義母河合仙，日本人，時年三十六，在橫濱。生母河合若子，河合仙之妹，時年十九。賈森與她私通。誕下曼殊不足三月，若子便跟賈森脫離關係，不知其蹤。賈森遂把曼殊交河合仙撫養。庶母大陳氏，中山人，時年十七，在橫濱。

長兄蘇焯，字子煊，號昫亭。黃氏所生，時年十歲，在原籍。

**1885 年（二歲）**

在橫濱，隨河合仙生活。

---

〔註1〕名仕昌，經營進口業起家，時年六十七歲，退休在原籍。生有五子一女。
〔註2〕即長子賈森，次子德生。
〔註3〕即第三子名朝佐，號明生；第四子名朝宗，號鏽甫；第五子名朝勳，女名彩屏。

1886 年（三歲）

　　在橫濱。

1887 年（四歲）

　　在橫濱。好圖畫。

1888 年（五歲）

　　在橫濱。

1889 年（六歲）

　　隨黃氏回廣東原籍。

1890 年（七歲）

　　在原籍，入鄉塾。業師蘇若泉，清舉人。

1891 年（八歲）

　　在鄉塾就讀。

1892 年（九歲）

　　在鄉塾就讀。

　　萬隆茶行營業失敗。十二月八日，賈森偕兩陳氏返原籍。

　　河合仙因大陳氏挑唆而與賈森關係破裂，自居橫濱雲緒町一丁目第五二
　　番。

1893 年（十歲）

　　在鄉塾就讀。

1894 年（十一歲）

　　在鄉塾就讀。

1895 年（十二歲）

　　在鄉塾就讀。

1896 年（十三歲）

　　三月，隨姑丈、姑母至上海。與父親及大陳氏等同住。

　　認識西班牙羅弼‧莊湘博士。

1897 年（十四歲）

　　隨莊湘博士學習中英文。

　　四月，祖父患病，父親回原籍照料。

十一月下旬，大陳氏攜同女兒回故鄉。轉隨姑丈、姑母生活。學費由父親世交陳仲譜資助。

1898 年（十五歲）

隨表兄林紫垣渡橫濱。考入華僑開辦的大同學校學習中文。與馮懋龍（自由）、鄭貫一、張文渭、蘇維翰等同學。

與蘇焯相遇，但來往甚少。

1899 年（十六歲）

在大同中學就讀。

自橫濱返廣州，披剃于蒲澗寺，後犯戒被逐。

東渡橫濱，重入大同學校。

1900 年（十七歲）

在大同學校學習中英文。間作畫。

1901 年（十八歲）

在大同學校助教美術。

蘇焯回原籍。

1902 年（十九歲）

與蘇維翰、張文渭至東京籌議升學，先投考高等師範學校，只維翰考上；轉而考入早稻田大學高等預科，住牛進區榎本町某廉價旅館。

冬，加入革命團體青年會，結識秦毓鎏（效魯）、葉瀾（清漪）等。開始致力於古詩文辭，才思大進。

蘇焯至神戶經商。

1903 年（二十歲）

初春，改名「蘇湜」，考入成城學校習陸軍，與劉三（季平）同學，關係十分密切。

四月，加入「拒俄義勇隊」（後改名為「軍國民教育會」）遭林紫垣反對，斷其接濟，迫令輟學返原籍。

九月初，乘博愛丸回國。蘇維翰、張文渭冒雨送別。在船上，寫偽遺書寄林紫垣，托辭投海自殺。

抵上海登岸，即到蘇州吳中公學任教，與包天笑（公毅）、祝心淵（秉綱）等同事。間有作畫寫詩。

九、十月間，離蘇州到上海任《國民日日報》翻譯，與陳獨秀（仲甫）、章士釗（行嚴）、何梅士（靡施）等同事。

譯囂俄（雨果）《慘社會》（一名《慘世界》），撰〈女傑郭耳縵〉、〈嗚呼廣東人〉，均刊於《國民日日報》。

十二月一日《國民日日報》內訌停版，與陳獨秀、章士釗、何梅士租屋同住。幾天後，留言離上海而去。

入湖南「參拜衡山，登祝融峰，俯視湘流明滅」。作畫贈雨華庵老僧。

十二月中旬，抵香港，得馮自由介紹，住《中國日報》社陳少白處，結識王秋湄等。

十二月決意再度出家。得陳少白資助數十元。途中得人薦往惠州某破廟拜一老和尚為師。

1904 年（二十一歲）

二月中旬，竊取其已故師兄遭凡（法名「博經」）在廣州雷峰海雲寺的度牒。自此便以度牒上所稱的「新會慧龍寺贊初長老弟子博經」自稱，並自命法號曰「曼殊」。

自惠州步行至廣州，轉乘輪船到香港，住《中國日報》社。擬用手槍暗殺保皇黨首領康有為，被陳少白力阻乃止。

三月中旬，遇同鄉簡世昌，簡告知其父在原籍病重，力勸速返，曼殊以無資對。其父于三月十五日病逝，享年六十。

三月下旬，自香港至上海，到國學社訪葉蘭，決計南遊。

春末，得親友資助，自上海啓程歷遊暹邏、錫蘭，經南洋（越南）返國。在暹邏，跟喬悉磨長老學習梵文，應聘于盤谷青年會；在錫蘭，應聘於菩提寺。在南洋，再次受戒。

七、八月間，經廣州至長沙，應秦毓鎏聘任湖南實業學堂教員，與張繼（溥泉）、楊德鄰（性恂）、楊守仁（篤生）等同事。

冬，華興會在湖南的計劃失敗，秦毓鎏等出走。

1905 年（二十二歲）

上半年，在實業學堂任教。

暑假，至上海，訪秦毓鎏，經常出入歌場伎院。

秋，前往杭州，泛舟西湖，作畫寄陳獨秀。住白雲庵。

深秋，到南京，任陸軍小學英文教師。與劉三同事。

結識新軍標統趙聲（字伯先），時相來往。

認識秦淮河歌伎金鳳。

1906 年（二十三歲）

一月二十五日，與劉師培（申叔）同過馬關，作畫相贈。

送印度友人波邏罕返國。

初春，至長沙，任明德學堂圖畫教員，與鬍子靖（元倓）同事。居永福寺。

夏，應劉師培邀請，至蕪湖皖江中學堂任教。結識鄧繩侯、陶成章、龔宗銓等。

暑假至上海，會晤劉三、認識柳亞子。

與陳獨秀東渡日本尋義母河合仙，不遇。

八月下旬，自日本歸國，再至皖江中學堂，因學校風潮，未上課。

九月上旬，從蕪湖至南京會晤劉三。

十月四日，自南京返蕪湖。

十月中旬，與陶成章、龔宗銓離蕪湖前往上海，擬入留雲寺為僧，未成。

十月二十一日，與陶成章、龔宗銓到杭州遊西湖。

十月二十六日，離杭州去上海，住愛國女校。

十二月上旬，遷往中國同盟會駐滬機關總部。寂處小樓，自學梵文。

1907 年（二十四歲）

一月六日，離上海赴溫州。

一月中旬，自溫州返上海。

二月十三日，與劉師培、何震夫婦東渡至東京，與章炳麟等同住《民報》社。其間埋頭梵文著譯和作畫。

時往探望河合仙。

春，與章炳麟、劉師培、何震、陳獨秀等發起成立「亞洲和親會」。

夏，與周樹人（豫才）等人籌備《新生》雜誌出版，未成。

七、八月間，遷居《天義報》社，與劉師培夫婦同住。

九月下旬，自東京返上海，在國學保存會藏書樓與陳去病（法忍）同住。認識黃晦聞（節）、鄧秋枚（實）、諸貞壯（宗元），以及蔡哲夫（守）、張傾城夫婦。

認識伎女花雪南。

十二月十日，東渡東京，訪張文渭。

1908 年（二十五歲）

一月二日，旅次長崎。

二月，住清壽館，專讀拜輪詩，後患肝病，入橫濱醫院。

三月，轉至《天義報》社與劉師培、何震夫婦同住。擬進眞宗大學修習梵文，未成。

四月十日祖母林氏于原籍病逝，得年八十四。

五月初，章炳麟與劉師培發生矛盾，曼殊遭劉師培夫婦遷怒，即遷往友人家以避，飄泊無以爲計。

秋，擬與章炳麟同遊印度，未成。

九月，至上海，住田中旅館。九月中旬，至西湖白雲庵，認識僧人得山、意周，不久移至韜光庵。

十月初，離杭州返上海。十月七日，應楊仁山（文會）函召至南京祗垣精舍任英文教員，住延齡巷楊公館，與李曉暾（世由）、陳伯嚴（三立）同事。

白零大學教授法蘭居士來訪。

冬，往來南京、上海之間。

十二月十日，患腦病，在祗垣精舍靜養，楊仁山詳細介紹秦淮馬湘蘭證果事。

1909 年（二十六歲）

一月初，離上海東渡東京，與張卓身、龔微生、羅黑芷、沈兼士住東京小石川，自題寓所爲「智度寺」。遷清壽館與陳獨秀同住。

結識歌伎百助，時相往來。

三月，遷居江戶，常與陳獨秀、章士釗、章炳麟、黃侃、鄧以蟄等聚會。

五月間，遷往東京川又館，後又遷至玉銘館。

任梵文學會譯師，與印度梵師彌君合譯迦梨達舍《雲使》詩一首，又自譯印度女詩人佗露哆詩一首。

往澱江省義母河合仙。

六月，陪河合仙旅居逗子海濱。

八月，自江戶返上海，經蔡哲夫介紹，認識佛萊蔗。

九月，自上海赴杭州西湖白雲庵。值劉師培變節，有人懷疑其與之同流

合污，雷昭性投函警告。爲表清白，即離杭州赴上海。

深秋，南遊至星加坡。遇莊湘博士及其第五女兒雪鴻。雪鴻贈西詩數冊，並把英譯《燕子箋》攜往西班牙瑪德利謀求出版。

赴爪哇。任爪哇口惹班中華學校英文教員。

1910年（二十七歲）

在口惹班中華學校任教。咯血症復發。

1911年（二十八歲）

五月，自爪哇口惹班東渡日本東京，途經廣州，訪黃晦聞、蔡哲夫。

在東京，遇費天健（公直）。

暑假結束，仍返口惹班。

十月十日，武昌起義，接著上海光復。即典衣賣書，急謀歸國。後因學校工作關係，未成。

1912年（二十九歲）

二月，自口惹班返國，與魏石生、許紹南同行。

至香港，認識平智礎。

蘇維翰自中山來訪，贈五百元，拍照留念。

繞道廣州訪黃晦聞、蔡哲夫，後轉還香港，短留兩天，即赴上海。

三月，應《太平洋報》聘，主筆政。與柳亞子、葉楚傖、朱少屏等同事，遂參加「南社」。

四月十一日，與張卓身、李一民赴杭州同遊西湖。與張繼到秋社訪陳去病。

四月十八日返上海。

接河合仙電報，促歸日本。

四月三十日乘築前丸東渡省義母。

時往書坊搜羅歐人詩集。

五月二十七日，自日本返上海。

蘇維春自青島來訪。

六月中旬，與馬小進到華涇訪劉三、陸素靈夫婦。

六月十九日，自上海東渡日本。

十月三十日，啓程回上海。擬遊香港、新加坡等地，未成。

十二月十三日，抵安慶，任安徽高等學校教員，與鄭桐蓀（之蕃）、沈燕

梅（一梅）、應溥泉、傅盛勳同事。結識程演生（總持）、易白沙等。

1913 年（三十歲）

一月，作客盛澤鄭桐蓀家。隨即與沈燕謀、朱貢三同至上海，租住南京路第一行台旅館。

二月與張卓身、李一民至杭州，住西湖圖書館。不久即返上海，仍住第一行台。

四月中旬，鄭桐蓀來上海，不久同遊蘇州。

五月，住上海。後往安慶。

六月初，從安慶到上海。與沈燕謀遊舜湖。

六月十六日，至盛澤鄭桐蓀家。六月二十六日，赴蘇州，住鄭訪春（桐蓀兄）家。與鄭桐蓀、沈燕謀同編《漢英辭典》、《英漢辭典》。

七月九日，到上海治病。中旬，返蘇州。

八月，與平智礎遊西湖，住白雲庵。

十月，返上海，租住第一行台。

十二月，患腸疾，遵醫囑赴日本養病。至西京，遊琵琶湖，病復發。

1914 年（三十一歲）

一月，至東京，住牛區鶴卷町第三〇七番地。結識孫逸仙（文）、蕭紉秋（萱）、居覺生（正）、田梓琴（桐）、楊滄白（庶堪）、邵玄中（元中）、鄧孟碩（家產）、戴季陶（傳賢）。

先後至太久保、早稻田、追分町、大森、熱海等地。

二月，至東京。住十日，復赴西京。隨後到橫濱、羽田、妙見島、千葉海邊等地。

是年，為中華革命黨之宣傳出版，努力甚多。

又有遊英國、瑞士的設想，終不遂。

1915 年（三十二歲）

二月，到兵庫、和歌、浦等地。

四月上中旬，到塔澤、強羅、小湧穀、熱海等地。

患散裏哆呋斯病，五月三日，到東京治療。

秋，病癒出院。

1916 年（三十三歲）

聞居覺生於山東起護國軍討袁，即前往青島拜訪。與周南陔遊嶗山。

自青島至上海，寓環龍路四十四號孫文寓所。

十月遇見鄭桐蓀等。

往來於杭州、上海之間。

十二月住西湖秋社、陶社、巢居閣等處。

1917 年（三十四歲）

一月，自杭州至上海。

二月，遇鄧孟碩、邵玄中。

四月下旬，自上海東渡省母，途經長崎、馬關、神戶。

五月四日，抵東京。與河合仙遊箱根。

六月，腸胃病大發，返上海住飛霞路寶康里，與柳亞子等來往。認識伶人小如意、小楊月樓等。

七月，住盧家灣程演生家樓中，葉楚傖、鄧孟碩時來探望。

秋，腸胃病復發，移居白爾部路新民里十一號與蔣介石、陳果夫同住。腸胃病加深，痔瘡病大發。

冬，入海寧醫院就醫，周南陔等時來探望。

1918 年（三十五歲）

二月，病情惡化，「不能起立，日瀉五、六次。」轉入廣慈醫院，周南陔等時來探望，時得柳亞子、章行嚴等資助。

五月二日下午四時，病逝。

六月九日正午葬於杭州西湖孤山北麓，西泠橋南埃。

## 二、在學期間發表的論文

1. 〈天臺智顗之五時八教說〉，臺北：華梵大學，《曉雲法師圓寂周年紀念暨第六屆天臺宗國際學術研討會論文集》，2005 年 10 月。

2. 〈論辛棄疾修辭──「用典」之藝術特色〉，江西上饒師範學院，《紀念辛棄疾逝世八○○周年學術研討會論文彙編》，2007 年 10 月。

3. 〈白居易「長恨歌」淺析〉，安徽師範大學「中國詩學研究中心」編，《中國詩學研究》第五輯，上海古籍，2006 年 10 月。

# 後 記

　　大學肄業後，對研究文學產生濃厚之興趣，萌生寫作專著之構想。及後，因緣際遇結識香江文壇才俊，時相砥礪，唱和詩歌，承蒙諸位不棄，時賜南針，以匡不逮，故時有學海無涯之感。

　　其後更因工作單位與內地遼金學會攜手合辦國際學術研討會與（北京）張晶、（廣州）朱承平、（武漢）張三夕、（安徽）胡傳志等諸位教授識荊，由是因緣，燃點讀博之念。

　　未幾，經承平兄引薦與暨大朱壽桐教授會晤，並道明來意，於余之論文題目，各自表述意見，更幸者是不謀而合，彼此言談甚歡，可謂一拍即合，奠定今生師徒之因緣。

　　本論文得以順利完峻，除了承蒙恩師朱壽桐教授悉心指導，審閱文稿之外，更感謝饒芃子、蔣述卓及宋劍華等教授在審題拙稿時提出了寶貴意見，使我受益匪淺，在此衷心致謝，以表寸心。藉此還須多謝朱承平教授（文學院副院長）、謝邱向歡（副黨位書記）、鄭老師（研究院辦公室主任）給我的鼓勵及同窗張志國在余讀博期間給我的支援，使我節省奔波穗港兩地之時間，謹此一併致謝。今後願借此動力，投生學海，弘人度己，以不負諸位師朋之厚望。最後，還須多謝前臺灣華梵大學所長何廣棪教授之推薦及花木蘭文化出版社杜潔祥總編輯和高小娟社長之厚愛，使本論文得以順利出版。